流氓世界的誕生

——金庸作品中的四重世界

◆ 敬文東　著

目　次

開篇

老百姓的金庸

金庸之誕生

　　說起來很有些奇怪，名聲顯赫的金庸進行武俠小說創作似乎完全出於偶然：1955 年，《香港商報》急需武俠小說連載以招攬訂戶，金氏的好友羅孚遂向該報推薦了金庸，後者趕鴨子上陣般用自己家鄉——浙江海寧——關於乾隆皇帝的民間傳說為由頭，寫出了他的第一部武俠小說《書劍恩仇錄》。[1]結果是出人意料地大受歡迎。金庸欣喜之餘一發而不可收，甚至為連載自己的武俠小說還創辦了後來在香港聲名赫赫的《明報》。到 1972 年寫完封筆之作《鹿鼎記》為止，短短十幾年內居然寫出了十二部長篇，三部中短篇（長篇小說分別是《書劍恩仇錄》、《碧血劍》、《雪山飛狐》、《射雕英雄傳》、《神雕俠侶》、《飛狐外傳》、《連城訣》、《倚天屠龍記》、《天龍八部》、《俠客行》、《鹿鼎記》，中短篇小說是《白馬嘯西風》、《鴛鴦刀》、《越女劍》）；1994 年，由大陸權威的出版社三聯書店推出的《金庸作品集》就多達 36 卷。

　　當然，說金氏創作武俠小說純粹出於偶然並不全對；假如我們投機取巧地套用海明威（Ernest Hemingway）的話則可以說，金庸的創作自有一座「冰山」樣的心理／文化上的準備，至於好友推薦這般具體由頭大可看作浮出海面的「冰峰」。不過，正是這般具體由頭，無意之中（？）造就了當代中國文學的一大「奇觀」：凡有華人的地方就一定有金庸的武俠小說。這甚至於讓某些人驚呼，在中國文學史上只有兩位（部）作家、作品真正做到了家喻戶曉，真正寫盡了中國的人生：一是曹雪芹及其《紅樓夢》，另一便是金庸及其武俠小說。[2]此說或可

---

[1]　參見冷夏《文壇俠聖：金庸傳》，廣東人民出版社，1995 年，第 51-57 頁。
[2]　冷夏《文壇俠聖：金庸傳》，第 1 頁。

見仁見智，也非常可能讓某些患有魯迅所謂「貴恙」的人反胃或者不屑，倒還是摸準了脈膊，揭出了一些真相。

「家喻戶曉」並不是優秀的別名，與傑出甚或偉大更是風馬牛不相及。事實上，武俠小說一向就被正統、嚴肅的學術界不無鄙夷地稱作「通俗小說」而難入其高貴法眼。雖然二十世紀初葉就曾有人盛捧「鼓吹武德，提振俠風」的《水滸傳》，[3]強烈主張小說創作應「演任俠好義、忠群愛國之旨」，[4]甚至號召時人編輯「以俠客為主義」的雜誌，[5]沈雁冰卻站在為新文學鳴鑼開道、搖旗吶喊的立場，斥此為小市民的「迷魂湯」；[6]鄭振鐸則無師自通地從接受美學的角度，痛貶武俠小說之流行，無非是讀者「懸盼著有一類超人的俠客出來」，「寬慰了自己無希望的反抗心理；」[7]就連幾十年後的金庸迫於壓力，也不得不承認武俠小說雖然也有一點點文學的意味，基本上還是娛樂性的讀物。[8]而在一個提倡「血與淚」的文學革命的時代（即新文學草創的時代），「娛樂性」早已被宣佈為過去（時）的東西了。搞得一些武俠小說名家滿面慚愧，乃至宣稱自己是被逼為娼，甚至立即宣佈要「退出說林，不願更為馮婦」。[9]即便在今天，正如陳平原先生所指出的，雖然有了金庸這樣的武俠名家橫空出世，也引起了部份好事者的關注，「但在正統文化人心目中的武俠小說仍是毒害青少年的『文化垃圾』」。[10]——從前說武俠小說是小市民的「迷魂湯」，現在又變成了青少年的海洛因。看來問題還都出在武俠小說上。在這種情況下，在正宗的學術界和文學批評界的眼裏，「通俗」

---

[3] 《小說叢話》中定一語，《新小說》15 號，1905 年。

[4] 俠民〈《新新小說》敘例〉，《大陸報》2 卷 5 號，1904 年。

[5] 《《新新小說》特白》，《新新小說》3 號，1904 年。

[6] 沈雁冰〈封建的小市民文藝〉，《東方雜誌》30 卷 3 號，1933 年。

[7] 鄭振鐸〈論武俠小說〉，《海燕》，新中國書店，1932 年。

[8] 〈金庸訪問記〉，《諸子百家看金庸》（三），遠流出版公司，1987 年。

[9] 鄭逸梅〈不肖生〉，《鴛鴦蝴蝶派文學資料》，福建人民出版社，1984 年。

[10] 陳平原《千古文人俠客夢》，人民文學出版社，1992 年，第 65 頁。

的武俠小說不僅根本就談不上「偉大」，連生存的權利也差不多都快被剝奪了。

　　但擺出一副社論面孔的高貴的學術界似乎忘了，它津津樂道的作為「純文學」的小說，其實與所謂通俗小說一樣，恰好也起始於和正史文化（史官文化）相對立的民間野史文化。[11]——強行被分為純文學和通俗文學的，不過是同出一母的兄弟。真實的情況倒恰恰是：世上並沒有什麼「純文學」和「通俗文學」之別，只有優秀的文學和不優秀的文學之區分。姑且不忙論涉這一點，退一萬步說，我們只需要問，當年的《三國演義》、《水滸傳》之流不也正被正統文體（比如詩、文）所打擊和嘲笑嗎？《金瓶梅》被斷言為「誨淫誨盜」，嚇得作者連姓名也不敢署，倒也給其後貌似高深的學者準備了鐵飯碗；《紅樓夢》呢？那是破落戶的惆悵，很長一段時間也難入經生儒士的尊眼，至於走紅甚或火爆，不過百餘年間的事。即便是號稱「言志」的詩歌，也長久以來通被看作「載道」之文的「餘事」。今人以西洋小說為參照，以為只有現代主義、後現代主義，只有馬爾克斯（Gabriel García Márquez）、博爾赫斯（Jorges Luis Borges）才是純文學，才稱得上正經、嚴肅，殊不知華萊士·馬丁（Wallace Martin）早已為這種說法的荒誕不經道出了行狀：「小說在西方地位低下的跡象至今還能看到。」[12]——哪管你是喬伊斯（J. Joyce）還是普魯斯特（Marcel Proust）！這大約還不是「吃不到葡萄就說葡萄酸」的窮措大之舉吧？

　　重要還的不是這些，而是金庸的出現恰好足以讓自封高雅的批評界難堪了：一方面依然是採取痛斥和不屑一顧的態度，卻又無從打倒；另一方面是高度讚揚以致於推崇備至，卻又找不到切合實際

---

[11] 對此問題的詳細論述請參閱敬文東〈從野史的角度看〉，《當代作家評論》1997 年第 6 期。

[12] 華萊士·馬丁《當代敘事學》，伍曉明譯，北京大學出版社，1990 年，第 2 頁、第 41 頁。

的批評方略。這差不多算得上一個不大不小的報應。魯迅曾諷刺過自封高雅的林紓等輩:「四萬萬中國人嘴裏發出來的聲音,竟至總共『不值一哂』,真是可憐煞人。」[13]雖說是針對「崇文言而貶白話」所發的議論,用在這裏怕還有些道理。是啊,面對此情此景,批評界又該怎麼辦呢?

　　學術界無論如何也應該注意到一點:為什麼以金庸等人為代表的「新武俠小說」在今天還有這麼大的市場?為什麼他的作品會經久不衰?新武俠小說一般都以古代為時空座標,這和提倡現實主義、關注國事民瘼的現實主義(更不用說現實本身)相距何止天壤,為什麼眾多讀者偏偏喜歡與自己的現實人生處境八竿子也打不著的古人的恩恩怨怨、愛恨情仇?這一切難道真的不值得深究?那怕是從社會學的角度去深究?

　　曾經風靡一時的港臺作家尤金、瓊瑤等人,在大陸讀者心目中曾經留下的印象,現在恐怕已經煙消雲散了——至少隨著讀者從少年變為成年,他們(她們)的影響力已經逐漸減縮到了最低程度,而金庸仍然是中國大陸各階層讀者心中一塊巨大的磁石——猶如《書劍恩仇錄》中大漠古城王宮裏的巨大磁石——,仍在吸引讀者、挑逗讀者的胃口。這有一印再印的三聯版《金庸作品集》為證。面對如斯境況,我們也許不應該再保持緘默。魯迅《狂人日記》裏那位瘋子有言,「凡事須得研究,才會明白。」對我們來說,情況依然是這樣。讓我們把所有關於「通俗」的武俠小說的言論,所有關於金庸的「說法」(不論好壞),都暫且懸置在胡塞爾(Edmund Gustav Albrecht Husserl)的那個括弧內,先從「心靈現象學」的水平上來一番檢討再說。

---

[13] 魯迅《熱風・現在的屠殺者》。

替人民做夢

接受美學的重要原則，就是要考察某一部（類）作品包含著何種程度的「期待視野」（Horizon Expectation）；期待視野越大，但還不至於和讀者的心理渴求完全同一時，讀者從中獲得的共鳴愈強烈，不言而喻，該類作品的消費量也就越大（但不一定越優秀）。欣賞者在進入欣賞過程時，並非像一個神偷那樣，以「妙手空空」的心理白板去「順應」文本，而是以一種完整的內在經驗模式和心理期待去「同化」文本，並由此得到對自己內心需求的證實——這就是期待視野的本義。期待視野的形成，涉及到讀者的志趣、愛好、個人情懷以及時代與社會思潮；而最大者莫過於潛藏在讀者心中的集體無意識。榮格（Carl Gustav Jung）說：「集體無意識並非來源於個人經驗，並非從後天獲得的，而是先天存在的。」[1]榮格那個看似玄虛、讓人摸不著頭腦的「集體無意識」，其實具體地來源於一個民族長期的歷史承傳和「積澱」，並通過我們的行動和動作得到表彰。「考察某類作品包含著讀者何種程度的期待視野」，最主要的，大概就要數考察它包含有何種程度、何種形式以及何種內容的集體無意識了。

遺憾的是，以此為角度去探尋金庸及其武俠小說存在的合理性的工作目前做得還太少；武俠小說的合法性，單憑一句「存在即合理」的黑格爾式斷語其實並不濟事，它和說武俠小說是「文化垃圾」、「迷魂湯」並無什麼差異。華萊士・馬丁說，文學評論家很少屈尊去研究流行的、公式化的敘事類型，如偵探小說、現代羅曼史、西部小說、連續廣播劇；如果它們的無意識內容能夠被發現的話，它

---

[1] 榮格《心理學與文學》，馮川譯，三聯書店，1997 年，第 123 頁。

們也許會提供一些有關我們社會的有趣資訊。[2]華萊士的提醒固然讓人神往，聽見尤其是聽懂的人好像並不多。金庸的新武俠小說堪稱另一種意義的「現代羅曼史」，雖然他筆下的時空是古代中國。但這並不妨礙讀者的興致。

　　郭靖呆鳥一個，卻機緣巧合學成絕世武功，立功殺敵，聲名享譽身後（《射鵰英雄傳》），這該為那些想當元帥卻未當成的好士兵提供了多少想像和意淫式滿足！韋小寶流氓無賴之身，卻幸御七個出身高貴的絕色美女（《鹿鼎記》），讓那些偷偷摸摸找情人、一門心思渴望婚外戀的現代人多想回到小說中，代替「陽具有無限活力」（胡河清語）的小無賴……更重要的是，當我們在「形勢一片大好」的車站、碼頭，甚至家中遭搶劫、遭傷害，卻不敢也無力拼死向前討還公道和討還「說法」時，自然希望令狐沖（《笑傲江湖》）、袁承志（《碧血劍》）、喬峰（《天龍八部》）、張無忌（《倚天屠龍記》）、胡斐（《雪山飛狐》、《飛狐外傳》）……從書中出來，替我們打發了眼前的渾帳玩意，如同他們經常在金庸筆下做過的那樣。

　　唐君毅意味深長地感歎道：「俠義之精神，則由宅心公平，欲報不平，以顯正直，而歸平順」，並「伸展人間之委曲，使千里之外，聞風慕悅。」[3]──用一句海子的詩說，「我們在千里之外的沙漠上」就聽見這種可愛的俠客精神了。金庸的小說在中國有這麼大市場，無疑與中國漫長的重人治而不重法制的封建社會，惡夢般久合必分、久分必合的離亂史有關。──「物不可以終通，故受之以否；物不可以終否，故受之以同人」，[4]就是對這種漫長的離亂史最有哲學意味的總結；也和由此形成的渴望被救助而不是自救的民族心理有關。俠客，就是金庸為我們提供的眾多救助者中最誘人的一種。

---

[2]　華萊士・馬丁《當代敘事學》，第 13 頁。
[3]　唐君毅《中國文化之精神價值》，臺北中正書局，1981 年，第 40 頁。
[4]　《易・序卦傳》。

有人指出，中國的俠是為了一種不屬於自我的、指向他人的義而行俠，[5]「指向他人」正好與「被救助」的心理期待一拍即合；「在我們的觀念裏，俠是一個急公好義，勇於犧牲，有原則，有正義感，能替天行道，紓解人間不平的人。他們雖然常與官府為難，但總站在民眾一邊」，[6]這就更把話講白了；至於俠客「可以濟王法之窮，可以去人心之憾」，[7]更是一語道破，決不遮遮掩掩；而「真是行俠仗義之人，到處隨遇而安。非是他務必要拔樹搜根，只因見了不平之事，他便放不下，彷彿與自己的事一般，因此才不愧那個俠字」，[8]人們渴望的也恰好是這種「見了不平之事」「便放不下」的人物……鄭振鐸曾經挖苦他那個時代的讀者懸盼有一類超人的俠客出來寬慰了自己無希望的反抗心理，雖說是站在「反對黨」立場講話，卻頗見功力。順便說一句，也就是在這個意義上，我們可以同意陳平原先生的觀點：武俠小說之流行也許並不是一椿值得慶賀的好事，哪怕是在今天，哪怕是在今天的朗朗乾坤當中。

俠一出現，便引起了統治者的高度恐慌。《韓非‧五蠹》申斥道：「俠以武犯禁。」一個「犯」字可圈可點。荀悅《漢紀‧孝武紀》則說：「世有三遊，德之賊也：一曰遊俠，二曰遊說，三曰遊行。立氣勢作威福，結私交以立強於世者，謂之遊俠。」這個評語來得意味深長。君不見，大字不識一筐的張無忌「立氣勢」當了明教教主，整日裏大談多角戀，而他的「私交」楊左使、范右使還籌畫讓他當皇上哩。若不是野心家朱元璋犯上作亂鎖拿了教主，明朝的天下說不得的要姓張了（《倚天屠龍記》）。而這似乎也有野史為證。據說，剛當皇帝的朱洪武曾志得意滿地對劉基說：「本是沿途打劫，沒想到弄假成真。」嚇得劉伯溫連忙伸出頭去，看看是否有太監在偷聽……張無忌其實也有機

---

[5]　田毓英《西班牙騎士與中國俠》，臺北商務印書館，1988年，第150頁。

[6]　龔鵬程《大俠》，臺灣錦冠出版社，1987年，第3頁。

[7]　李景星《四史評論》。

[8]　《三俠五義》第15回。

會「弄假成真」的，只不過據金庸說他不是一個好的政治家而已。[9]偽俠客兼小流氓韋小寶，混跡於清宮與天地會，贏得了敵對雙方的共同好感，大儒顧炎武甚至建議讓他當皇帝，以救我大漢民族於清人之水火（《鹿鼎記》）……

此情此境，在統治者看來，俠是社會不穩定、危及自身統治權威的重要因素，自然在殘酷打擊之列。美籍學者劉若愚在《中國之俠》中指出，西方的騎士是封建制度的支柱，中國的遊俠則是封建社會的破壞力量。[10]向以神州華夏為天下的中國王權，自然不屑於知道西夷的騎士，卻實用主義地知道了本土的俠對自身統治生死攸關的利害所在。基於這樣的考慮，才有秦始皇「收天下之兵，鑄以金人十二」，[11]當然，秦嬴政肯定不會忘記沒收俠客手中的寶劍；漢武帝強令長安豪俠遷徙茂陵，不惜殺戒大開，倒也史有明載。[12]到了金庸小說，康熙屢命他的「朋友」韋小寶去撲滅天地會（《鹿鼎記》）；乾隆用洋槍射殺其民間傳說中的弟弟陳家洛的紅花會諸雄（《書劍恩仇錄》），更是著眼於此。

不過，統治階級自有力不到「七寸」的時候：《書劍恩仇錄》裏的好漢子趙半山、無塵道長等人，雖九死尚餘一生，在《飛狐外傳》中依然仗劍鬥狠，不時視官府為寇仇——俠在遭到韓非痛斥後並未銷聲匿跡，也並未曾如魯迅所說的那樣全變作了上海灘的流氓。[13]雖自《漢書》以降，正史幾乎通統不載，俠卻在近兩千年的中國詩文、戲曲、裨官、野史中不斷出沒，及直唐宋豪俠小說、清代俠儀小說而至二十

---

[9] 金庸《倚天屠龍記·後記》（三聯版），1993 年。

[10] 劉若愚《中國之俠》，上海三聯書店，1981 年，第 194 頁。

[11] 賈宜《過秦論》。

[12] 主父偃上書漢武帝，針對日趨發展的豪俠勢力提出過一條重要策略：「茂陵初立，天下豪傑並兼之家，亂眾之民，盡可徙茂陵……此所謂不誅而害除。」（《漢書·武帝紀》）其後更是發展到以俠治俠（見《漢書·酷吏傳》）及殺戒大開（見《史記·酷吏列傳》）。

[13] 魯迅《三閑集·流氓的變遷》。

世紀新武俠小說，一時蔚為壯觀。[14]不過，真實的俠已變作了紙上的俠，不大再走入塵世，卻活在老百姓的期待視野裏、集體無意識中。儒俠（比如陳家洛、郭靖、袁承志）、道俠（比如令狐沖、風清揚）、佛俠（比如虛竹、一燈大師）、丐俠（比如洪七公）、邪俠（比如夏雪宜、莫大先生）、瘋俠（比如桃谷六仙）……金庸筆下諸如此類的俠客，不過是眾多新舊俠客中的一批——當然，他們是更有吸引力也更能滿足讀者渴求心理的一批。

　　俠大多出沒於亂世；或者說，亂世需要俠，也造就了俠。吳熾昌曾說：「此俠客也！古今恆有之。弟茫茫宇宙，其人安在耶？倖予遇之，願再拜而投諸門下，習其術，抽取天下貪墨之財，以濟四窮而助公舉，不亦快哉！」[15]——在歷史上是這樣，在金氏小說中也同樣如此。金庸的小說集中火力體現了「需要俠」這一特質，因而極大滿足了讀者潛意識深處渴望被救助而不是自救的期待視野。據說，蘇東坡曾為此感歎不已：「噫！吾聞劍俠世有之矣！……有險陂邪怪者，輒決去其首，亦一家之正也。嗟呼！據重位厚祿，造惡不悛，以結人怨者，不可不畏隱娘之事也。」[16]這差不多是集警告「險陂邪怪者」和欣慰能「被救助」於一體的上好說明。《七劍十三俠》第一回說：「天下有這三等極惡之人（即貪官污吏、勢惡土豪、假仁假義——引者注），王法制他不得，幸虧有那異人、俠士、劍仙之流去收拾他。」而「官法濫，刑法重、黎民怨，……人吃人」，「賊做官，官做賊，混賢愚，哀哉可憐」的亂世，[17]在中國歷史上曾層出不窮；連一向為統治階級說盡了好話的歐陽修，也有偶爾的大徹大悟：「此劍在人間，百妖夜收

---

[14] 劉若愚的《中國之俠》一書引證了大量中國文史典籍中的俠客材料；張志和、鄭春元的《中國文史中的俠客》（中國社會科學出版社，1994 年）也頗有發現。

[15] 吳熾昌《西窗隨筆》卷四。

[16] 《漁樵閑話錄》。

[17] 陶宗義《南田輟耕錄》卷三。

行。奸凶與佞媚，膽破骨亦驚。」[18]不是王法治他（即「奸凶與佞媚」）不得，要真的如此，歐陽修就不會為統治階級的正史文化說話；而是王法不治他，要真不如此，歐陽修也就不必假劍破妖。

亂世就更是這樣。金庸小說的時空座標往往安放在宋末（《射雕英雄傳》、《神雕俠侶》等）、元末（《倚天屠龍記》）、明末（《碧血劍》）、清初（《書劍恩仇錄》、《鹿鼎記》），就是鑽了這一空子。很難設想，清明世道會有「負劍遠行遊」、「十步殺一人，千里不留行」、「殺人遼水上，走馬漁陽歸」、「欲報天下不平事，方顯人間真丈夫」的俠客。方以智說得好極了：「上失其道，無以屬民，故遊俠之徒以任得民。」[19]太史公更是用飽含同情的口氣說：「且緩急，人之所時有也」；連聖者虞舜也曾窘於井廩，伊尹還貧於鼎俎，傅說匿於傅險，至於「呂尚困於棘津，夷吾桎梏，百里飯牛，仲尼畏匡，菜色陳、蔡」，更是人間常事。他們已經如此這般，「況以中材而涉亂世之末流乎？」[20]司馬遷用反詰的語氣問道。

武功在身的楊鐵心、郭嘯天，離亂年頭尚且性命不保，更何況他們牛家村的老弱病殘、婦女兒童（《射雕英雄傳》第一回）！陳家洛的紅花會諸雄，在救了因未婚妻被人搶去做妾上吊自殺的周阿三後，此人不但不感激救命者，反而埋怨他們：「爺們還是讓我死的好！」俠客章進嘲笑周阿三：「你這人沒出息，幹麼不和這姓方的去拼命？」另一個女俠駱冰卻嘲笑章進：「他有你章爺的一成本事就好了！」（《書劍恩仇錄》第九回）看見了吧，這就是連「中材」也還談不上的小民在亂世經常會遭遇到的真實景況。「世何以重俠遊？世無公道，民抑無所告訴，乃歸之俠也。」[21]從這個角度去理解近人柳亞子的詩句「亂世天教重俠遊」，也許倒「別是一番滋味在心頭」。

---

[18] 歐陽修〈寶劍〉。
[19] 方以智《曼寓草・任論》。
[20] 《史記・遊俠列傳》。
[21] 汪子厚〈陳公儀師徒〉，《武俠叢談》，上海書店，1989年，第185頁。

　　「上失其道」的亂世，文人學士尚且可以自建一座桃花源避禍躲殺，「中材」之人或「材」遠不及「中」的「愚民」、「群氓」毫無能力自保，懸盼「濟貧自有飛仙劍」，[22]大約也不應該得到過分譴責吧？讓每個人在受到殘酷傷害時都去捨身炸碉堡，去殺身成仁，都能起來做著有希望的反抗，聽起來固然豪雄，實行起來未免太難；蓋身體髮膚，受之父母，「愚民」、「群氓」倒也許更能深解「好死不如賴活」的精義——那一幫躲進桃花源卻又指手畫腳的文人士大夫們，難道真的不懂「好死不如賴活」？他們自己和他們的身體是知道的！危難關頭，「遊俠救人於厄，振人不贍」，[23]畢竟為沒能力、無膽量的亂世草民，提供了與文人學士桃花源相類似的安慰之物——比如那被搶走未婚妻而絕望上吊的人，就因為有了紅花會諸雄才得以報仇雪恨，有情人終成眷屬。這種潛藏在心裏的，從歷史上長期積澱和承傳而來的渴求被救助的弱者的潛意識，其慣性所及，使現時代的讀者在閱讀金庸的武俠小說時仍激動不已。「俠之大者」（金庸語）郭靖，在襄陽太守於金兵兵臨城下驚慌失措擁姬妾在桌下狂抖不已時，以一個草民身份率眾抗金，救滿城百姓於水火，免去了一場玉石俱焚的大災難（《射雕英雄傳》）；袁承志施展絕世武功，仗劍揮殺明兵，救無數貧民於斷頭流血、命如螻蟻之際（《碧血劍》）——「救人一命，勝造七級浮屠」，正是亂世「草民」一點可憐的幻想。幻想中的俠客已成了他們的「佩劍神」，[24]俠客也因此早已成為榮格所說的「原型」。

　　《史記考要》稱司馬遷《遊俠列傳》乃自傷身世之作，顯示出柯維騏作為史家知人論世的深湛洞察力：「遷遭李陵之禍，平昔交遊，緘默自保，」當此危難關頭，所有平常為自己敞開的大門業已悉數關閉，司馬遷念及「救人於厄，振人不贍」的俠客，當在情理之中。「天下多

---

[22] 瞿秋白〈吉訶德的時代〉，《北斗》1 卷 2 期，1931 年。
[23] 《史記·遊俠列傳》。
[24] 參閱陳山《中國武俠史》，上海三聯書店，1992 年，第 268 頁。

有不平事,人間難遇有心人。」[25]如司馬遷、周阿三這樣遭受「不平」者委實過多,「有心人」則未免太少。「吟到恩仇心事湧,江湖俠骨恐無多,」此之謂也。黃公度與梁啟超書曰:「二百餘年……葸懦成風,以明哲保身為要,以無事自擾為戒,父兄之教子弟,師長之訓後進,兢兢然申明此意,浸淫於民心者至深。」[26]這差不多是「難遇有心人」的的注,也是「俠骨無多」的根本緣由。由此是不是也可以反證人們是多麼地渴望俠客、渴望被救助的心理圖示呢?

張潮說:「胸中小不平,可以酒銷之;世間大不平,非劍不能消之。」[27]問題是,會仗劍以求公道的總歸只是一小撮,殺人作惡者中卻又是「練家子」居多,比如西毒歐陽鋒(《射雕英雄傳》)、偽君子岳不群(《笑傲江湖》)、鷹爪孫張召重(《書劍恩仇錄》)、道家逆徒玉真子(《碧血劍》)、狂徒丁春秋(《天龍八部》)……更是嗜血成性、殺人如麻的高手中的高手。即便是李逵劫法場,掄起板斧排頭砍去,據魯迅揭發,首先砍的卻是無罪的看客;[28]萬世敬仰的武都頭為報大仇,血濺鴛鴦樓,竟殺死張都監一家十五口;[29]《無雙傳》中的左押衙行俠,卻也「冤死者十餘人」。像袁承志、郭靖、狄雲(《連城訣》)、張無忌(《倚天屠龍記》)那樣有機會又有能力報仇者,更是少之又少。當真是「笑亦何奇,哭亦何奇,胸中塊壘當誰告?」[30]懸盼俠客的出現,渴望自己也能成為俠客,構成了危難之時中國人的典型心態,其累積加疊,早已變作集體潛無意識內化於國人心理深處,因而在讀金氏小說時引起的強烈共鳴自不待言。與其說讀書流淚替古人傷心,毋寧說是在自己的期待視野地驅使下,為千萬個中國人中的這一個「我」

---

25 湯顯祖《紫釵記》53 齣。
26 《黃公度先生年譜》光緒二十八年條。
27 張潮《幽夢影》。
28 魯迅《三閒集・流氓的變遷》。
29 參閱《水滸傳》中的有關描寫。
30 黃遵憲〈俠客行〉。

而悲傷。在漫長而殘暴的封建制度下，「俠」彷彿成了一般老百姓能抱有的唯一能擺脫惡夢般災難的「白日夢」。有人說，俠常常代表著芸芸眾生那些基本的，但往往是得不到正常允可的人生與社會理想，由此俠成了一種文化現象。[31]當然說得很對，但應該再加上一條：俠更是一種心理現象，它是集體無意識的物質化的原型。

　　民族的集體無意識的形成有其歷史承傳的因素。誠如榮格所說，它是先天的。渴望被救助的念頭被長期動盪不安的歷史現實不斷強化；民族心理深處這種「集體無意識」時時探出頭來，在毫無防範時偷偷溜進了讀者的日常生活、待人接物的態度中，並不因為你是陛下、當今、主上，他是草民、商賈、喊「喳（！）」的奴才有何不同。「你命運的星宿在你自己胸中」，塞利對畢倫斯坦說。想消滅、消解、顛覆集體無意識，大概只是一腔春夢。正是民族意識深處渴求被救助的集體無意識這類似於命運的東西，直接顯現為對武俠小說的接受心理和期待視野，才使得金庸的武俠小說長盛不衰。

---

[31] 劉新風〈論俠意識〉，《文史知識》1990 年第 6 期。

為兩足獸幻想

人稱武俠小說為「成人童話」，可謂一語中的。童話者，幻想也，白日夢也，「迷魂湯」也。如果說亂世黎民渴求被救助是武俠小說讀者接受心理的主要成份，幻想本身才是武俠小說最能走向讀者、與讀者的接受心理達到真正契合的深層因素。李漁說：「傳奇本為消愁設，費盡杖頭歌一闋」，[1]說的正是這個意思。真實的俠已離我們遠去，幻想的俠倒不時混跡於記憶。幻想，是那被喚作人的兩腳獸的天性。金庸的小說整個兒就是幻想性敘事，是與現實建立起的一種間離關係。薩特（Jean Paul Sartre）《噁心》的主人公認為，要麼生活，要麼敘述。因為據讓保爾·薩特說，要使最乏味的事情成為奇遇，只須敘述就夠了。[2]奇遇和幻想有什麼樣的關係，只要生活過五天的人都不難知道。米哈伊爾·巴赫金（Mikhail Bakhtin）說，一個人生活在藝術中，便不在生活中，反之亦然。[3]詩人史蒂文斯（W. Stevens）表達了同樣的意思，他認為不是文學反映了生活，而是生活反映了文學。究其緣由，不過是「藝術」和「文學」表達了人們虛妄而真實的渴望。紀曉嵐說得再妙不過了：「文人自有好奇癖，心知其妄姑自期。」[4]——一「妄」一「期」，有如畫龍點睛，活活點中了「要穴」；幔亭過客也精闢地說過：「文不幻不文，幻不極不幻。是知天下極幻之事，乃極真之事；極幻之理，乃極真之理。」[5]——這就更是狗

---

[1] 李漁〈風箏誤〉下場詩。

[2] 參閱 A.C.丹圖《薩特》，安延明譯，工人出版社，1986 年，第 10 頁。

[3] 轉引自凱特琳娜·克拉克《米哈伊爾·巴赫金》，語冰譯，中國人民大學出版社，1992 年，第 72 頁。

[4] 紀曉嵐《閱微草堂筆記·觀弈棋道人自題》。

[5] 幔亭過客《〈西遊記〉題詞》。

膽包天地把幻想與至高無上的「真理」提到了同一檔次。就是在幻想的基石上，金氏牌「迷魂湯」與讀者的天性締結了協約，金氏的幻想性敘事也和讀者的期待視野達到了「視界融合」，因而擴大了讀者的層面。也正是與現實相間離的幻想性敘事，允許讀者從芸芸塵世中探出頭來，讓開門七件事、大小關係網、七大災八大難……都側身讓道，使他們成為天性中所幻想的純粹慾望之人，把現實中無法滿足的慾望自由自在地來一通滿足：像「刁民」任我行——這名字就已經很說明問題——那般，做不成陛下卻可以做個相當於皇帝的日月教主，他和皇帝活得一樣長久，皇帝稱萬歲，他叫「千秋萬代，」（《笑傲江湖》），雖然實際生活中曹雪芹早已為此輩準備了「心比天高，身為下賤」的判詞。

其他的當然就更不在話下。李漁曾嬉皮笑臉地說：「我欲為官，則須刻之間便臻富貴，」就是極好的說明。古人為愛情呼天嗆地：「夏雨雪，天地合，乃敢與君絕，」「一寸相思一寸灰，」「問世間情為何物，直叫人生死相許，」這完全是多此一舉。你只要學那讓愛情擊昏頭腦的神雕大俠楊過，從萬丈崖口一頭栽下去，沉入水中，就能找到一扇通往你的小龍女的石門（《神雕俠侶》）。而在幻想中——誠如李漁所說——，「我欲娶絕代佳人，即便王牆、西施之原配，」[6]根本就不用問時間的代謝，也不用管一朵鮮花是不是插在了牛背上。想發財嗎？有的是寶藏，它的密碼就在《四十二章經》中（《鹿鼎記》），在《唐詩三百首》中（《連城訣》），在一支小小的金釵裏（《雪山飛狐》），在一個懸崖的石窟裏（《碧血劍》），在一把鈍舊的匕首上（《書劍恩仇錄》）……只看你的運氣了。羅伯特‧舒文斯（Robert Scholes）說得好，幻想是一種精神昇華。其實在我們看來，豈止「昇華」，簡直就是現實。並且最好就是現實。[7]

---

[6]　李漁《閒情偶記‧詞曲部》。

[7]　羅伯特‧舒文斯：Structural Fabulation，Notre Dame：University of Notre Dame

　　人世之殘缺幾乎天定。古諺云，人生不如意者十之八九；《簡‧愛》則說，人活著就是為了含辛茹苦；基督教乾脆把人之為人定為「原罪」，人必得通過磨難洗卻通體上下的罪惡。神之子耶穌已在十字架上為此作了標本。凡斯種種，並不註定人不去追索幸福。法國詩人艾呂雅（Paul Eluard）公開聲稱：我怎麼會熱愛痛苦，我比所有人更熱愛幸福；浮士德激動地喊：「停一停吧！你真美麗！」──並不惜用自己的靈魂換取這瞬間的幸福感歎。看來，毫無自知之明的人類，當真要把在殘破的世上尋求完善幸福之夢做到底了。道教成仙，佛教涅盤，其實都是因為這個緣故。不過，學道太苦，修佛太累，這一悖論的理想解決唯有在藝術的幻想中才能實現。難怪並不喜歡藝術的老康德，研究過理性（《純粹理性批判》）和善（《實踐理性批判》）之後還要馬不停蹄地追趕美（《判斷力批判》）的精義。金庸的武俠小說作為一種幻想性敘事，並不是對超自然事物的描繪，也並不僅僅是對幻想所構架出的世界的陳述，而是對某種渴求狀態的描敘。這種幻想性敘述也許沒有在現實秩序中的合理性，但它有心靈邏輯上的合法性。正是從這個角度我們可以說，金庸炮製的這碗「迷魂湯」固然於經邦治國無大補（但那些「純文學」於「經邦治國」就有「大補」了嗎？），卻又與人的天性相關；棄捨它，除非崩了該死的天性。還是羅伯特‧舒文斯說得好：正如我們不能說睡眠對醒是逃避，幻想也不是對現實的躲避；睡眠與幻想是生活中不可或缺的側面，是為了醒來更精神。[8]金庸的「迷魂湯」是否讓人更有精神，還有待探討；而讓人從幻想的敘述中與天性合一並獲得對自由的體驗，卻並非全無用處。阿諾德‧豪澤爾（Arnold Hauser）為此辯護過。他說，通俗藝術的目的是安撫，是使人們從痛苦中解脫出來而獲得自我滿

Press，p5.

[8] 羅伯特‧舒文斯（Robert Scholes），Structural Fabulation，Notre Dame :University of Notre Dame Press，p.5

足。[9]阿諾德・豪澤爾的點睛之言就像是毫無武功的小郭靖，無意間擊中了武功蓋世的銅屍陳玄風的練門（《射雕英雄傳》）。

有趣的是，「迷魂湯」論的發明者茅公自己就是個武俠迷。且聽他的交待：「十一、二歲時，也讀《七俠五義》一類的書。對於俠客們所使用的『袖箭』，了不得的佩服。」[10]對此，惲樹珏作過解釋：「童子於古書無不喜《史記》，於《史記》無不喜遊俠刺客諸傳。」他老人家還進一步說：「是知勇為達德，實有生以俱來也。」[11]若改為「是知幻想之為達性」，庶幾更妙。現代心理學終於在一天早晨恍然大悟：兒童的幻想天性並不隨人的長大而消亡，所不同的，僅在於兒童的幻想天性「發乎自然」，成人的幻想天性則桎梏俗務而「止乎禮儀」，非得掙扎不能奪門而出。「少無適俗韻，性本愛丘山。誤落塵網中，一去三十年。」從正反兩個方面剛好道出了這中間的真諦。而唯其「掙扎」，也許更能見出幻想之於天性的重要性。

人們曾為「異化」問題互相打破了腦袋。現在似乎又有了新的答案。李澤厚先生以為，社會要發展，異化就不可免。[12]憑藉簡單的生活經驗我們就能明白：這才是得道之言。這也就更加證明了幻想對於我們的生活的重要性：人總不能每時每刻都生活在異化中吧？幻想於是成了人暫時回復天性、暫時隔斷異化的方式之一。套用錢鍾書的妙喻：異化（塵世生活）是從門口走進的丈夫，幻想則是從窗口爬進的情人。[13]哪一個更富激情，答案肯定是明明白白的。只不過，丈夫是常備的米麵，情人只是偶爾的零食，上不得盛宴的台盤。但這又有什麼關係呢？

---

[9] 阿諾德・豪澤爾《通俗文學研究》，居延安譯，北京大學出版社，1988年，第36頁。

[10] 《茅盾論創作》，上海文藝出版社，1980年，第23頁。

[11] 惲樹珏《〈武俠叢談〉序》，上海書店，1989年影印本。

[12] 這是李澤厚先生在一次對話中表達過的觀點。參見《李澤厚十年集・批判哲學的批判》，安徽文藝出版社，1994年，第517-519頁。

[13] 錢鍾書《寫在人生邊上・窗》。

　　金庸的武俠小說最不濟也能成為讀者的零食。他在一系列長篇巨製中描繪了常人無法抵達的虛擬江湖——那是個實行另一套規則和符碼的世界。金庸的武俠小說當然不是現實主義式地對自然的摹寫，而是對幻想的組合與編碼，是幻想的符碼化。對於幻想，金氏採取了米蘭・昆德拉（Milan Kundera）對付「存在」的伎倆：「給它一個詞，捉住他。」[14]學成絕世功夫的俠客（金氏的讀者或許早已將之轉變成自己）自由自在，天王老子的帳也不用買。欲寄江湖客，提攜日月長。」誠如梁羽生《雲海玉弓緣》的大俠金世遺所說：「我平生獨來獨往，快意恩仇，縱橫海內、決不受人挾制。」該俠客實際上道出了金庸所有俠客的心聲，也道出了金庸「迷魂湯」享用者的心聲。[15]令狐沖仗劍揮灑江湖，狂飲爛醉，把好端端的尼姑庵徑直當作了酒坊（《笑傲江湖》），這是何等酣暢淋漓的自由大曝光！塵世生活中，即使李白這天縱的自由化分子也不過驚叫一聲：「生不願封萬戶侯，但願一識韓荊州！」他明顯拖了個宋江的尾巴。果然，他被招安了。而這，正好顯透了「零食」的作用。

　　在龐大的現實生活中，人存在於時間的某一刻，空間的某一點，並不斷如 M.海德格爾（Martin Heidegger）所說的那樣「沉淪」，轉眼就有被淹沒的危險。同樣具有龐大創造力的人類精神，倒也產生了超越時空局限的偉大需求。說「美是自由的象徵」（高爾泰語）和說「幻想是自由的象徵」是一回事——最起碼金庸的讀者在讀金庸的武俠小說時寧願相信美就是幻想，並不顧那麼多專家、學者對美的定義。這真是人拿人性沒法子的事情。

---

[14] 米蘭・昆德拉《小說的藝術》，孟湄譯，三聯書店，1994 年，第 18 頁。

[15] 這裏所說的「自由」僅僅是指仗劍之人在隸屬於一門一派後有限的自由揮灑，還遠沒有獨行俠那樣的自由。儘管如此，仍對讀者的自由夢想有效。真正對獨行俠風貌進行極力描寫的，首推古龍的部份作品。金庸的全部小說中最缺少的就是獨行俠形像。這和中國文化的基本精神相吻合。

渴求自由，並不僅僅是渴求被救助；渴求自我實現，渴求心理上與自由天性的同一，並不僅僅是渴求安全需要，這美夢恐怕永遠不會在地球上成真。但這並不妨礙讀者假借金氏小說的幻想方式擺脫時空的局限，以求心理上的滿足。《七劍十三俠》開宗明義：「這般劍客俠士，來去無定，出沒無常。」讀者聽從了《七劍十三俠》的教導，跟隨令狐沖，楊過、周伯通（《射鵰英雄傳》、《神鵰俠侶》）、韋小寶、段譽（《天龍八部》）……出遊了，如同筆記小說《郭倫觀燈》中喜歡打抱不平的道人向郭倫所說的那樣：「吾乃劍客，非世人也。」讀者在欣賞金庸的小說時，或許也早已將自己置入了瀟瀟江湖：他們在幻想的江湖上隻身仗劍、浪跡天涯，一忽兒秦樓夢好，在「落魄江湖載酒行，楚腰纖細掌中輕」中體驗到放縱，一忽兒大漠孤煙，在「落日照大旗，馬鳴風蕭蕭」裏看見了爛熟的快意。更有那飄然來去，獨掌正義，「吾乃劍俠，非世人也」的理想的自由、自由的理想。金聖歎如有幸活到現在，或許會在自己的文章中再加一條「不亦快哉」。

夜晚烏托邦

　　武俠小說十分吸引人的地方之一是對夜晚的描寫。夜晚是俠客們行俠仗義，惡人們行兇作惡以致於惡貫滿盈之時。令人眼花繚亂的打鬥場面，正邪雙方的語言較量和兵刃較量，正義的喧叫、邪惡的狂呼以及最後的哀鳴……大都在夜間展開。對夜晚的描摹和把夜晚作為主要的時間構架，是武俠小說的一大特點；武俠小說作為類型小說，[1]比其他類型小說更重視把夜晚當作自己的時間座標。金庸當然也不例外。陸菲青夜鬥「關東六魔」中的老三焦文期（《書劍恩仇錄》第一回），拉開了金庸武俠小說中「夜晚」的序幕。紅花會諸雄拼死救盟兄文泰來的數次激鬥、與乾隆翻臉以致於大打一場（《書劍恩仇錄》），江南七怪大漠勇鬥銅屍鐵屍夫婦、洪七公威風凜凜用打狗棒教訓惡賊裘千仞（《射雕英雄傳》），袁承志大破溫氏兄弟的五行陣、深入禁宮刺殺崇禎皇帝（《碧血劍》），「落花流水」四兄弟大鬥西域血刀門高僧（《連城訣》），大惡人李秋水與其同為大惡人的師姐天山童姥的生死搏殺（《天龍八部》），田伯光數次使良家婦女名節失喪（《笑傲江湖》）……都無不在夜間展開。這種「敘事語法」也許能夠讓我們判定，夜晚為金庸的小說敘事提供了潛在的內驅力和動力源。

　　夜晚構成了武俠小說（而不僅僅是金庸的武俠小說）的一大隱喻。夜晚是白天的背面，是白晝的中斷，是普通人安眠的時刻。對普通人的意識而言，夜晚使時間、世界暫時隱退缺席；但對於金庸筆下的武林中人，王法、現實也照樣長眠不醒，卻又剛好是「舉頭

---

[1]　據筆者所知，首先提出武俠小說是一種類型小說的當推陳平原先生。對類型小說的定義和詳細論述請參閱陳平原《千古文人俠客夢》，人民文學出版社，1992年，第214-220頁。

三尺有神明」、可以實行另一套行為準則的時刻。白天是王化的世界，是正史話語的空間；對於武俠小說，夜晚正是非王化的世界，是民間野史話語的空間。[2]俠客的夜晚是對王化的白天的一次中斷、超逸，甚至是一種否定。

假如我們誇大一點，借用陳平原先生的說法，夜晚就是「一個不受王法束縛的法外世界，化外世界，實際上是在重建中國人古老的『桃源夢』。」[3]陳平原接著非常精當地指出：「俠客得民心卻不見容於世，武俠小說家的任務首先就是改變這種令人很不愉快的局面。隱身江湖是歷史上俠客的真實寫照；隱身江湖而又能逍遙自在，隨時可以大展雄風，卻是武俠小說得以展開的『基本假設』。」[4]對於武俠小說，其「基本假設」能得以成立的前提條件之一就是對夜晚的極度摹寫。

夜晚在此有了兩重涵義：它是具體的時間，是打鬥的場所；也是與王法世界相對立的野史時間，具有抽象的、隱喻的性質。相對於正史世界的白天，武俠小說的時間幾乎都是隱喻性質的夜晚。[5]

在對抽象的夜晚的描摹中，金庸為我們建構了芸芸眾生所需要的公道和正義的世界，滿足了我們需要俠而又有俠的渴望：金氏通過他的全部創作，為我們展現了一個類似於儒家大同的理想境地——當然，「夜晚」不是儒家的大同世界本身，毋寧說它已經修正了儒家的大同

---

[2] 本書大而化之地將中國價值文化分做三大塊：儒道互補（即正史文化）、楊（朱）墨（翟）互補（即野史文化）、佛禪文化。每一種不同形態的文化都有自己的特定內涵以及話語空間。本書其後章節對此將有詳細論述。

[3] 陳平原《千古文人俠客夢》，人民文學出版社，1992 年，第 209 頁。

[4] 陳平原《千古文人俠客夢》，人民文學出版社，1992 年，第 142 頁。

[5] 這與小說在中國文化中的地位有相契合之處。小說本身就是一種下里巴人的文體，和正統文體——比如詩、文、史傳——有著本質區別。從隱喻的角度說，白天可以「代表」正統文體，夜晚則可以「鏢針」小說，尤其是「通俗」的武俠小說（參閱敬文東〈從野史的角度看〉，《當代作家評論》1997 年第 6 期；敬文東〈從本體論的角度看〉，《中央民族大學學報》1999 年增刊）。當然，把夜晚看作武俠小說最主要的時間構架也和武俠小說在時間上的特殊性密切相關。關於這一點可參考本書緊隨其後的論述。

世界的原義。「大道之行也，天下為公」；「故外戶而不閉，是謂大同。」[6]
——這自然就是儒家所稱道的「大同」了。武俠小說的烏托邦世界則與
此有著極大的差別。龔自珍曾說：「任也者，俠之先聲也。古亦謂之任
俠。俠起先秦間，任則三代有之。俠尚意氣，恩怨分明；儒者或不肯
為，任則周公與曾子之道也。」[7]排除龔自珍的論述中值得商榷的部分，
至少有一點可以被我們肯定：「俠」是「儒者或不肯為」的。[8]金庸小
說裏所有的俠客大都目不識丁（《書劍恩仇錄》中的陳家洛或許是個例
外，因為此人很有學問，在科考中成績斐然），他們與儒大約是兩回事。
從接受美學的角度看，金庸最吸引人的地方就是他著力建構了墨家的
江湖烏托邦（墨家的大同世界）。墨家的江湖烏托邦在金著中有著相當
重要的地位。[9]正是它，為普通讀者提供了潛藏在內心深處的渴望。

　　中國傳統哲學的最高概念是道。按金岳霖先生的看法，道可以合
起來說，也可以分開來說：自萬有之合而為道言之，道一；自萬有之
各有其道言之，道萬。[10]按照通常的、一般性的理解，道的思想直接
體現為天人合一的思想，為儒、道、墨三家所分食，只不過它們各自
走著不同的路徑。假如說，道家的路徑是以人合天，儒、墨則偏重於

---

[6]　《禮記・禮運》。

[7]　龔自珍〈尊任〉。

[8]　實際上早期儒家很有些陽剛之氣，表現在日常生活中也頗有些行俠仗義的
　　豪氣，只是越到後來越柔化了。參閱陳山《中國武俠史》，上海三聯書店，
　　1992年，第18-30頁。

[9]　當然，金庸小說中建築了四重世界，分別是正史世界、野史世界、佛禪世界
　　和流氓世界；墨家的大同世界僅僅屬於野史世界的一部份。本處所謂墨家的
　　江湖烏托邦在金庸小說中有重要地位也僅僅是從此處著眼。而此處之所以將
　　之專門提出來，並不是要否認其他世界的存在，而只是想從金庸小說的幻想
　　特質的角度來解釋金著何以受歡迎。墨家的大同世界正是對今人大有吸引力
　　的特質之一，也是金著受到普遍歡迎的重要原因之一。如果說古人需要俠而
　　沒有俠才去幻想俠，那麼，今人則是並不太需要俠也沒有俠，但他們可以幻
　　想有一個行俠仗義的江湖烏托邦來超越自己毫無幻想的生活。這或許就是現
　　代人喜歡與自己的現實生活八竿子也打不著的武俠傳奇的根本原因之所在。

[10]　金岳霖《論道》。

以天合人。以天合人在儒、墨兩家那裏都採取了循環論證的方式，它們基本上都是依據人道去塑造天道，又用被塑造出的天道來為理想化的人道作裁判。正是這種思維方式上的特殊性，為金庸構築他的夜晚烏托邦或江湖烏托邦（即墨家的大同世界）提供了理論資源。

「兼相愛，交相利」是墨家思想的重要成份。為此作論證的，則是幻想一個有意志的、能懲惡揚善的「天」來讚揚和發明「兼相愛，交相利」，懲罰和否棄別相惡、交相伐。墨家就這樣把裁判權拱手交予了「天志」（道）。在墨家那裏，「天之意不欲大國之攻小國也，大家之亂小家也。強之暴寡，詐之謀愚，貴之傲賤，天之所不欲也；」[11]「天下無大國小國，皆天之邑也；人無幼長貴賤，皆天之臣也。」[12]這就為「視人之國若視其國，視人之家若視其家，視人之身若視其身」找到了形上根據，[13]也為「愛無差等」找到了理論說明。墨子更進一步說：「天子為善，天能賞之；天子為暴，天能罰之。」[14]如此說來，在墨家那裏，我們在天志面前就當是人人平等了。然後墨家從天道的角度出發提出了「義」的概念來證明天道的作用：「天欲義而惡不義。」[15]「義」也是金庸武俠小說的中心概念和命脈之所在。對於「義」，墨子曾肯定地說：「萬事莫貴於義。」[16]正是從「義」的角度墨家提倡「任俠」。而所謂任，按照墨家的觀點就是「士損已而益所為也。」[17]「為身之所惡，以成人之所急。」[18]金庸的武俠小說從「義」出發，走向了、渲染了墨家人人平等的「大同世界」，[19]也為江湖烏托邦和夜晚烏托邦的出現提供了先聲。

---

11 《墨子·天志中》。
12 《墨子·法儀》。
13 《墨子·兼愛中》
14 《墨子·天志中》。
15 《墨子·天志上》。
16 《墨子·貴義》。
17 《墨子·經上》。
18 《墨子·經說上》。
19 金庸小說中有四種「義」：正史世界的義、野史世界的義、佛禪世界的義、

　　而為此烏托邦計，墨家又提出了賢士之所以為賢士的標準：「有力者疾以助人；」「有財者勉以分人；」「有道者勸以教人。」[20]金庸為了他的武俠小說更有吸引力還在此基礎上加了一條：有力者懲惡揚善，替天行道。在金庸那裏，墨家的「賢士」直接轉化為武俠小說中的俠客（比如郭靖、張無忌、喬峰）；墨子提倡的平等世界也轉化為金庸小說中的「大同世界」，即我所謂隱喻意義上的夜晚或江湖烏托邦（夜晚烏托邦）。且不說金氏牌大小俠士們揮劍保護弱小，就是仗義疏財，也多不鮮見：周阿三攜未婚妻銀鳳出逃就是得了紅花會諸雄的贊助；就在平阿四為父母欠人銀兩尋死覓活之時，也是素不相識的大俠胡一刀代為繳納（《雪山飛狐》）……這一切都可以歸結為「義」。正是在「天志」要求下產生的「義」形成了武俠小說獨有的夜晚世界。這個世界既不同於道家小國寡民的世界，也不同於儒家有秩序的親親、尊尊的世界。它是由俠客和在俠客的寶劍保護下的蟻民組成的獨有世界。

　　墨家提倡「非攻」，反對殘殺，所謂「殺一人謂之不義」。張潮也說：「武人不苟戰，是為武中之文。」[21]雖沒有「天志」那麼形上，卻可為此作一注腳。但是只有在天志的要求下，在人人聽從天志的基本要求的理想狀態下，墨家所提倡的非攻、戒殺才是正確的。作為武俠小說作家，金庸不得不面對修改墨家大義的處境：沒有殺，練家子也就失去了用場，武俠小說也就難以成立。好在中國歷史上從來也沒有過所謂的理想狀態。因此，一貫理性的墨子才會說：「殺一人謂之不義，……必有一死罪也。」在這種情形下，殺此「罪人」無疑就是行

流氓世界的義。此處著重指出的墨家義僅僅是野史世界之義的組成部份之一。由於本節只是想從接受美學的角度，來說明墨家大同世界在如何為讀者提供幻想力從而達到視界融合因此擴大了小說的消費量，因此並沒有指出其他種類的義的作用。一般而言，就讀者接受心理的角度看，虛擬的墨家之義較之其他幾種義有更大的吸引力。

[20]　《墨子·尚賢下》。

[21]　張潮《幽夢影》。

「義」了。所以，從「以殺止殺」之謂義出發，金庸大力尊崇並修改了墨家關於義的概念，最終建立了一個新的烏托邦世界。事實證明，正是這一點而不是金庸小說的其他特質更能滿足讀者的幻想心態。

《論語·陽貨》有「詩可以興」云云；劍又何嘗不如此？如套用《論語》則可以說：劍可以義。《禮記·曲禮》上稱：「父之仇，弗與共戴天；兄弟之仇不反兵；交遊之仇不同國。」胡斐（《雪山飛狐》、《飛狐外傳》）、郭靖，柯鎮惡（《射雕英雄傳》）、張無忌（《倚天屠龍記》）、袁承志（《碧血劍》）……金氏豢養的一大批豪傑們遵照《禮記》的吩咐（或至少是《禮記》的吩咐）相繼上路了。不過，他們並不是如同西方的亞伯拉罕那樣向上帝給他們指引的地方走去，而是踏上了金氏為他們「心造」的江湖。他們最初的目的往往只有一個：掃仇雪恨。江湖上的騷亂自此開始，金庸的敘事也由此發軔。

金庸較之許多同行的高明之處在於除了「劍」還有「書」──有如《書劍恩仇錄》的題目所昭示的那樣。「書」是對「劍」（即殺）的限定，它代表對生、死、恩、仇的勘探，對天志的被遵從與否的判定。[22]《書劍恩仇錄》裏那部作為小說道具的古版《可蘭經》，看來也並非只為故事發展的內驅力而設，放在金庸作品的系統中其實大有深意：它是一個象徵，一個古老的寓言，也是化解江湖恩仇的假定方法。[23]一「劍」一「書」，寫出劍中之書，不僅為斑駁陸離的金氏小說定下了基調，也為建造隱喻意義上的夜晚奠定了基礎。

金氏牌主人公差不多均以個人私怨涉入江湖，最後基本上都做成了超越一己恩仇的偉業，除了出身於揚州妓院的小流氓韋小寶──不

---

[22] 參見裘小龍等〈金庸武俠小說三人談〉，《上海文論》，1988 年第 4 期。

[23] 在金庸全部作品的內在邏輯發展中，化解恩仇的主要方法是佛禪；就金庸建構的不同世界而言，每一個世界都有其獨特的「義」，而每一種「義」都有對恩仇的限制、化解。此處的「義」對於化解恩仇而言，只限於從讀者接受角度來談金著為何有如此大的消費量，並不是真正解釋金庸作品的內在邏輯和模式。後一點將是本書要詳細論述的。

過，從調笑的角度看，說不定韋小寶的成就比誰都大。而這，金庸的全部作品告訴你，正是劍中之書、隱喻夜晚的題中應有之義。

　　寫出劍中之書，也就是要寫出劍可以義──「義」是對劍的外部限定。虛擬的江湖世界是個仇殺的處所。「十步殺一人，」「殺人都市旁」不過是虛擬江湖的真實寫照，也就是「虛擬的花園中有真實的癩蝦蟆」的那種真實。[24]僅僅寫劍，只是「滿紙殺伐之聲。」（金庸語）。唐人李德裕說過：不但「義非俠不能成立」，而且「俠非義（也）不成」。[25]梁羽生甚至極端地說：「我以為武俠小說中……與其有『武』而無『俠』，毋寧有『俠』無『武』。」[26]陳平原贊成他的話，卻懷疑有俠無武武俠小說是否還能成立。對於武俠小說，光是「滿紙殺伐之聲」固然不可，僅有「俠」（義）當然也不行。合理的方式是兩者折衷，有邪有正，有恩有仇，有劍有義，既滿足了讀者對武俠小說中正義戰勝邪惡的心理期待，又避免了純粹的殺伐為讀者帶來的純粹的感官刺激。李卓吾說得好：「被以劍俠稱烈士者，真可謂不知俠者矣。」[27]這毋寧是在說，「俠」並不能成為自身的規定，必定有外在的限定。這就是義的作用了。

　　關於義從來就頗多爭議，不同的學說對此也有不同的定義。洪邁就曾憂心忡忡地指出過：「人物以義為名者，其別最多；」[28]連一向堅定清醒的墨子也說：「天下之人異義。」[29]金庸小說中代表「正面」與「恩」這一極而從外部來限定「純陽」之劍（殺）的義（書）又是什麼？或者問，他對墨家之「義」做了怎樣適合自己需求的修正從而建築了自己的夜晚烏托邦呢？

---

[24] 參閱 Marianne Moore，Poetry，Anthology of American Literature (Macmillan Publishing Company，NEW YORK)，P1296.

[25] 李德裕〈豪俠論〉。

[26] 佟碩之（梁羽生）〈金庸梁羽生合論〉，《梁羽生及其武俠小說》，偉青書店，1980 年。

[27] 《焚書·雜述·昆侖奴》。

[28] 《容齋隨筆》卷八。

[29] 《墨子·尚同》。

《易經・說卦》稱聖人「立天之道曰陰與陽；立地之道曰柔與剛，立人之道曰仁與義」。如此說來，仁義與陰陽、剛柔對舉而成為兩種有差別的東西，與我們望文生義的「仁義」無別也許並不是一回事。《禮記・中庸》曾說：「義者，宜也。」《說文》則曰：「宜，所安也。」由此我們基本上可以斷定「義」就是「宜」，就是「所安」。從字源學上看，「宜」即「俎」，其涵義或為祭禮，或為動詞「殺」。但是，祭禮在遠古時期仍最終要落實到「殺」上（比如宰殺牲畜以待祭）。[30]有證據表明，是儒家在戰國中後期把充滿血腥的「義」轉化成了溫情脈脈的義，也就是我們今天常常說到的仁義的「義」。然而，在金庸小說中，義被撕去了溫情脈脈的面紗而還原為血腥的本義，不但解決了武俠小說能否成立這個難題，也為「殺能行義」找到了依據。正是從這方面，在一個完全不似墨家所構想的人人都聽從天志的理想社會裏，金庸把「殺一人必有一死罪」推到了較之墨家體系更有說服力的位置（儘管其來源和墨家仍然有關係）。這恰可看作金氏從文學寫作的角度對墨家之義的修正。

義既是肯定性的又是否定性的，是米哈伊爾・巴赫金所謂的「正反同體性」：劍的本性是嗜殺，義支持它殺，但又限定它殺，並使殺始終處在一個適當的限度之內。這或許正是李德裕「義非俠不能成立」的真正涵義。

首先是「除去天地之害，謂之義」。[31]唐君毅曾經說過，俠義精神以其宅心的公平，欲報不平來顯其正直。[32]也就是說，俠客們伸展了人間社會之委曲；俠是急公好義，勇於犧牲，有原則，有正義感，能替天行道紓解人間不平的人。正所謂「安得劍仙床下土，遍取人間不平人」。苟義之所在，誠如孟子所稱道的，「雖千萬人，吾往矣。」「往」

---

[30] 參閱龐樸《良莠集》，上海人民出版社，1988 年，第 234-243 頁。

[31] 《禮記・經解》。

[32] 參閱唐君毅《中國文化之精神價值》，臺北正中書局，1981 年，第 40 頁。

哪裡去？當然是去殺人，用純陽之劍加諸惡人之頸。殺死了惡人，正義就得到了伸張，義也就獲得了實現。程趾平說：「俠之所在，即情之所鍾也。」[33]好義之情，應該是代表正面、恩這一極的俠士本份。杜甫說：「白刃仇不義，黃金傾有無。」說得入木三分，活脫脫於怒目金剛的姿態中勾出了隱喻性質的夜晚的輪廓，渾不似一介腐儒。而這，無疑就是「義」的深刻內涵了。

　　往往把敘事時空置於離亂之世的宋末、元末、明末和清初的金庸小說中，更是壞人當道，邪惡橫行，人為刀俎，民為魚肉。所以仗劍揮殺，掃除奸凶，成了金氏小說敘事的最原始的內驅力，也成了人們（包括讀者）普遍的心理渴望。袁承志掃殺明兵，郭靖萬軍叢中取金兵上將首級，陳家洛的紅花會諸雄寶劍上更是開滿清兵血花，正是除去惡徒，恢復義的本來面目的真實舉動。金氏小說中即便是釋家門徒，也決不一味反殺，在必要時還要提倡以殺止殺——誠所謂我不入地獄，誰入地獄。從《射雕英雄傳》和《鹿鼎記》中，尤其是從《天龍八部》中我們早聽到了這種聲音。大乘佛教稱行善就是修行，救人一命勝造七級浮屠；臥龍生《七絕魔劍》中的少林無量大師更是說出了這夥和尚的心聲：「老衲因靈慧不足以閉關自修，才奉命在紅塵積修善功。」在金氏小說中的亂世，救人的最佳方式就是除惡（金庸在這方面也極盡誇張鋪排之能事）；除惡即行善、行義。在一個你死我活的世界，唯有殺戒大開才能自救，唯有殺人才能救人，這個看似矛盾的命題不是正有其深厚內蘊麼？基督教說得好：「以命償命」，「以打還打。」[34]這是「除去天地之害謂之義」的主旨。金庸顯然聽懂了這個意思，也按照這個意思開出的敘事線路和邏輯線路開始了他的寫作。

　　金氏武俠小說要想滿足讀者的接受心理、期待視野，必須要有一個假定性：邪不壓正。該假定性建立在對美好事物的嚮往與渴望的基

---

[33] 程趾平《此中人語》卷六。
[34] 《舊約‧傳道書》第三章。

石上。就義而論，是代表正面、恩的一方對邪面、仇的一方的勝利。翻譯成武俠小說話語體系的通常句式，就是正方的武功最終要勝過邪方。然而，我們並沒有足夠的證據可以說明這一假定性能絕對成真（想想金庸筆下那麼多武功卓絕的惡人吧）。這又該怎麼辦呢？金氏為此聰明地設置了一個虛擬性的前提：邪派武功再高，到最後都總是一派純陰，都總會走火入魔──歐陽鋒武功蓋世，牛皮烘烘，卻只能倒立行走（《射雕英雄傳》），東方不敗與岳不群天下無敵，但首先是個自宮之人，失卻了男人值得驕傲的把把（《笑傲江湖》）……正是這些「陰」氣，成了他們各自被正派俠士打敗的「練門」；正派武功則如久貯之酒，越練越淳，至登峰造極時已臻一派純陽之境，有如孟子自謂一貫善養的浩然正氣。

　　功夫的高低由人物正邪的品德來規定，正是金庸為「義」生造出的一個衍生觀念。[35]義也由此使武俠小說帶有了濃厚的烏托邦色彩。喬峰（《天龍八部》）、郭靖等人手中的寶劍歷經滄桑到最後就頗有一點《莊子‧說劍》的味道了：此劍「上法圓天」，「下法方地」，乃能「中和民意，以安四鄉」。當此之際，寶劍橫斜，為問誰與爭峰？喬峰、郭靖當然成了最後的勝利者，不管是事實上的勝利者還是道義上的勝利者。當然，本著「義」的一貫要求，金庸更願意給他們道義上的勝利者的身份，以滿足苦等了很久的讀者們的期待視野和心理渴求。

　　「除去天地之害」只是義的一個方面，捨生取「義」則是它的又一方面。「捨」生取義這個俗語本身就揭示了「殺」的內涵。不過，這是主動就死、殉道，是墨子所謂「士損己而益所為也」。董仲舒曾對仁和義作了一個精闢的區分：「故仁之為言，人也；義之為言，我也。」「義之法在正我而不在正人。」[36]以殺止殺和除惡行善就殺這方面來

---

[35] 就正史世界來說，孟子所說的浩然正氣，就是一例；就野史世界而言，「天志」是賞善罰惡的，也是一例；對於佛禪世界來說，武功較之於悲天憫人的大慈大悲大愛就更是毫末小道了。金庸的假定性是對上述一切的綜合使用。

[36] 《春秋繁露‧仁義法》。

說是指向「他人」，但義更在於指己。捨生取義說的正是這個意思。對人對己都是「義者殺也」的組成部份，二者未可或缺。喬峰在他血緣上的契丹和養育他的中土之間，兩方都不想傷害，唯一解決方式是殺身而亡，以全其義（《天龍八部》）；令狐沖身中劇毒功夫殆盡，面對強大的邪惡面不改色、置死生於度外（《笑傲江湖》）；郭靖為救金兵圍困下的襄陽民眾誓死赴湯蹈火，引得刁丫頭黃蓉也只好說：「我知道你是這樣的人，罷罷罷，你死後我也不會獨生……」這都是義所要求的自律的一面。

　　與捨生取義相聯繫的還有大義滅親。「滅」字正好點出了義的龍睛。「親」是「己」的延伸，這更確鑿地說明了義的本來面目。郭靖的女公子砍斷楊過一條手臂，郭大俠無論如何要砍掉女兒的手臂以作抵（《神鵰俠侶》）；穆人清的女徒孫濫殺無辜，穆老兒遂要廢其武功，並明令她終生不得用劍（《碧血劍》）——這當然是正派人士之所為。陰邪之人楊康在知道自己的養父實際正是殺父仇人時，因貪戀養父權勢（其養父正是我大宋仇敵金人的重臣），依然效「父」盡忠，終不免惡有惡報，屍骨無存（《射鵰英雄傳》），而其子楊過在知道其中的真相後雖然痛苦有加，也覺得父親可恥之極（《神鵰俠侶》）。至此，我們或許早應該看出金庸恢復「義者殺也」之本義的用心何在了吧。

　　金庸將墨家之義強化、修正為「義者，殺也」其實僅僅是一種權宜之計。《論語‧子罕》說：「可與立，未可與權。」皇侃義疏：「權者，反常而合於道者，王弼曰：『權者道之變，變無常體，神而明之，存乎其人，不可豫說，尤至難者也。』」對金庸來說，情況也正是這樣。從某種大而化之的意義上說，以殺止殺恰是對墨家「非攻」之義這個天道（「天志」）的「權」。反過來說，要殺而又能止殺，才是真正合乎天志的義——這是為什麼要止殺；而如何止殺，則更是金庸的武俠小說要施展渾身解數來對義進行「權」了。

這一切似乎都在向我們昭示，義本身就有相反相成的一面。巴赫金認為，每個詞自身都有可能是對話性的，每一個詞的內部都設置了自我辯駁的演兵場；庸愚子在〈《三國志通俗演義》序〉裏的言論可謂俄國人巴赫金超越時空的知己：「《春秋》者，魯史也；孔子修之，至一字予者，褒之；否者，貶之。」義自身內部也有相反相成、互相界定和對話的一面：對天下之害（「否者」），義的一面對義的另一面說「殺」之（「貶之」）；面對無辜者、弱小者（「予者」），義的一面則對義的另一面說保護之（「褒之」）。在這裏，我們可以暫時將「義」看作一個自足的系統。[37]從以殺止殺之為義的角度看，義是對墨家的權，不是「君要臣死，臣不得不死」的儒家之「義」。這就是說，義的自足性最終要落實到俠的自足性上，而這同樣出乎天道（「天志」），是「天志」給了俠和「義」較為充足的自足性。

金庸的全部小說表達了，民間百姓從歷史上長期傳承下來的烏托邦思想：這個烏托邦既不同於道家棄聖絕智、不問性情的小國寡民，又不同於儒家建立在血脈觀念上的尊卑世界，更多地是與墨家「天志」面前人人平等的「大同世界」（墨家的烏托邦）相重合的理想境界，但又修正了墨家的烏托邦——這主要建立在恢復義的原始意義的基礎上。而這，正是墨家所缺乏或為墨家不大看重之處。它就是金庸的小說中努力構建的江湖烏托邦（夜晚烏托邦）。金庸如不這樣做，一者武俠小說難以成立；二者即便成立是否還有讀者，當在兩可之間，因為這不合以民族無意識為根基、從歷史上長期傳承積澱下來的讀者的期待視野，也就不可能成為「成人的童話」。

---

[37] 然而，任何看起來自足的東西都有其自身難以解決的矛盾。正史世界的義、野史世界的義、佛禪世界的義在發展到極致時只能是各自的義的矛盾雙方互不相讓，相持不下。這一點正好構成了金庸在敘事學上的緊張感。本書其後各章對此均有詳細論述。

一個簡要回顧

通過以上簡約分析，我們會對金庸作品為何有如此大的消費量有了一個較為完整的概念。但正統的學術界有一點是正確的：流行的未必就是好的。金庸也許是個例外。我們現在可以把懸置在胡塞爾那個括弧裏的意見抖出一些了。

應該說，近幾年已有相當多的一些人開始注意金庸，開始對金庸作出相應的、甚至是較為中肯的評價。我們常常說，矯枉必須過正，一些過頭話的出現無非是為了引起人們的注意；這就有如不懂事的小孩子的哭，其意並不在眼淚，而在於願望中的那塊方糖。

旅美華人學者、文學批評家陳世驤就說，金庸的小說幾乎可以和元朝雜劇的異軍突起相比擬。既表天才，也關世運。陳先生說：「所不同者今世猶只見此一人而已」；「金庸小說之大成，此予所以折腰也。意境有而復能深切高大，則唯須讀者自身才學修養，終能隨而見之。」陳氏的言論足以引起我們的思考，但他的評價似乎還不是最高的。紅學家馮其庸先生出語驚人，他說，在古往今來的小說結構上，金庸達到了登峰造極的境界，金庸是當代第一流的大小說家，他的出現，是中國小說史上的奇峰突起，他的作品，將永遠是我們民族的一份精神財富。馮其庸甚至還將「紅學」與「金學」相提並論。馮其庸的學術成就有目共睹，其言論或有誇大之嫌，卻不見得就是事出無因。

據說，海外早有「金庸學會」，臺灣遠流出版社一次性地推出一套十冊的「金學研究叢書」，更早在 1980 年。[1]有些膽大妄為或曰有遠見卓識的大陸學者，更是將金庸看作二十世紀中國文學的大師級人物，

---

[1] 參閱冷夏《文壇俠聖：金庸傳》，第 183 頁。

位列魯迅、沈從文、巴金之後，赫然在老舍諸人之前，則不啻是石
破天驚之舉；當然，也有人將之謂為嘩眾取寵。一向以正經、嚴肅、
板著臉孔出現的北京大學竟授予金庸名譽教授稱號，可謂北大校史
上一大奇觀。嚴家炎教授則從文學史的角度，認為金氏小說「做到
了與『五四』以來新文學一脈相承、異曲同工，成為現代中國文化的
一個組成部份」。[2]……這一切不無誇張的說法，讓我們聯想起本世紀
二十年代新文學陣營對武俠小說的同仇敵愾，隔世之感生焉。當真是
「皇帝輪流做，明年到我家」麼？三十年河東，三十年河西，世道變
化之快，遠非人的想像。比如說，那時候申討通俗小說（包括武俠小
說）一馬當先而又一向被看作小說大師的茅盾，要是地下有知，看到
新一代學人在給二十世紀文學大師「排排坐、吃果果」時，沒有了他
卻有了在他眼中肯定難以入流的金庸等輩，該當作何感想呢？克萊
夫・貝爾（Clive Bell）曾說，在十九世紀，當那些「有教養的人」發
現，像濟慈（John Keats）和彭斯（Robert Burns）這樣的痞子竟然是
偉大的詩人時，他們將感到十分驚奇；一位與賽凡提斯（Miguel de
Cervantes Saavedra）同時代的「高明」的西班牙文學批評家，也稱賽
氏的作品為淺薄的、只供逗人一樂的玩物。走眼的時候畢竟不少，正
統的學術界往往充當的是「馬後炮」的角色，因而茅公也不必慚愧。
我們要做的自然也不是代茅公置辭。

　　武俠小說作為文學研究領域中的神經末梢，最近已引起人們較為
廣泛的注意。在所有成果中質量上執牛耳的，當首推陳平原的《千古
文人俠客夢》。該書從宏大視野上詳細檢討了自有武俠小說以來的全部
歷史，和作為類型小說的武俠作品的藝術特徵。這是一本立論公允，
論證詳實的力作，其追本溯源、「宜將剩勇追窮寇」的學術態度讓人
心折。但金庸在整本書中，只以武俠小說作家群中的一員而加入大
合唱，似乎看不出金氏的獨特地位和創作成就。

---

[2]　嚴家炎〈論金庸小說的現代精神〉，《文學評論》，1996 年第 5 期。

　　據說，大陸第一部金學專著當數青年學者陳墨的《金庸小說賞析》。陳墨一口氣寫了四部有關金庸的著作。不過，陳墨處理的問題頭緒似乎太多，終不免有浮光掠影之嫌，失之膚淺之弊。作為金庸研究的先行者，實在功不可沒。曹正文有《金庸作品人物譜》，也號稱金學專著，但談不上什麼系統批評，只能算作金學札記；不過，作者從感悟出發，藝術感覺之敏銳，的確使作者頗多發現。倒是以下幾篇論文見出了論者紮實的學術功底，頗有識見。

　　盧敦基先生在〈金庸新武俠小說的文化與反文化〉一文中認為，金庸一方面利用厚重的中國文化思想用以建構自己的作品世界，《射雕英雄傳》，《笑傲江湖》、《天龍八部》與儒道釋遙相對應，一方面卻又在《俠客行》、《鹿鼎記》中體現了反文化的思想。[3]此論很有道理。但金庸是否有反文化的思想，則可以商討。比如《俠客行》明顯有圖解禪宗「不立文學」、「見性成悟」、「直指本心」之嫌，主人公狗雜種活脫脫是一位更換了肉體凡胎和名姓的慧能。如說《俠客行》是反文化的，那麼只能說佛禪就是反文化的；論者卻分明又將禪佛與儒、道兩家對峙，看成是文化性的東西，則很難自圓其說。

　　何平題為〈俠義英雄的榮與衰〉[4]的論文很可與盧文對話：何文認為金庸以儒家入手，以反儒結束，在此情況下，金氏的英雄故事如何與真實和現實取得一致就頗成問題，因而棄絕了武俠小說。本論文的長處在於試圖解釋金氏封筆的原因，卻不能從金庸所涉足的中華民族文化大合唱是否有一個發展極致處著眼，或者說不能從中國本土文化作為精神和理論資源在小說寫作中是否有一個在金庸處的極限著眼。我認為，找到了這一極限，或許就找到了金庸在創作盛年突然封筆的內在原因。

---

[3]　參見盧敦基〈金庸新武俠小說的文化與反文化〉，《浙江學刊》，1991 年第 1 期。

[4]　何文載《讀書》1991 年第 4 期。

　　王以仁先生的〈阿Ｑ與韋小寶〉是十分有見地的一篇文章。王先生認為，中國文化的深層與其說是儒道互補，不如說是楊（朱）墨（翟）互補，而金氏小說的內核恰好是建立在楊墨互補上。該見地可謂誅心之論。但王以仁先生卻又似乎犯了以偏概全之「罪」。我認為，事情恐怕比王先生的想像要複雜得多：中國的統治文化（精英文化、上層文化）是一種史官文化，也就是本書後面將要反覆提到的正史文化，其核心是儒道互補；而民間文化（下層文化）則是一種老百姓文化，即野史文化，思想核心是楊墨互補。王先生的高明在於，楊墨互補與其說純是下層百姓文化，毋寧更是對普遍人性的反映，也就是王先生所稱的「深層」。

　　實際上，野史文化與正史文化在中國歷史上始終處於相對獨立、對立、對應的局面——譬如四種學說都成型於戰國時代，恐怕就很難完全說是巧合。兩種文化各有各的文體，比如史傳、詩、文就是典型的正史文體，而小說、稗官、野史、傳奇則是典型的野史文體。如果一定要說中國文化是什麼什麼互補，那麼可以稱為楊墨與儒道的互補。事實上也正是這樣，儒道互補的極限恰好就是楊墨互補。可惜王以仁先生在一篇短論中不可能解決這麼複雜的問題。

　　默默的工作總是在行進之中，只不過他們中的許多人從來就不習慣叫囂罷了。何況從源自本土文化的金庸小說中，高明的論者即便戴上電子顯微鏡也難以找到時髦的後現代主義，叫囂和自我宣揚就從根本上成為不可能，因為這的確很不時髦。可以這麼說，金庸研究現在也許可以、也能夠從嚴肅的立場和態度來進行了，金庸研究或許可以成為一種正經的學術。

第一章

對賓格的陳述

儒道互補？

　　德國人 W・蘭德曼（Willain Landman）用通俗的語言表明了人與
文化之間的水乳關係：誰想知道人究竟是否只是一隻進化不了的猴
子，那麼他也應該，而且首先應該知道什麼是文化。[1]許多金庸的評論
者也大都從中國傳統文化著眼，這當然不無道理。武俠小說作為一種
「類型小說」，既然「基本上」是從中國傳統文化精神內核中發育成長
起來的，[2]探討武俠小說與中國文化之間的關係就是順理成章之事。但
這裏邊有一個必要的過渡：我們得首先知道中國文化是什麼。可是，
要回答這個問題顯然相當困難；不過，只要我們稍稍轉換一下文化望
遠鏡的角度，首先僅就中國傳統文化中的儒、道兩家側目打量一番，
問題相對而言肯定要容易得多。正如西方話語理論所揭示的，掌握了
政治統治權的階級也就自然而然掌握了話語統治權。儒、道兩家作為
一種統治文化（話語）在中國歷史上的影響如何，似乎用不著我們再
多說什麼了。

　　儒道互補是長久以來被人們偷工減料、嘮嘮叨叨用以說明中國文
化特色的著名命題。這當然算不得錯。但是，儒道互補從根本上只能
被看作上層文化的主要結構方式，[3]可能就不是我們那些「方腦袋的理

---

[1]　引自鮑戈莫洛夫主編《現代資產階級哲學》，上海譯文出版社，1982 年，第
　　470 頁。

[2]　此處使用「基本上」一詞，是想說明如下事實：a 武俠小說有可能突破傳統
　　文化的藩籬而引進新興的異質文化，這在金庸處也不例外；b 已經有一些新
　　武俠小說作家在明顯地這樣做了，比如古龍作品中就有海明威筆下的硬漢
　　形像、尼采鼓吹的超人形象。

[3]　儒道互補對下層百姓的實際影響是很小的，我們切不可誇大儒道互補對一
　　般民眾的影響。總的說來，儒道互補是一種理想化的統治哲學，它排除了

論家們」（鍾鳴語）完全知道的了。儒道互補的基本涵義和圖示是，兩種看似大相徑庭的玩意，在不同的人生際遇中可以互為補充、發明，各自發揮威力，以使國人不致於淪為沒有價值關懷的生盲大夫──「達則兼濟」鼓勵國人要勇於入世，建功立業，不是「悔教夫婿覓封侯」，而是「大丈夫處世兮立功名」、「學好文武藝，鬻於帝王家」（儒）；「不達則獨善」呢，卻又號召國人嘯傲山林、放浪隱逸或任性無為（道）。胡秋原先生曾經也以為，儒、道、墨分別來自儒士、隱士與俠士，進而儒、俠、隱便構成了中國知識份子的三大性格因素。此說很能說明一些問題，但還是只把目光聚焦到了知識份子（即士大夫階層）身上。事實也的確如此──讓我們暫時先拋開俠──李白就既能「仰天大笑出門去」，也能「明朝散髮弄扁舟」；一生奔波於諸侯之間實踐「知其不可而為之」的孔丘，也令人吃驚地有「吾與點也」的太息。統治階級並不是蠢豬（他們聰明著呢），它既要求一部份人勇於入世，但必須限定在有限的、安全的範圍內，又要求這部分人在沒有多少用場時能主動去勢，遁入山林當一個清靜無為的隱士。至於「清靜」是否一定就會「無為」，雖然事實上不敢有任何保證（誰能說清楚究竟有多少隱士最後都成了「隱」在綠林中的豪傑之「士」？），理論上卻至少如此。

　　顧准先生在「文革」的艱難歲月裏給他的弟弟陳敏之寫過一封信，簡約但深刻地指出了中國文化的「史官性質」：「所謂史官文化者，以政治權威為無上權威，使文化從屬於政治權威。」[4]有理由認為，歸根到底，史官文化的底蘊其實就是儒道互補，它的真正核心乃在於「王」（不管是「內聖外王」的「王」還是霸王的「王」）。[5]董

「惡」的存在；而「惡」與對「惡」的限制才是真正的人性根本。民間下層文化是對後者的天然體認和遵從。參閱本書〈老天爺，你年紀大，耳又聾來眼又花……〉等章節。

4　參見《顧准文集》，貴州人民出版社，1994 年，第 244 頁。

5　對此當然也有不同的看法，蘇淵雷先生就認為中國傳統文化中的統治文化最主要體現在儒（家）法（家）並用上（蘇淵雷《缽水齋外集》中的相關

仲舒曾經既嘮嘮叨叨卻又勇猛絕倫、氣派宏大地說：「王者皇也，王
者方也，王者匡也，王者黃也，王者往也。」[6]——這當然說的是儒
家。老子則陰陽怪氣地喃喃自語：「絕聖棄智，民利百倍，絕仁棄義，
民復孝慈；」「不尚賢，使民不爭；不貴難得之貨，使民不盜；不見可
欲，使心不亂。」——這自然就是「無為而無不為」的精義了。沒說
的，「無為而無不為」的核心依然是董仲舒大聲疾呼的那個「王」字，
不過是倒退著前進罷了：儒家是長有「土」字的老虎，道家卻是溫
順的、溫柔的光額頭白兔。莊子雖然高喊「真人」，還虛擬了一個據
說可以供「真人」肉身留宿和洗心靈桑拿浴的「心齋」，其實又何曾含
糊過。且聽他的分解：

> 古之所謂道術者，果惡乎在？曰：無乎不在。曰：神何由降？
> 明何由出？聖有所生，王有所成，皆原於一。[7]
> 古之人其備乎？配神明，醇天地，育萬物，和天下，澤及百
> 性，明於本數，繫於末度，六通四辟，小大精粗，其運無乎
> 不在。[8]

很明顯，在這裏，「王」的實現還是當然的主旨，只是看上去不那
麼顯眼罷了。不過，莊子在此提出了一個非常值得注意的問題：「聖有
所生，王有所成，皆原於一。」莊子語境中的「一」其實往往就是老
子語境中化生天地的「道」。「道」是中國傳統哲學的中心意象，向來
就被儒道（當然還有墨）共同分食。有人指出：天人合一是道的根本
要求。而儒道兩家都是一方面引用天道來證明人道，一方面又按照人
道的基本訴求來塑造天道。就是在這一點上，儒道兩家的確是不同的
學說：道家偏重於「以人合天」，所謂「天地有大美而不言」；儒家卻

論述）。
[6] 董仲舒《春秋繁露・深察名號》。
[7] 《莊子・天下》。
[8] 《莊子・天下》。

偏重於「以天合人」，所謂「天行健，君子以自強不息」。也正是在這一接合部上，儒道兩家終於能夠走在一起：以人合天是天人合一的一極，而以天合人不過是其另一極。各執一端自然有弊病：人能永遠不知疲勞地處於「自強不息」的異化境地嗎？當然，人肯定也不能從生到死都處於「棄聖絕智」的猿猴狀態——人可是好不容易才把自己從無知無識的猴子弄成有知有識的人的呀。[9]在寫給被食洋不化的中國讀書人誤以為是老莊門徒的盧梭（Jean-Jacques Rousseau）的信中，伏爾泰（Voltaire）挖苦盧梭說，讀尊著，使人頓生爬行之渴望。這正是（或不是？）「棄聖絕智」的西洋版本。一如千百年來被歷代經生和儒士拳腳交加的荀況所抱怨的：「老子有見於詘，無見於信；」[10]「莊子蔽於天而不知人。」[11]這大概才是儒道兩家天然有可能走向互補的形上依據和思維依據。

　　孔子從血緣倫理（父／子）推導出的君臣關係，經過無數次偷雞摸狗的大排「轉折親」運動（即思維上的循環論證），終於找到了形上的依據這張虎皮大旗。道理顯而易見：就以天合人而言，「道」轉換為儒家的「天」（在董仲舒那裏），天轉化為儒家的「理」（在程朱等人那裏只不過又改稱「天理」了），就是種瓜得瓜之事。當然這一切反過來又可為君臣、父子的尊卑觀念作論證。建立在血緣依據之上而推導出的君臣關係，就這樣最終被「以天合人」的形上本體證明了存在的合理性。它最著名的宣傳口號，就是宋儒津津樂道的「天不變，道亦不

9　劉小楓曾經認為，道家是一種反價值；但我以為，道家在中國文化邏輯構成中是不可能單獨存在的，它必須要從儒家、或至少從儒家的維度去看待才有意義。實際上，道家已隱隱體察到「惡」（私心）的重要性和現實性。比如老子就說「不尚賢，使民不爭；不貴難得之貨，使民不為盜；不見可欲，使心不亂。」（《老子》第三章）而這種私心和惡正是楊朱要宣揚的。因此，當道家至少從儒家的維度去看待的話，其反價值云云就很難說了：這正是本篇所說的，道家是正史邏輯的重要一極，它與儒家一起共同為正史邏輯的合理性鼓吹。

10　《荀子·天論》。

11　《荀子·解蔽》。

變」的美妙說教。這種假虎皮為大旗的伎倆，的確是循環論證戰史上偉大的成功戰例。它的發明權、專利權和榮譽權將永遠地屬於古往今來不知疲倦的儒士經生們。

儒道互補決定了一種觀察世界的特殊角度，我們不妨把它叫做正史角度。從正史角度出發，存在的只能是正史世界；正史世界是統治哲學所要求的時空構架。我們似乎有必要把正史角度看成一種在特定「世界觀」（即儒道互補；儒道互補意義上的天人合一）支配下的、對世界萬物及其各自關係進行思維的工具或方法。有什麼樣的世界觀，就有什麼樣的世界圖示。殷海光先生就曾說過，世界觀（Weltanschauunge）是吾人對於生命、社會及其制度的全部展望。[12]世界觀更是一種價值體系，該價值體系的主要目的在於評判、評價世界以及生活在世界上的人和人所幹的全部事情。按照 B.哈威斯（Horace.B）的觀點，價值體系純以全體為對象，或者以已知甚至可知的事物為對象。[13]J.格蘭維勒（Josep Glanwill）還十分精闢地說起過，世界觀是一種意見的徵候。[14]種種建議提醒我們，從正史角度出發，人們構建出的正史世界本身就包涵了對世界的評價。它的確是一種「意見的徵候」。所謂正史世界，不過是在儒道互補的濾色鏡下呈現出的王化的時空。那是一種關於尊卑的時空。它自命自己對他人的統治和說教是合理的，因為天有十重，所以人就該有十等，並且要層層狹制；[15]同時，它也強迫被統治者承認它對他們的統治是合理的、必然的和必須的。為了這個目的，正史世界有一個潛在的要求，那就是教化（說教）。回憶一下儒道經典的口氣吧，哪一句話又不是在為「保民而王」嘮叨說

---

[12] 殷海光《中國文化的展望》，中國和平出版社，1988 年，第 1 頁。

[13] Horace.B，English and Ava Champeny English，A Comprehensive Dictionary of Psychological and Psychoanalytical Terms，p539.

[14] Robert K Merton，Social Thoery and Social Structure，Illinois 1959，p.470

[15] 比如《左傳》昭公七年所說就很能說明問題：「天有十日，人有十等。下所以事上，上所以共神也。故王臣公，公臣大夫，大夫臣士，……輿臣隸，隸臣僚，僚臣僕，僕臣臺。」

教呢？甚至不惜現身說法！教化是對儒道互補進行注釋和引用的過程。它始終站在統治階級的立場說話，它的敘述不過是代天（聖）立言，是沒有主語只有賓語的祈使語氣。假如說儒道互補堪稱統治階級在用天人合一對其統治權、尊卑劃分進行了堪稱胡亂證明後的統治真理，教化（說教）實際上表明的只是一種無人稱的真理（主格的「我」在其中消失了！）。

正是這樣，才使得正史世界在「道」（天理、天道）的統攝下，最終成為「天理的盛宴」和「無為的聖宴」。合起來就是所謂「正史的聖宴」。先請聽道學家朗誦著的呻吟：

> 天地之間，理一而已。然乾道成男，坤道成女，二氣交感，化生萬物，則其大小之分，親疏之等，至於十百千萬不能齊也……蓋以乾為父，以坤為母，有生之類無物不然，所謂理一也。而人物之生，血脈之屬，各親其親，各子其子，則其分亦安得而不殊哉！[16]

所有的國粹派人士都知道，這自然是在談「理一分殊」。但讓人倍感興趣的是「理一分殊」中包含的等級、尊卑觀念。很明顯，「其分亦安得而不殊哉」與「大小之分，親疏之等」互為因果；萬物對「理」進行「分有」，視其對「理」「分有」的程度、成色，決定萬物的高下、貴賤。這就從「理一分殊」的特殊角度既論證了「親親、尊尊」的先在性，也證明了「親親、尊尊」在思維方式上與「以天合人」的親緣關係。它照樣是對「天有十日，人有十等。下所以事上，上所以共神也」[17]的「同氣連枝」──借用金庸的小說話語來說。

更重要的是：在儒家的語境中，世間萬物──尤其是這當中的人倫關係──都起源於「理」（天、道）的規定，而「理」的核心用意卻

---

[16] 張載《西銘解義》，《張子全書》卷一。
[17] 《左傳》昭公七年。

在於居於不同等級的人依次向上一層進忠，直至落實到金字塔頂端的
「王」。由道生萬也好，由萬物對理進行分有也罷，在一元線性的邏輯
框架指引下，不管是天理在證明人間尊卑，還是人間尊卑必然、必須
要對應天理，其循環往復，說白了就是那個「王」——這是更為直截
了當的、撕掉了遮羞布的說法。至於準聖人朱熹的「革盡人欲，復盡
天理」，雖然看起來「理」是在和「欲」的對立中存在，實際上還是一
個「王」字：正史世界要求王權的絕對地位，人欲橫行不過是看起來
有違統治者的權威罷了，歷代王朝的「掃黃打非」不過是有鑒於這一
危險。假如沒有這個險情，理學家是否還有興趣去「革盡人欲」，只有
他們的「天」才能知道。

　　「理一分殊」的重點在「分殊」而不在「理一」，「理一」在理學
家那裏是不需要再行評判的絕對理念。同時，理一分殊也點明了，理
只有一個，即它要求和認可的王權只有一個（所謂民無二主，天無二
日）。萬事萬物所分有的這個理（王），不過是對王權特徵的分食——
當然，作為對儒家的循環論證伎倆的對應，上述命題反過來說也「正
確」。所以，絕對的效忠、絕對的統治權是合理的。顯然，也就不需要
還有一個主格的「我」——獨立的、有主見和能夠規定自己的「我」
——站出來比比劃劃、談天說地，從而讓天理討厭：「我」只能以賓格
的形式洗耳恭聽、喊「喳」（！）稱「是」（！）。這就是魯迅在《狂人
日記》裏石破天驚的大發現：吃人。這不是一個人在吃人，而是所有
人都在通過自己的行動注釋和引用儒道互補來吃人。而所謂吃人，不
過是將主格的「我」（I）在「以天合人」的要求下，降低為悄無聲息
的賓格的「我」（Me）。這是暗中的、偷偷摸摸的然而又明目張膽的置
換。金庸筆下的總淫棍田伯光雖然無惡不作，卻仍不失為一條響噹噹
的漢子，被正派人士閹了之後歸向「正」途，取名為「不可不戒」（《笑
傲江湖》），則不啻是一個大寓言。天理就是去勢，就是閹割。賓格就
是去勢之後的「人」。

幾千年來，在中國的時空中始終充斥著太監的呻吟（就是中華民族偉大的忍辱負重能力）和吶喊（當然就是「刁民」起而造反或者所謂「武死戰」「文死諫」）。唯一主格的「我」只能是天理、王權，也就是自稱「朕」、「寡人」的東西。幾千年來，天理的盛宴就如此鋪陳而下，致使中國所有用文字表述的文本無不打上天理的盛宴的烙印。很有幾分仙風道骨氣的張潮甚至狂妄地說：「古謂禽獸亦知人倫也，予謂非獨禽獸也，即草木亦復有之。牡丹為王，芍藥為相，其君臣也。」[18]在正史角度的顯微鏡下，萬事萬物都難逃此劫。在這裏，人法天，以天合人，而禽獸與草木則法人；即使是中醫處方裏，也要搞出些君臣相佐的藥理。從比喻的方式可以看出催生這種比喻的文化上的徵候（J.格蘭維勒：世界觀是一種意見的徵候），誰說不是這樣的呢？而到了金庸筆下，掌門人、師父、幫主和教主更是直接代替了君父而對徒眾、門人實行君父之權，確確實實正是金氏的著力渲染之處。

王富仁先生在一次講座中用玩笑的口吻說，中國文化堪稱父子文化，西洋文化則是生殖器文化。可是，父子文化難道就不關乎生殖器了麼？記住：是生殖器最終構成了儒家教條。那些口口聲聲唯天是問的方腦袋理論家們，把這個基本事實給遺忘得太久了。看吧，「有天地然後有萬物，有萬物然後有男女，有男女然後有夫婦，有夫婦然後有父子，有父子然後有君臣，有君臣然後有上下，有上下然後禮義有所錯。」[19]這種搞不清究竟是蛋生雞還是雞生蛋的混亂邏輯，居然使家庭在中國並不僅僅是一個個「社會細胞」，同樣也是小小的正史世界；父親也不只是父親，還是君父。這就是說，父親的生殖器特徵在這種看似精緻的理論中被掩藏了；歷代王朝的掃黃打非，也是基於這一龐大的誤會。而由家庭將錯就錯（？）地走向家族是順理成章之事，它

---

[18] 張潮《幽夢影》。
[19] 《易‧序卦傳》。

不過是父子模式的有限擴展——暗中起作用的恰恰是儒家一方面聞風喪膽、另一方面又偷偷把玩的生殖器。

在金庸的小說中，武當派、峨嵋派、華山派、明教、日月教、逍遙派、少林派……正是類似於家族、或以家族為模式組成的江湖幫派。即便以「空」看待世界、以「以人合天」來觀察宇宙人生的佛道門派，也在正史思想的滲透下難免此劫。而整個民族所形成的大一統的正史世界，則是父子關係無限擴展的一個極致。「父為子綱」與「君為臣綱」實質相同（看來，要當皇上，必須有足夠強大的生殖能力，不然，他怎麼會把所有人都稱作「子民」呢？）。[20]所以，家族本身在儒家生造出的獨特語境中，也有了它的絕對地位和原型系譜學上的先在性。反映在金庸小說中則是門規和派規的昂然聳立，甚至連一向以出世為務的道觀、禪院也不例外。它們都是家族的投影，是天理的盛宴上的美味佳餚之一——畢竟和尚、道士也不能從石頭裏蹦出來吧。

和儒家將道轉化為天、理比起來，道家算得上道的「原教旨主義」者。「道」是萬物本源，在道家眼裏，道的本質就是靜虛：「夫物芸芸，名歸其根。歸根曰靜，靜曰復命。」[21]從道的要求來看，「清靜」才算得上「天下正」。[22]事已至此，道家最後終於圖窮匕首現了：「牝常以靜為牡，以靜為下；」[23]所以，「我無為，而民自化；我好靜，而民自正。」[24]很顯然，在道家的理想境地中，「民自化」、「民自正」之後，統治地位自然也就由始皇而澤被萬世。這當然是一種以退為進、以靜為動、以守為攻、敵進我退的統治游擊術，為儒家統治術中的「天理」內核提供了補充性說明。而這，正是以人合天（王權、天理）的

---

[20] 比如范仲淹〈嚴先生祠堂記〉就說過漢光武劉秀是「得聖人之時，臣妾億兆。」想來沒有功能超常的生殖器恐怕是不行的吧，哪怕他真的得了聖人之時。

[21] 《老子》十六章。

[22] 《老子》四十五章。

[23] 《老子》六十一章。

[24] 《老子》五十七章。

真實意思（千萬不要僅僅把老莊的天、自然等概念看作物理意義上的東西）。道家從「道」開出「靜」，由「靜」引出「無為」，而「無為」卻是為了「無不為」：「為無為，則無不治。」[25]天下據說就可以這樣得到大治。這就是「無為的盛宴」。這種幼稚荒唐的逆向論證（對儒家而言），雖一向為儒家天理所不屑（比如韓愈的排佛辟老），[26]但正是無為的盛宴與天理的盛宴的互相補充和發明，才組成囂張了幾千年的正史世界。

無為的盛宴與天理的盛宴一樣，也要對主格的「我」（I）進行摒除、刪刈。在寂然無為的道的統攝下，人只有與天相合，才能與道同一，而與道同一，人就能成為真人、聖人的候補者，也才能有機會返歸「心齋」，寂然坐化；而真人、聖人又必須是在刪刈一己之情的條件下才可能與道同一——「太上忘情」其實就是儒道兩家的共同格言。所以，無為的盛宴假「道」之手，照樣能將主格的「我」降低為賓格的「我」。放在道家的理論語境中，就是無為的「我」。至於有的學者滿懷激情高喊道家對於個性解放的意義，不妨從無為的「我」中去找找看。

其實，無為的盛宴與天理的盛宴儘管看起來相距千里，其實只有一牆之隔。相傳由鍾離漢、呂洞賓所作的《傳道集》就說過：「人窮萬物之理，盡己之一性，窮理盡性，以至於命。」[27]——嘮嘮叨叨中已

---

[25] 《老子》三章。

[26] 韓愈的反老暫且不表，只提他與自己的同志柳宗元對佛的態度。韓愈之反佛，並沒有提到哲學高度，不過是華夷之爭和道統之爭，認為佛教是「夷人之教」，「無父無君」，破壞了「君君、臣臣、父父、子子」的傳統（韓愈〈論佛骨表〉）。而柳宗元也有站在道統上的「大徹大悟」，認為浮屠之道「往往與《易》、《論語》合」，「不與孔道異」，這就從逆向給化佛為儒提供了說明（柳宗元〈送僧浩初序〉）。

[27] 認為《傳道集》出自北宋道人之手的說法采自葛兆光（參見葛兆光〈讀楹聯記：道教瑣記之一〉，《新隨筆十二家代表作》，湖南文藝出版社，1994 年）。此處還需說明的是，本書是將道家與道教基本上看作一回事，這和金庸的

是迫不急待地要主動寬衣解帶。簡而言之，所謂的儒道互補，實際上是以儒為「主犯」，道為「同案犯」——假如還可以這麼放肆表述的話。正史文化一開始就天然地包含著天理的盛宴和無為的盛宴。

正史文化中明顯包涵了正史邏輯。任何思維角度最終都要落實為判斷，只有判斷才能構築出由此思維角度出發形成的本有世界。判斷需要邏輯。正史邏輯是從正史角度出發，構築以正史的盛宴為本質特徵的正史世界的必然要求。正史邏輯意味著，它必須以道（天理）為元始，形成鮮明的等級；它必須是以「天理」和「無為」共同構造的唯一一個主格的「我」的中心主義，這個唯一的主格或以家庭（家族）中心主義現身，或以大漢中心主義面世；而且它還必須要刪刈人性、排出情欲。儒道兩家都倡言「至人無情」，其實都源於「道」。在儒家看來天理是無情的，所謂「天何言哉？四時行焉，百物生焉，天何言哉？」[28]在道家眼中，道不過是靜虛無為、晏然常寂的什物，又何來、何需什麼情！莊子的「鼓盆而歌」似乎已經很能說明問題。

創作實際相適應。至於道家和道教有什麼區別不在本書理論之列。
[28] 《論語・陽貨》。

復仇的形而上學

    仇是金庸的武俠小說著力渲染的中心「意象」之一。應該怎樣來看待仇？仇有什麼樣的內在結構？要不要復仇？為什麼要復仇？該怎樣復仇？面對這些問號，儒家給出了斬釘截鐵的回答：「父之仇，弗與共戴天；兄弟之仇，不反兵；交遊之仇，不同國。」[1]在這些堪稱仇的原型譜系中，很顯然，在儒家看來「父之仇」更有優先性。

    袁承志的父親袁崇煥本是明朝長城，卻被聽信讒言、剛愎自用的崇禎皇帝所殺（《碧血劍》），郭靖和楊康的父親先後死於金人刀劍之下（《射雕英雄傳》），楊過的父親楊康作惡多端，偷襲黃蓉（郭靖的夫人）時不慎中毒身亡，楊過得知此節為之涕淚四流（《射雕英雄傳》、《神雕俠侶》），商劍鳴濫殺無辜被大俠胡一刀誅殺（《雪山飛狐》），其子商寶震卻將仇恨死死記在胡一刀身上，沒想到未到商寶震長大成人，胡一刀已不幸誤中毒藥而死，致使商寶震報仇終生無望、哭訴沒門，無法給正史邏輯一個圓滿的交代（《飛狐外傳》），張無忌之父張翠山、之母殷素素被不明真相的「正道人士」所逼而自殺，更使意在行俠的張無忌罷劍長歎，有仇而難報（《倚天屠龍記》）……種種不同形狀的「父之仇」雖起始不一，構成不一，情狀不一，結果不一，但按照儒家正義，父之仇本身卻是相當一致的。作為一個自覺的創作者，金庸的深刻還在於，即便是商劍鳴這樣該死的惡人，他的後人也認為行俠仗義的俠士是自己的仇敵。金庸當然也給了商劍鳴的後人報仇雪恨的機會（至少是報仇雪恨的念頭和為此念頭付出的辛苦努力）。

---

[1] 《禮記‧曲禮》上。

　　在金庸的小說中，沒有一個有仇的後代不為「弗與共戴天」的「父之仇」奔走呼告。作惡多端導致自我爆炸的楊康，濫殺無辜而作法自斃的商劍鳴，他們的兒子楊過、商寶震全不理會乃父的死因，只認定自己的仇人：楊過幾次想殺他的恩人兼「仇人」以及民族英雄郭靖、黃蓉夫婦而難以下手（《神雕俠侶》），商寶震從小苦練武功，為的是有朝一日報得父仇，給儒家倫理一個圓滿交待，尤其是給儒家倫理撫育下的他本人的內心結構一個交待。復仇成了他們人生中的主要組成部份：復仇居然可以成為事業，這的確是意味深長的。它構成了一種可以稱之為復仇的形而上學的東西。在一個虛擬的江湖上，在近乎寫實的筆法的籠罩之下，他們就是不想成為正史盛宴上哪怕不那麼好的菜肴也是不大可能的。近人杜亞泉曾把這批人看作是一個相對獨立的遊民階層，[2]顯然毫無道理。因為他們的行動共同組成了我們每一個中國人心態上最黑暗的部份，他們的行動並沒有自外於儒家倫理，他們也不可能成為獨立的階層。

　　怎樣復仇卻頗費商量！在金庸的武俠小說中有一個很值得注意的現象，那就是對主人公成長經歷的描寫，比如袁承志、郭靖、張無忌……都在很小甚至出生之前就已奠定了仇恨；為正史邏輯的說教而復仇計，放在武俠小說的特定話語體系中，他們學武就是免不了的事情。袁承志師從天下第一武林奇人穆人清，並在華山絕頂一待十餘年；張無忌四處奔走，歷盡艱險，終於練成九陽真經上的絕世功夫；楊過命運雖悖，卻天份極高，最後也隱然成為天下第一高手。他們在最後當然都以不同的形式報了仇雪了恨。最有趣的還是商寶震，他在母親的教導下用仇人胡一刀、苗人鳳的經絡塑像為耙子苦練暗器打穴之功，渴望有朝一日以他父親的成名絕藝八卦劍手刃仇敵。當然，他最後也有了他應該去的地方。這夥人都是喝仇

2　杜亞泉〈中國政治革命不成就及社會革命不發生的原因〉，參見王元化《思辨隨筆》，上海文藝出版社，1994年，第12-13頁。

恨的狼奶長大的，在對仇敵的假想中、預設中長大成人。而一旦他
們學成絕世武功（在金庸創造的語境中，他們幾乎都無一例外地學
成了絕世功夫），那「似是千年萬年，永恆的詛咒」（《飛狐外傳》
對商寶震之母的描述）般的仇恨，也就找到了有力的載體，作者心
造的江湖就會掀起新一輪的血雨腥風，無事忙的俠客們、練家子們
又開始有事幹了，他們「以殺止殺」地行俠、仗義，以殺止殺地剪
除惡人、搭救孤兒寡母，當然，也以自己的行動造就新的孤兒寡母
和新的仇恨……

　　「父之仇」引起的仇殺，正是看起來溫情脈脈的天理的盛宴導致
出的很不溫情的血雨腥風。一方面，在正史邏輯的嚴格律令下有仇就
必須要報，而報仇就要殺人；另一方面，殺人卻又違背儒家「天地之
大德曰生」似的戒殺令。[3]正史邏輯就這樣使仇殺的形而上學陷入了惡
性循環。從這個意義上說，金庸不僅有意識地讓正史邏輯充當發動機
來構架小說世界、來推演情節、來抒發感慨，更重要的是，或許作者
還在無意識之中，揭露了天理的盛宴的殘酷、血腥和很不人道──這
恰可看作金庸及其武俠小說最深刻的地方，也可看作金庸對正史文化
進行批判最見功力的地方。

　　因此，對成長經歷的摹寫，在金庸的武俠小說中並不單具情節構
架的效能，也有隱喻的性質在內。從經驗的意義上說，在仇恨中長大
的孩子不僅是肉身在長大，更是「父之仇弗與共戴天」這個意念在同
時長大。正如一位當代中國詩人所「描述」的那樣：

> 如果一個孩子在吹，月亮就是泡沫
> 如果一個孩子沉默，他將終生沉默
> 　　　　　　　　（歐陽江河〈關於海的十三行詩〉）

---

[3]　《易·繫辭》下。

　　如果一個孩子在仇恨呢？金庸顯然懂得這中間的內蘊。在對「父之仇」的仇殺描寫中，《雪山飛狐》說得上驚心動魄。書中寫出了胡、苗、范、田四家一百年間的恩恩怨怨，他們之間的仇殺此起彼伏，前伏後繼，一代接一代，各各忙於報仇雪恨的宏偉事業。報仇成了他們各自家族的使命。任何一個小孩出世後，這個家族能夠拿出來的禮物只是仇恨，能餵給他們的乳汁只是仇恨之液。一百年間四個家族無數代人的相互殺伐，不過是四個不同的人在一百年間和他們各自的仇恨共同成長──這是更大形式的「成長」，也是隱喻意義上的成長。而在謎底揭穿之後，眾人才發現，一切奔波、勞碌、甚至仇恨均起源於一個天大的誤會！是誤會和正史邏輯上下其手造成了連環套式的百年仇殺；而誤會本身在千百次的被濫用、盜用、有意識的誤用之後，早已消失了誤會的本來面目，成了和無法證偽的天理的盛宴一樣的真理。更直截的說法或許在這裏：正史邏輯一貫就能使子虛烏有的誤會成為實實在在的事件。這是仇恨的形而上學古老的嘴臉。誤會始終是掛在正史邏輯唇邊的微笑。

　　「交遊之仇不同國。」在金庸那裏，這種形式和性質的「仇」與《禮記》所謂「兄弟之仇不反兵」的「仇」基本同義，其內在圖示也基本相似。「四海之內皆兄弟也」是金庸構築作品世界中某些類別的人使用的總綱，意思約等於俗語所謂物以類聚、人以群分──不是四海之內的所有人都可以成為兄弟。這一點，我們從不同門派中人的相互稱呼上就可以看出：師父、師兄、師姐、師妹……只有這一類或類似於這一類的人才可能成為兄弟（或姊妹）。因各種目的、原因而結義的兄弟更不在話下。如果一個師兄、師弟、師姐或師妹……一句話，一個門派中的一個沒有主格的符號不管因為什麼原因，被別的門派中充當賓格的符號給抹去了，這兩個門派之間也就算正式結了仇，用金庸武俠小說的術語來說，是結下了「樑子」。在金氏小說中這是屢見不鮮的：岳不群的華山派與左冷禪的嵩山派本

來同氣連枝，卻因為爭奪江湖權力暗中視對方為死敵，繼而明火執仗，公然反目，兩派弟子根本不用問任何情由，一概須視對方為仇敵（《笑傲江湖》）；武當弟子張翠山被逼自殺，涵養很好而又德高望重的武當掌門人張三豐對參與者少林派也飽含恨意（《倚天屠龍記》）；即使是號稱東邪、隱居在桃花島上的黃藥師，在他的棄徒陳玄風被人殺死後，仍執意要為他報仇，理由很簡單，桃花島的徒弟生死如何，只能由桃花島的人來判斷，根本不管陳玄風以活人為耙子來練功是不是真的該死（《射雕英雄傳》）……復仇的形而上學就這樣規定了：死亡本身也是沒有多少自由可言的。

種種跡象表明，「交遊之仇」、「兄弟之仇」其實和「弗與共戴天」的「父之仇」實質一樣，都是父子、家族模式的推演，是在道的統攝下以天合人的根本要求。我們不要忘了黃藥師的徒弟不管以前姓甚名誰，一入師門，都必須要用師父賜下的反映師門和輩份的名字，他們被喚作什麼陳玄風、梅超風、曲靈風、陸乘風……岳不群與左冷禪成了死對頭，終於在嵩山絕頂性命相搏；黃藥師與江南七怪最後雖以化解恩仇為大團圓，但其間的互相殺伐委實讓人驚心動魄；張三豐本是少林棄徒，加上愛徒之死，對少林寺更是了無好感。至於陸菲清在他的師弟、惡人、滿清的走狗、我大漢民族的仇人張召重被紅花會諸雄打至狼坑，眼見就要死於非命時，竟然大起同門相憐之心，不顧個人安危躍下狼坑搭救，差一點讓師弟詭計得逞，命歸黃泉，同上奈何橋（《書劍恩仇錄》），明教（《倚天屠龍記》）、日月教（《笑傲江湖》）、神龍教（《鹿鼎記》）、逍遙派（《天龍八部》）……等等邪教中人互相搭救，不問情由便向共同的敵人刀劍相向，更是罄竹難書。在天理的盛宴中，「交遊」和「兄弟」中人，作為正史邏輯和復仇的形而上學中的棋子，自然有棋子的作用，否則，「不同國」、「不反兵」的苦口婆心也就不存在；然而也只能是沒有主格的棋子，否則，又會突破「不同國」、「不反兵」的正史說教。

　　海德格爾曾經說過，一種文化要是出了毛病，處方只能從這種文化自身中開出。在海德格爾的心目中，這當然只對西方文化而言，因為老海的目的很明確：「我深信，現代技術世界在世界上什麼地方出現，一種轉變也只能從這個地方準備出來，我深信，這個轉變不能通過接受禪宗佛教或其他東方世界觀來發生。」[4]儘管老海把他曾經崇奉過的法西斯主義用到了文化評判裏邊，但這個丟人現眼的苦果我們只有自個兒吞下。而我們似乎是厚著臉皮從反面在聽海德格爾的自鳴得意：以為儒學不僅可以療救西方技術世界的問題，而且從儒學自身就可以開出解決儒學帶來的所有問題的處方──這當然就是當代新儒學的偉大心願。[5]

　　海德格爾的西方文化中心主義論調我們暫且不去理論。從儒學自身當真可以開出解救它帶來的問題的「十全大補」嗎？這就恰如砍下我身體的左邊去解救我身體的右邊那樣荒唐。金庸遇上了這一難題。為了解救正史邏輯帶來的「滿紙殺伐之聲」，他本著武俠小說的基本要求引進了「義」的概念；[6]當然，他首先引進的是儒家之「義」。

　　按照儒家的理想，殺死仇人（不論該種仇人是在什麼情況下對「我」構成仇的）難道不就是儒家之「義」的根本內涵麼？墨子說：「殺一人謂之不義，必有一死罪矣。若以此說往，殺十人十重不義，必有十死罪矣；殺百人百重不義，必有百死罪矣。當此，天下之君子皆知而非

[4]　海德格爾〈只還有一個上帝能救渡我們〉，《外國哲學資料》第 5 輯，商務印書館，1980 年，第 184 頁。

[5]　劉小楓認為，新儒學在這方面的做法之一是，要麼拼命證明原儒中已有宗教精神（如憂患意識），要麼拼命證明儒家雖非宗教卻高於基督教精神，再不然就是竭力尋找基督教思想與儒家思想的共同點（請參閱劉小楓《拯救與逍遙》，上海人民出版社，1988 年，第 10 頁注釋）。本書不打算詢問基督教思想和儒家思想的關係，只想提出正史邏輯的內在悖論如何在金庸小說寫作中生成的。

[6]　義的目的是以殺止殺，在這裏，金庸出於武俠小說內在特徵的需要，引進了殺氣騰騰的義來彌補正史邏輯本身帶來的矛盾（可參閱本書〈老百姓的金庸〉的第四節）。

之，謂之不義。」[7]道理似乎是很明白的了。雖然該言論出自墨子，但我們都知道，墨子曾「學儒者之業，受孔子之術」，[8]有人甚至極端地認為，孔子愛講仁，孟子愛講義，實際上，後者（孟子）是從墨子學說中剽竊了「義」這一觀念的。[9]平心而論，從這幾家學說的發生學上來說，並不是胡說八道。最起碼儒家很贊同墨子的看法，殺氣騰騰的「弗與共戴天」云云似乎很能說明這中間的過節。

以殺止殺只能越「殺」「仇」越多，胡、范、苗、田四大家族的百年恩怨就是明證。順著儒家大「義」的思路，金庸嘗試性地提出了超越個人恩怨的民族大義來矯正和沖淡滿紙殺氣，盡可能使殺籠罩在民族大義的囚牢之中，以獲得某種正義性。一部名氣很大的儒家經典曾用充滿鄙夷的神態對夷狄們說：「中國與夷狄，不言戰，皆曰敗之。」[10]因為站在大漢中心主義的立場上看，「夷狄」是沒有資格和我們漢人談論交戰與否的，他們還沒有完全進化為有「禮儀」的人。他們只是兩腳牲畜。我們和他們之間的爭鬥只是人鼠之間的爭鬥。當然，事實上是敗「之」還是被「之」敗，自然也更不在理論之列——儘管老鼠打敗人的事例屢見不鮮。金庸仍然逃不出這個俗套，脫不掉正史邏輯慣性作用的規範。

你看，郭靖、楊康的父親郭嘯天、楊鐵心不是被金兵殺死了嗎？那好，一方面金兵是郭、楊兩後代的私仇（家仇）；另一方面，金人又是我大漢民族的公敵。公私兩仇集於一身，郭靖勤學武功，隨時不忘家恨國仇，就缺有一位岳母在他背上刺下「精忠報國」的大牌子了。因而，學成絕世武功的郭家後人率眾抗金，甚至流落蒙古與成吉思汗的兒子拖雷結為「安答」（兄弟）而幫助蒙古人打金兵，也贏得了合理

---

[7]　《墨子·非攻》上。
[8]　《淮南子·要略訓》。
[9]　蘇雪林〈中國傳統文化與〈舊約全書〉〉，轉引自李少錕《墨子：偉大的教育家》，湖南教育出版社，1985 年，第 4-5 頁。
[10]　《春秋·穀梁傳》成公十二年。

性；郭靖與夫人黃蓉死守襄陽更是《射雕英雄傳》、特別是《神雕俠侶》著力渲染的中心情節之一。就是在這個基礎上，郭靖終於超越了一己恩仇，走入了關懷民族生死存亡的大「義」並贏得了該種大「義」對他的讚賞。

這個叫義的東西在郭靖那裏也還勉強可以化解他的個人恩仇。郭靖是幸運的，因為他的仇人正是我大漢民族（書中的宋朝）的公敵，因而郭靖有機會被作者美化為「俠之大者」。俠而能曰之為「大」，正是正史邏輯而不是別的什麼賦予郭靖的力量。即便是帶領金兵捉拿郭嘯天、楊鐵心的宋將段天德後來被郭靖捉住時，也因民族大義被放了一馬，原因就在於段氏彼時彼刻代表著朝廷和民族利益。此時，私仇讓位精義在王的公仇，當然就是正史邏輯運作的結果了，並不是郭靖真的不忍心殺死段天德。

認賊作父的楊康情況就很不美妙了。他從小生長在金國，養父還是殺死楊父霸佔楊母的金國太子完顏洪烈。楊康從小受到完顏洪烈的厚愛，雖無父子之名卻有父子之情。平心而論，他感完顏洪烈的恩是應當的。但此人一旦被作者置入民族大義的正史邏輯框架中，問題就來了。楊康經過短暫的痛苦思索（畢竟「父之仇」還是要「弗與共戴天」一下的），最後還是投向了完顏的懷抱。對此，金庸在敘事框架中給出的解釋是：此人貪圖富貴。孟子說：「富貴不能淫，」孔子也說：「富貴於我如浮雲耳。」在儒家以天合人而形成的個體人格自足性裏，這是基本的教義，楊康也正是觸了這一天條的霉頭，終於因為置公仇私恨於不顧最後死於非命。[11]搞得郭靖在給他的遺腹子取名時也只好名之曰：「姓楊名過，字改之。」作者的用意很明白：要讓子改父過──誰讓他是楊康而不是「俠之大者」的兒子呢？誰讓他剛好滿足了儒家

---

[11] 事實上，在《射雕英雄傳》中，郭靖與楊康是在對比描寫中才存在的，這就更加突出郭靖「俠之大者」的特徵，也更加突出了楊康的該死，最後也當然成功地達到了作者的倫理目的。

規定的父子模式的基本涵義的呢？當楊過在明白父親死於黃蓉之手時，有仇卻不能報，因為郭、黃二人是抗金英雄。當此之際，楊過也只有滿懷惆悵地和小龍女卿卿我我去了（《神雕俠侶》）。

　　袁承志的情況要更複雜一些。他的仇人是當今天字第一號人物崇禎皇帝。他幾次想衝進皇宮刺殺崇禎，終因清國與明兵正在交戰，殺死漢家皇帝勢必是在為敵國幫忙而罷劍長歎。今袁承志哭笑不得的是，當他再次入宮下定決心準備刺殺皇帝時，卻為了民族大義救了崇禎一命，殺死了篡位逼宮準備向清國投降的一位親王。事情竟會有如此結局，怕袁承志本人也想不到吧（《碧血劍》）？但正史邏輯早已預先將這一結局看在眼裏，只等他去依葫蘆畫瓢。袁承志與楊過一樣，明知道仇人在哪裡卻找不到發洩怒火的地方。不過，不用悲哀，而要對他們大唱頌歌，因為這是「王者皇也，王者匡也，王者方也，王者黃也」的正史邏輯在歡唱。

　　張無忌的情況似乎要特殊一些。其父為了愛情與魔教女子成婚被正道人士所逼而被迫自殺，他的仇敵是誰，應該說是比較含糊的：既有魔教中人，也有正道中人，比如少林派。問題是張無忌後來誤打誤撞卻成了魔教教主。而當時天下大亂，正是舉國上下起兵反元之際，魔教在張無忌的調教和感化下終於走上了反元復漢的正史老路。如此這般，魔教的仇是無法報了。而正派人士也奉他為反元英雄和盟主，紛紛歸入他麾下，按照正史邏輯的教誨，來源於正道的殺父之仇看來也沒有報的可能——當然，金庸也不允許他那樣做。總之，張無忌最後仍是以民族大義、華夷之辨的鐵的邏輯戰勝了個人恩仇（《倚天屠龍記》）。他也由此理所當然得到了作者大篇幅的溢美。

　　至於陳家洛反清，純粹是民族大義在起作用。他本來與當今皇帝乾隆就是親兄弟，只不過他的哥哥一出生就被雍正調包成了皇子。陳家洛試圖用民族大義、正史邏輯、天理的盛宴中「華夷之辨」的利益和利害關係去打動兄長，從上層作亂來完成反清大業。但乾隆為了維

護他自己的天理地位，為了他自己已經成為事實上的天理，終於使陳
家洛美夢破碎，乃至於兄弟反目成仇，血肉相搏（《書劍恩仇錄》）。在
此，乾隆與陳家洛其實都是名教中人，都信奉正史邏輯，區別僅在於：
陳家洛認為只有漢人是正宗，所謂夷狄之有君，不如華夏之無君也；
乾隆則認為，只要有一個天、道和代表天、道的「我」這個王、皇就
行了。陳家洛和金庸都沒有弄明白，用正史邏輯的左手打正史邏輯的
右臉真的會有用嗎？

　　在金庸看似雍容大度的行文中，其內在緊張感隨處可見，有的地
方甚至是暴露無遺。這依然是他的思路本身帶來的問題：從正史邏輯
的一極（民族大義）去化解另一極（為報仇而以殺止殺），其實是很難
成功的。不引進外來的東西，試圖在某種文化的內部求得變革是不可
能的。在這裏，外因是較之內因更其重要、更關鍵的因素——海德格
爾的西方文化中心主義要麼是別有用心，要麼就純是打胡亂說。但就
小說的敘事而言，金庸又必需要給他筆下的人物——那些正史邏輯上
一個個賓格的我——找一條出路。在萬般無奈之際，金庸終於從文學
寫作和敘事框架的角度給他們指明了方向：郭靖、黃蓉英雄一世，終
不免城破人亡、為國捐軀——當然他們也由此更讓正史邏輯滿意（《倚
天屠龍記》）；楊康在正史邏輯看來死有餘辜，終於自我爆炸、屍骨
無存（《射雕英雄傳》），其子為他豎碑時只敢自署「不肖子楊過謹
立」；楊過本人呢？仇不能報，似乎一生不再有何事業，好在他開創
了新一輪的愛情大業，也勉強可以代替報仇的偉業（《神雕俠侶》）；袁
承志終於見到了大仇得報的那一天，因為他所投身的李自成終於造反
成功，崇禎朱由檢命喪煤山，李自成當上了新一輪的天理，卻比崇禎
更壞，袁承志於是沒有了出路（他的本意是推舉一位明君），只有遠
赴海外隱居（《碧血劍》）；張無忌因為遭到下屬、野心家、未來的「天
理」朱元璋陷害，最後終於不再理睬仇恨，也無論華夷之辨，與三
個老婆自故自地愛了起來，算得上有一個最好的結局（《倚天屠龍

記》）；陳家洛為了民族大義，居然把自己至愛的戀人獻給哥哥作妃，終不免雞飛蛋打，賠了夫人又折兵，在一曲「是耶非耶，化為蝴蝶」中不見了背影，雖在《飛狐外傳》中還偶爾露崢嶸，到底是曇花一現，作者對他也再無興趣。

父要子死……

儒學的發展大致經歷了三個邏輯階段：孔孟以父子關係為核心原型，將人間的倫理綱常心理化、理念化；[1]董仲舒吸收算命卜卦的陰陽五行學說，從以天合人的形上維度論證了新一輪的天人對應，[2]使在《易經》處已開始萌生的天人對應觀更加精緻——這樣，孔孟的父子關係作為倫理綱常的核心原型，更從形上本體高度得到了強化；宋儒在董仲舒的基礎上用偷樑換柱、狸貓換太子的做法，將道、天置換為絕對的理，從天理角度重新鋪擺了父／子原型，使它看起來更具有先天的必然性、絕對性。[3]在這一過程中，從天到人也好，從人到天也罷，古人們都採取了循環論證。這裏不用探討循環論證是否對儒家理論有害，而是首先承認如下事實：無論如何，天理的盛宴在中國人的日常生活中早已是既成事實，我們無法回避它。

金庸將真實的時空置換成了虛擬的江湖時空。在江湖時空中，出現得更多的不是對事實家庭的摹寫，而是對類似於家庭的各門各派的細緻描繪。門派得以建立，依靠的仍然是父／子關係這個原型。正如由父子關係可以開出君臣關係一樣，「師父」這個稱謂就已經很

---

[1] 參閱李澤厚《中國古代思想史論·孔子再評價》，人民出版社，1982年。另需指明的是，祖宗崇拜也起源於這種心理化。阮元曾考證說：「小篆始左示做祖，故《說文》示部：『祖：始廟也。』今音祖則古切，且，千也切。不知古音古誼正相同也。《禮記》檀弓：『曾子曰：「夫祖者，且也。且胡為其不可以反宿也。」』可以證矣。」（阮元《研經室一集》）

[2] 參閱《春秋繁露·人副天數》。

[3] 比如朱熹就說過：「理只是這一個，道理則同，其分不同，君臣有君臣之理，父子有父子之理。」（《朱子語類》卷六）「所居之位不同，則其理之用不一。如為君須仁，為臣須敬，為子須孝，為父須慈，物物各具此理，而物物各異其用，然莫非一理之流行也。」（《朱子語類》卷十八）

說明問題：他不僅僅是傳道、授業、解惑的「師」，而且還是有心理／本體支持的「父」。金庸作品中的人物嘴裏經常吐出的「師徒如父子」的口頭禪，就很能說明問題。在任何一個門派中都是師為徒綱；欺師滅祖的罪行，按金庸筆下人物的話說，是「罪不容誅」。不僅正派人士這麼認為，連邪派人士也持絕對相同的意見。南海鱷神位居臭名昭著的「四大惡人」之列，在一次打賭輸了之後要稱呼比自己年青許多的段譽為師父，從此以後，惡人南海鱷神看見段譽也只好在迫不得已中執弟子之禮——儘管他心裏一萬個不願意（《天龍八部》）；李莫愁狂妄一時，四處殺人，號稱魔頭，即便被師父逐出古墓派也不敢道半個不是，儘管她對師父的武功秘笈渴望已久，在師父未謝世之後仍然一步也不敢踏入古墓殿堂（《神雕俠侶》）。令狐沖該是絕對的自由化分子了吧，卻也絕對忍受不了被其師岳不群開革門牆的痛苦，因為這樣一來，他便成了孤鬼野魂；而被逐出師門的人，可以被任何人瞧不起，包括他自己。即便早已認清乃師的邪惡面目，令狐沖仍然渴望有朝一日再列山門，以解自己孤魂野鬼之身（《笑傲江湖》）。張無忌本來所學頗雜，既師從明教高手謝遜，也機緣巧合學得無主的「九陽真經」上的絕頂功夫，按說最可能成為獨行俠，但他口口聲聲稱自己是武當門人，因為他父親是張三豐的七大弟子之一（《倚天屠龍記》）。每一個門派都要求自己的門人向本門派絕對效忠，向代表天理、道、父、王的師父（或更高一級的師尊）效忠。俠客只是某一個門派中的符號，照舊是沒有主格、只以賓格形式現身的「我」。不管正道也好，邪道也罷，門派中的事情實際上就是師父或掌門人的旨意。那是萬不能抗拒的。

只不過金庸在敘事中進行具體處理時動用了一些花招。比如，正派掌門人岳不群要做傷天害理之事哩，金庸為了緩解蘊涵在敘事中的內在緊張感，要麼是把他筆下極力謳歌也極有主見的主角或主要俠士開除師門（比如令狐沖），要麼是那些俠客們不知道師父（或掌門人）

的意圖，還以為自己在仗劍行義，卻不知道自己已經在助紂為虐——因為他們無須思考，他們的腦袋長在師傅身上。邪派人士要做惡就容易多了，徒兒是興高采烈聽從掌門人或師父的命令，主動效忠，為的是分上一杯羹——比如丁春秋及其手下那批如狼似虎的徒眾（《天龍八部》）——，上上下下不會有一個好人，即使有，也會被開除門牆。師父或掌門人對自己徒兒或門徒擁有絕對權力，在天理的盛宴和正史邏輯的推動下，當然自不待言。

王重陽作為全真派的開山老祖，因與古墓派掌門人林朝英的愛情糾葛，在兩人比武王重陽失敗後，即對林朝英發下重誓：他終生不得進入只距全真道觀重陽宮咫尺的古墓聖殿半步。不僅他如此，他手下的任何人也得這樣。丘處機何等了得，但他至死也不敢違背乃師的重誓，即使在不得不入古墓派時也終於臨門而歇，罷步而返（《神雕俠侶》）；華山派師父兼掌門人穆人清因徒孫孫仲君濫殺無辜，遂砍掉她一根小指以示懲介，責令終生不得用劍。孫仲君雖然號稱飛天魔女，在祖師爺的嚴令下從此的確不敢再用劍，即使到了《碧血劍》篇末，孫仲君被仇人追殺幾次面臨絕境時，有劍在前也不敢使用。祖師爺的一句話，在正史邏輯的大網中，作為一個網在其中的無主格的個體，孫仲君的做法是可以想見的。柏拉圖在《理想國》中，以毋庸置疑的語氣說，老人必須統治年輕人；老人肯定有權力統治和懲治較年青的人。[4]無論柏拉圖的話原義如何，都能讓正史邏輯引為知己。

順便說一句，孫仲君的事例充分說明了：只要你是這個門派中的一枚棋子，只要你做的事不違及本門利益，即便有天大的問題也可以大事化小，小事自然就化了了。要知道，孫仲君是因為有人愛她，而她瞧不起別人，一怒之下將單相思者全家殺了個雞犬不留，說是只有這樣才能消「本姑娘被冒犯之怒」。正如孫述宇指出的，試看那些英雄們講義氣之時大家如何不問是非而只顧全互相的情誼，便知道義氣一

---

[4] Plato，The Republic，Translated by Benjamin Jowett，p122, p187.

物，並不是正義的精神，而是結義的精神。[5]其實，恰恰是天理的盛宴的基本圖示、正史邏輯的基本精神規定了這種義的內涵，而這種義反過來又成為聯結一個門派中人完成天理的盛宴和正史邏輯的紐帶。這顯然是一種類似於「闡釋學循環」的玩意。

同道中人的互相維護，不問情由，在金庸的武俠小說中比比皆是。只不過在金庸的筆下顯得比較緊張而已。這種敘事上的內在緊張感直接導源於正史邏輯。當袁承志的二師兄歸辛樹夫婦為愛子重病急需一種寶藥，這種寶藥又在護鏢人手中時，袁承志便不問情由向護鏢人董開山大打出手，根本不管董開山所押的藥正是地方官向皇上獻的貢品，一旦失落便會滿門抄斬。袁承志是金氏筆下極力謳歌的俠義中人，他做這樣的事，金庸顫顫抖抖也算為他找到了理由，可以歸納如下：第一，崇禎皇帝是天下百姓之公敵（這就是太監的吶喊所致了）；第二，崇禎皇帝是袁承志的殺父仇人；第三，護鏢人董開山既然為皇帝押藥，便是助紂為虐，便人人可以鳴鼓而攻之。所以，袁承志向董開山大打出手乃至搶到茯苓首烏丸，在金庸自相矛盾的敘述中，不過是在完成義舉！但金氏敘事中的內在緊張感也由此顯而易見：義在這裏，不過是用來減除或緩解，在天理盛宴統攝下組成的門派中人，相互維護的尷尬處境。董開山護鏢既是職業，難道他不可以為皇帝護鏢嗎？何況「普天之下莫非王土」的正史說教也鼓勵董開山為唯一一個主格的「我」護鏢效忠。而失鏢之後很可能滿門喪命，且聽董開山的分解：

> 這茯苓首烏丸若是兄弟自己的，只需歸二爺一句話，兄弟早就奉上了。不過這是鳳陽總督馬大人進貢的貢品，著落永勝鏢局送到京師。若有閃失，兄弟不能在江湖上混飯，那也罷了，可是不免連身家姓命也都難保。只好請歸二爺高抬貴手。（《碧血劍》第十二回）

---

[5]　孫述宇《〈水滸傳〉的來歷與藝術》，明報出版社，1984 年，第 289 頁。

　　話已經說得很明白，很低三下氣，也很可能是實情。歸二爺的兒子的性命是性命，董開山一家老小的性命難道是狗命？救歸二爺的兒子是行義，這當然不錯；可免除董家老小的死罪就不是義了嗎？孔子說：「其恕乎，己所不欲，勿施於人；」[6]「己欲立而立人，己欲達而達人，能近取譬，可謂仁之方也。」[7]在自相矛盾的天理的盛宴看來，孔子的恕道何曾還在話下。魯迅就曾激憤地就過，中國人從未享用過恕道、王道，有的只是「爭於力氣」（韓非語）的霸道。「盡己之謂忠，推己之謂恕。」[8]果然是說得比唱得好聽。袁承志對同門中人的確「盡己」了，也「推己」了；可他對外人、非同門中人的董開山「盡己」「推己」了嗎？這是金庸在構架正史世界時面臨的尷尬之一。他照樣試圖用儒家天理盛宴的一極（義）去解決天理盛宴帶來的另一極（不義），結果可想而知。

　　天理的盛宴另一大功能是促成了父親意象在武俠小說裏的形成。父親意象是指在師父的絕對俯視下，同門中人必須要視師命為最高律令；不僅師父活著如此，師父死去後——這時師父也變作先師、師祖——依然如此。師父在世時，當然有活著的師父的口說話、發號施令；師父死去後，則有信物。因此，父親意象與祖宗崇拜實際上是二而一的問題，是同一個玩意的兩個方面。信物崇拜類似於代表王權的尚方寶劍，「如朕親臨」與「如師親臨」涵義相同。活著的師父與死去的師父是一回事；信物崇拜與「奉天承運」、「皇帝詔曰」也是一回事。正史邏輯宣教的「祭如在，祭神如神在」修改為「祭如在，祭師如師在」也順理成章。從極端的意義上說，從活著的師父身上還不足以看出代表天理、道的師父的全部威嚴，從信物崇拜這一父親意像的高級階段，或許更容易窺測到。

---

[6]　《論語・衛靈公》。

[7]　《論語・雍也》。

[8]　朱熹《論語集注》。

打狗棒據金庸說是丐幫歷代幫主往下一代幫主傳位時的信物，通常是棒在人在，棒亡人亡。不僅如此，棒既是幫主權力的象徵，也是此前歷代幫主英靈護體後的神物。所以洪七公將打狗棒授予黃蓉，也就將丐幫的絕對權力交給了黃蓉（《射雕英雄傳》）；當打狗棒不慎失落時，則是全幫的恥辱兼大事，非不惜任何代價找回不可（《神雕俠侶》）。更為重要的或許在於，打狗棒無論落在誰的手中，按照歷代幫主的旨意，誰就有可能行幫主之權，這一點在《神雕俠侶》中有淋漓盡致的表達。好在丐幫中人奮不顧身地拼死向前，終於搶回了信物。從這裏，我們似乎又可以看出金氏敘事的內在緊張感：既然說誰能得到打狗棒誰就是幫主，大家就得聽從誰的號令，為什麼棒在外人手中卻又要去搶呢？如果說此人不是本門中人所以要去搶，可這不又與信物崇拜相矛盾嗎？——因為此人一旦一棒在手不就順理成章地成為本門中人了？不過，此人畢竟仍然還是個外人，他的棒又是非法搶得的，而不是上代幫主傳授。這或許才是父親意象的關鍵所在。問題是，這中間難道真是湯清水白毫無矛盾和破綻？正史邏輯就真能那樣自圓其說？為此，金庸聰明地設計了一套只有歷代幫主才可私下受授的打狗棒法，而打狗棒法又被金庸的武俠小說暗示為搶不去、偷不去的。只有設計了打狗棒法，金庸敘事的緊張感才能有所緩和。

收之桑榆，必然要以失之東隅為代價。緊張感在父親意象這個大陷井中遲早要深陷進去。這是正史邏輯布下的天羅地網，只要還在它組成的天羅地網中打旋，就任誰也逃不出去。在《碧血劍》中，木桑道長作為鐵劍門的掌門師兄性喜圍棋，風度飄飄，何等瀟灑；其師弟玉真子認滿人作父，怙惡不悛，木桑道長幾次都在清理門戶時將其制服，但念同門之誼，並未施以殺手。玉真子遠赴西藏，終於找到了先師遺失的鐵劍門信物——一柄小小的鐵劍。就憑信物在手，早已是掌門人的木桑道長便大驚失色，請聽金庸意味深長的分解：

玉真子微微一笑：「你要跟我動手，哼，這是什麼？」伸手
入懷，摸出一柄小小鐵劍，高舉過頭。木桑向鐵劍凝視半晌，
臉上頓時變色，……玉真子厲聲喝道：「木桑道長，見了師
門鐵劍還不下跪？」木桑放下棋盤棋子，恭恭敬敬的向玉真
子拜倒磕頭。（《碧血劍》第二十回）

這就是代表一個門派至高無上的信物的威嚴——真是「祭如在，
祭師如師在」。說到底，作為活著的最高統治者（王）只是分有了天理
和至高無上的王的特徵而已，還算不上金字塔頂端的王本身。信物崇
拜切切實實地使身懷絕技的木桑道長變作了一個沒有主格的應聲蟲。
他平時的瀟灑豪邁之氣在那一片「拜倒磕頭」聲中消失殆盡。

《儀禮》有「祝迎屍一人」的說法。鄭注說「屍，主也。孝子之祭，
不見親之形像，心無所繫，立屍而主意焉，一人，主人兄弟。」無論鄭
注說得對不對，在金庸這裏，「祝迎屍一人」早已變作了形形色色的信
物，比如那柄小小的鐵劍，那根色如碧玉的打狗棒，再比如岳不群在收
林平之入華山派時祭在壇上的歷代華山掌門人畫像（《笑傲江湖》），江
湖上人人想據為已有的那把屠龍刀，也主要因為它是已故岳武穆大人
傳下的，沾染了武穆的靈氣（《倚天屠龍記》）……孔繼汾曾說：「天下
文廟之制，上自太學，下及直省州衛郡邑，莫不易以木主，而闕裏尚
用塑像」。[9]這簡直就把祖宗崇拜轉化為信物崇拜的過程說白了。

父親意象還有一個變種：上一輩人的武功基本上都比下一輩人
高，師父的武功一般強於弟子，俠義道中更是如此，僅有少數被作者
極力謳歌的英雄人物（比如郭靖、楊過、令狐沖）不在此列。王重陽
死後，其徒子徒孫沒一個功夫能及他（《射雕英雄傳》），喬峰大鬧聚賢
莊，敢與天下武林為敵，仗著一雙肉掌殺開生路，該是武功卓絕了呢？
但他的功夫較之其父喬三槐相差何止天壤（《天龍八部》）；虛竹之所以

---

[9]　孔繼汾《闕裏文獻考》。

功夫能高於他的師父，是因為乃師將近百年的內功修為傾囊相授（《天龍八部》）；一燈大師的徒弟魚、樵、耕、讀四人功夫合起來也不及師父萬一（《神雕俠侶》）……看起來，薑當真還是老的辣。信物崇拜在這裏直接體現為武功的高下，也為祖宗崇拜、父親意象的合理性找到了在武俠小說中的「證據」和「語法」。

這在金庸的敘事結構中完全基於一個基本假定：那就是內功的引進。[10]別小看了這件道具，它既能提供敘事學上的內驅力，也具有文化學上的意義──內功的引進為父親意象的地位鞏固立下了汗馬功勞。雖然從常識看來老人的體力一定會比青壯年差，即使武功再高，老人也恐難成為青壯年武林中人的對手；但內功一引進，情形就完全不一樣了。按內丹理論，功力越深，其精、氣，神越來越趨於一，殺傷力自然也越大；老年人的功力是建立在較之年輕人遠為長久的練功時間之上，功力自然比青壯年要高明得多，在打鬥中，當然也就勝多負少。更為重要的是，只有這樣，才使掌門人、師父在門人和徒眾面前，有了宣道布義、發號施令的資本。這一方面為父親意象的存在打下了堅實的基礎，另一方面，也暫時緩解了父子關係作為天理盛宴的核心意象給武俠小說敘事帶來的緊張感。

不論金庸在小說中如何想通過正史邏輯擺脫或改變正史邏輯自身帶來的弊端，但他並沒有成功，似乎也不大可能成功。內功的引進也好，偷不去的打狗棒法也罷，只是頭痛醫頭的權宜之計。金庸的聰明只在於，他從不回避這一點，並且在敘事的內在緊張感中既在想辦法解決緊張感，又在無意（？）之中對天理的聖宴、對正史邏輯進行了較為深刻的暴露。有趣的是，他的方式就是通過自身敘事內部的緊張感。雖然這一切大約只是隱姓埋名式的，但作為一個武俠小說大家，這或許正是金庸高於旁人的地方。

---

[10] 參閱陳平原《千古文人俠客夢》，第97-104 頁。

小罵大幫閒

　　正史邏輯、正史盛宴和正史世界的組成部分還有道家。很多學者已經深刻地意識到，秦始皇焚書坑儒為何單單放了道家一馬？這一焚一放之間實在大有貓膩。至晚從董仲舒起，事情開始變得明朗起來：董氏力圖在《易傳》的基礎上使儒家倫理綱常置於天道的絕對統攝之下；這正是對道家之「道」的呼應和召喚。相比之下我們寧願說，不是《易傳》的天人合一深刻表達了儒道互補，董仲舒才更算得上儒道互補發展鏈條上的重要一環：因為董氏乾枯的理論運作——那是人的本能衝動的殘酷壓抑——才使人們看起來對張揚個性、任性自然的道家之「道」的需求顯得至為急切，對出氣閥門的渴望也由此更為緊迫。把董仲舒聯繫起來，我們或可看出秦始皇一焚一放的深意。金庸在自己的創作中，從天理的盛宴出發所遇到的難以解決的毛病，在他看來，或許可以從無為的盛宴那裏找到救命的「茯苓首烏丸」？這當然是習慣於在正史邏輯的池塘中打旋的金庸首先想到的辦法。

　　劉若愚滿懷鄙夷地告誡我們，把易發脾氣的好事之徒——遊俠——同超然物外冥思苦想的道家聯繫在一起，簡直是牛頭不對馬嘴。不過，他又小心翼翼地說，話雖如此，他們還是有某些共同點的。[1]我們不妨同意劉先生的疑問和自我安慰，至少金庸筆下的周伯通（《射雕英雄傳》)、《神雕俠侶》）就與道家很有些相似之處。周伯通號稱老頑童，與莊子大聲疾呼的真人、聖人簡直只有字面的區別。周伯通做事任性無為，全憑自己的天性出發。他與師兄王重陽作客大理國段皇爺家，與段妃無意間行男女之好。他對其中的厲害並不清楚，也從不考察；

---

[1] 劉若愚《中國之俠》，上海三聯書店，1991 年，第 11 頁。

在他看來，男女之間關係親密，這樣做做又何妨呢，那不正是「任性自然」的真實意思麼？雖「相好」生有一子，幾十年間，周伯通卻茫然不知。除此之外，周伯通還非常輕視輩份的羈絆，這是十分明顯的反儒之舉。他與自己差兩輩的郭靖結為兄弟，又與比自己差三輩的楊過桃園結義，讓他的師侄丘處機在與郭、楊二人的稱呼上左右為難。不過，郭楊二人仍按天理盛宴的要求和丘處機相稱呼，就早已反證出，在金庸的敘事中，相對於天理的盛宴，周伯通不過是個野狐禪。此老坐大不尊，整天嘻嘻哈哈、指揮蜂群四處遊玩、在海中騎著鯊魚到處狂顛、搓下身上的泥垢假作毒藥用武功逼迫沙通天等四大惡人服下，命師侄丘處機將四人押回重陽宮囚禁，他也從中獲得了欺騙惡人的快感。可師侄丘處機卻將師叔之命奉若聖旨，四大惡人在重陽宮一囚就是三十年！周伯通並未做出在天理盛宴看來值得讚揚的大事，關鍵在於他的無為。但周伯通真的做到無為了？

莊子說：「不忘其所始，不求其所終。受而喜之，忘而複之，是之謂不以心捐道，不以人助天，是之謂真人。」[2]「吾所謂無情者，言人之不以好惡內傷其身，常因自然而益生也。」[3]周伯通能和與自己相隔三代的後生金蘭結義，其長壽可想；金庸在敘事的日理萬機中也沒有忘記給他的鬢間嘴角飾以飄飄白髯。老頑童幾乎可以說能夠適性逍遙了。但適性逍遙果然就是無為的盛宴所要求的德行嗎？換句話說，周伯通的出現能解決金庸已經面臨的敘事上的緊張感嗎？

道家所說的無為，重點在「無不為」上。「為無為，則天下大治。」周伯通可以說已經基本做到「為無為」，但他到底沒有做到正史邏輯所要求的那種「天下大治」的「無不為」。這就是說，他沒有把自己的行為落實到道所要求的「王」字上──而這，才是儒道可以互補，儒道二者共同組成正史世界的精髓所在。開個玩笑，周伯通可謂是真

---

[2] 《莊子‧大宗師》。
[3] 《莊子‧德充符》。

瘋，而不似道家說教的真人、至人那樣應該是裝瘋。正如同打醉拳的人肯定是假醉，要真是爛醉為泥，那也只有上奈何橋了：真人、至人不過是意在打倒對頭的醉拳手。為此，與老頑童作為對照，也為了尋覓內在緊張的解決之路，金氏塑造了兩個頗有幾分道氣的醉拳手楊過和令狐沖。

至人無情的說教並非儒家專利，也是道家的老字招牌。楊過與道家有相合的部份是在他的任性無為——此「無為」當然是從正史的盛宴著眼；更為重要的是，在他的無為中，做出了許多正史邏輯所要求的精義在王的「無不為」。如果說，為慶賀郭靖小女郭襄生日，楊過送了許多稀奇古怪的禮物還僅僅是出於自然天性，還有些任性無為的影子，那麼，且看這是些什麼禮物！楊過命人燒了圍困襄陽的蒙古兵的糧草，並同時放煙火上天，印出「恭祝郭姑娘多福多壽」字樣。這才叫合乎正史邏輯的「為無為，而無不為」呢。從全部經歷和個人氣質上看，楊過真正的道家特色，到了他從出於個人恩仇涉足江湖到轉而狂斬蒙古兵時才完全凸現。在此，他是以「有為」代替「無為而無不為」。至於他與小龍女的師徒戀，他的用情太多及至創下天下獨一無二的「黯然銷魂掌」，都與無為的盛宴沒有必然關係。

在大戰蒙古兵得勝回襄陽時，郭靖攜著楊過之手，拿起百姓呈上來的一杯美酒，轉敬楊過，說道：

> 「過兒，你今日立此大功，天下揚名固不待言，合城軍民，無不重感恩德？」楊過心中感動……忽然想起：「二十餘年之前，郭伯伯也這般攜著我的手，送我上終南山重陽宮去投師學藝。他對我一片至誠，從沒半點差異，可是我狂妄胡鬧，叛師反教，闖下了多大的禍事！倘若我終於誤入歧途，哪有今天和他攜手入城的一日？」想到此處，不由得汗流浹背，暗自心驚。(《神雕俠侶》第 39 回)

郭靖當然是那種「返身而誠，反求諸己」，天然就能「正心、誠意」的謙謙君子。楊過終於醒悟過來的了；也就在他「暗自心驚」和「汗流浹背」之際，他終於明白了純粹的任性無為、適性逍遙決非正途，而是要在此基礎上做出無為的盛宴所要求的大事來。他與郭靖攜手進城，正是儒道在金庸作品世界裏互補的活生生意象。他們共同在「華夷之辨」中主動站在大漢中心義一邊，天理的盛宴此時與無為的盛宴一起，共同化作正史的盛宴。

當楊過終於得知乃父不光彩的死時羞愧難當。而此時他已順著無為的盛宴的思路來塑造自己了。他請柯鎮惡為自己在楊康墓前意味深長地豎起一碑，上書「先父楊君康之墓，不肖子楊過謹立」（《神雕俠侶》第三十七回），就已分明和邪惡劃清了界限，主動站在正史邏輯要求下的民族大義一邊。

劉若愚說：「道家崇尚自然，反對強人所難去遵從強求一律的制度。莊子說：『鳧脛雖斷，續之則狀；鶴脛雖長，斷之則悲。故性長非所斷，性短非所續。』不管遊俠是否認識到這些道家理論，他們信仰的實際上就是順其自然的原則。」「道家和遊俠一樣，無視政府和法律，取的是無政府主義態度。」[4]這些言論顯然只是從字面理解道家；事實上，只有楊過這類人才算得上真正的道家。這讓人聯想起當代作家阿城的著名小說《棋王》。據說主人公王一生是個適性逍遙的人，棋也是道家的棋，果若如此，也就罷了。但王一生最後還是大哭道，人活著還是應該做點事。就是在這個意義上（當然也只是在這個意義上），王一生可以等同於楊過。就崇尚自然而言，周伯通是好例子；就反政府而言，楊過曾經也是好例子。不過，還是看看楊過其後的表現吧，也許更能說明問題。實際上，正史世界既包括天理的盛宴，亦包括無為的盛宴，缺了任何一個也就沒有了我們中國的正史世界。

---

[4] 劉若愚《中國之俠》，第 11-12 頁。

　　令狐沖比楊過走得更遠，也更自覺。他天性放浪灑脫，很有道家之氣；剛好他所在的華山派也正是道家的著名門派。令狐沖從本性上說是想做一個獨來獨往的遊俠，他與採花盜田伯光不打不相識，與日月教人結交，偶然也幹點行俠仗義的事情。這一切恰可看作是無為而無不為、任性自然的變種。但他自始至終對師父抱有幻想：被開革出派時，他想再列門牆；看破師父、偽君子岳不群的兇殘面貌時，他仍不相信這是真的，直到愚忠差點讓他命喪乃師之手，才有所覺悟。如果說楊過與郭靖攜手入城是正史邏輯的鮮明意象，並且這個意象是由外（郭靖）而內 (楊過) 並最終落實到楊過（內）身上，那麼，令狐沖則是楊過與郭清的聚合體，他本身就體現了儒（郭靖）道（楊過）互補的全部特質，類似於巴赫金所謂「人身上的人」。

　　在令狐沖身上，任性自然、無為而無不為的天性與天理的盛宴發生了衝突。這是金庸的聰明之處。在他發現天理的盛宴不能解決天理的盛宴帶來的問題後，在他發現無為的盛宴也不能解決天理的盛宴帶來的內在尷尬後，金庸勇敢地面對天理與無為之間的衝突，我們都看見了，那就是令狐沖。讓人驚心動魄的是，令狐沖以他的表現再一次證明了儒道可以互補，儘管它們的衝突是如此之大，儘管看上去這二者不可調合。師父有若父子，更有如君臣，這是以天合人的天道觀早已證明了的；但從以人合天的角度看，他也不得不為父子、君臣的名份所限，因為這就是天，就是道、王和父。令狐沖與匪人結交，作恆山派眾尼的男掌門，這是他任性的一面；他時時想將掌門辭去，重回華山，內心深處對與匪人結交也並非全無自責，則又是他從任性一面向天理的躍遷了。岳不群正是看透了這一點，才能將他玩弄於股掌之上，將他作為自己的陰謀大棋盤上的一枚棋子。這一切，莫不道出了無為的盛宴的真正嘴臉。

　　道觀在金庸小說中照樣是一個小小的正史世界，雖然道觀本身是以無為的盛宴現身。華山派不用說了，左冷禪的嵩山派也不用去說，

張三豐的武當派又何曾相反！在道家齊生死、獨與天地相往來的說教中，實施的照樣是等極制度，是尊卑森嚴的天理的盛宴。葛洪《抱樸子》卷三〈對俗〉所引的《玉鈐經》說：「欲求仙者，要當以忠孝和順仁信為本」；全真教祖師王重陽雖然「始於業儒，其卒成道」，而每教人必以「先讀《孝經》、《道德經》」為務；託名呂純陽的《三寶心燈》更是明白無誤：「道中之妙，不外大、易、學、庸，性理之書，時時玩味，可悟終始主功」……凡此等等，並不表明無為的盛宴受到了天理的盛宴的擠壓，恰恰相反，正是無為的盛宴受了自身邏輯起點的驅使主動走向了天理的盛宴。這連投誠也算不上，倒正合《易經·繫辭傳下》所說：「天下同歸而殊途，一致而百慮。」大約正是這樣，令狐沖能主動順應正史邏輯；武當弟子宋青書因對祖師爺張三豐不利而在其父（張三豐的弟子之一）眼皮底下命喪同門之手。既然《孝經》、《道德經》共為法寶，丘處機自然要對師叔老頑童周伯通哪怕玩笑式的命令也要奉若至寶。道家一向以熱愛生命、與天地相參為務，但據《呂祖志》卷四記載，呂洞賓也寫過一首殺氣騰騰的「詩」：

> 先生先生貌獰惡，
> 拔劍當空氣雲錯。
> 連唱三回急急去，
> 蠢然空裏人頭落。

　　無為的盛宴與天理的盛宴一樣，共同遵守被正史邏輯規定了內涵的「義」。《倚天屠龍記》中許多道家門派（包括張無忌自稱的武當派），在光明頂誅殺了那麼多所謂邪惡的明教黨徒，華山派掌門人本來就是個大逆不道之人，卻口口聲聲痛斥明教中人的為非作歹，甚至連讓他們投降也不允許，極力主張除惡務盡。很顯然，道家也是要殺人的，而且力主屠戮殆盡的正是道家。當然，呂純陽也早已為他們作了榜樣。而在正史邏輯的驅使下，他們自以為掌握了義的解釋權，除惡即為行

義；可是，明教中的徒子徒孫當真個個都罪不容誅？他們有沒有對義的解釋權？為什麼一定要按照正史邏輯、天理的盛宴和無為的盛宴來解釋義？難道除此之外沒有別的出路？魔教中的屈死鬼又該向誰去要義的解釋權？他們真的能安心受死嗎？

　　金庸顯然知道這其中的悖論。他雖然勉強地揭露了華山派掌門人在正義掩蓋下的胡做非為並讓他死無完屍，但也向我們透露了這樣的消息：雖然無為盛宴在運作思路和思維言路上，走著與天理盛宴相反的路線，但它照樣無法解決天理盛宴帶來的問題——向左的一方不正確，並不表明向右就對了。義的闡釋權還在正史邏輯的法庭上。金庸沒有回避這一點，而是通過小說寫作暴露了這一特質；暴露固然是深刻的，但對於解決問題，解決敘事上的內在緊張感又有多少公斤的力量呢？

儒道互補的大團圓

正史世界的高樓大廈是在正史邏輯的驅使下才得以建成的；儒道互補的底蘊使這個王化、父子、君臣的世界，毋庸置疑兼無可奈何地罩上了一層令人歎息的黑紗。武俠小說要大力展現的義，在正史邏輯的逼迫下也有了在正史世界中的理想涵義。「義者，殺也」是金庸與幾乎所有武俠小說家都在著力渲染的命題，但在正史邏輯的籠罩下，殺誰，為什麼要殺，怎樣殺，殺之後會帶來什麼後果，卻各有各的特殊立場。在金氏營造的正史世界（而不是所有世界上）上，義是絕對二分的：凡是有犯正史邏輯、與正史世界的說教相觸、與無人稱真理相抵的一切人事都被認為是不義的；除去這些不義，就是有意識地維護正史邏輯，當然也就是義了。在此，義與不義是截然兩分的。義的絕對二分性，帶來了恩、仇的絕對二分性。正史邏輯的價值評判結果似乎只有如此。

儒、道兩家都強調中庸，而中庸實際上在這個世界上連影子也看不見；道家強調的齊生死，泯滅恩仇更是無跡可求。中國歷史上何曾有過真正的中庸之舉，何曾有過真正的恩仇泯滅？世仇、世交才是通常的說法，才是最能得到談論的話題。恩、仇其實正是義的兩極。在所有的恩中，正史世界大力凸現的則是君父之恩和民族大義，這在金庸處則轉化為師門之恩、父子之恩與大漢中心主義的並舉。武林中人同仇敵愾反金（《射鵰英雄傳》、《神鵰俠侶》）、反元（《倚天屠龍記》）、反清（《書劍恩仇錄》、《鹿鼎記》），正是作者大力渲染的主題，而對黑白兩道人物義與不義的最後評判標準也正在這裏。

《碧血劍》裏有一個小腳色叫洪勝海，本是打家劫舍的強人，因不堪忍受華山派穆人清徒孫孫仲君的逼殺，一怒之下淪為清國的奸

細。他後來落在袁承志手中受感化改邪歸正。如果說誤入歧途是不義，改邪歸正、重新為我漢人效力，就既可以洗刷不義，以免「義者殺也」而加諸頸上的寶劍，而且也分明是在行義了。至於「父之仇」，除了金庸讓楊過不要去找「俠之大者」郭靖復仇外，其他有殺父之仇的人都悉數獲得金庸允許，並想盡千方百計歷盡艱險曲折報得大仇。即便是商家堡中的商寶震，更為死得並不光彩的父親報仇而投身滿清，成為作者筆下痛斥的人物。金庸為了加深此人帶給讀者的噁心，不惜寫出他在滿人面前卑恭屈膝的一面。這自然是作者為了解決正史邏輯自身矛盾的自圓其說，更重要的則是試圖導引全部精力鞏固民族大義來為義與不義下最後判斷。於是乎，商寶震的報父仇肯定有正史邏輯鼓勵下的合理性，但他又分明抵觸了正史世界極力說教的大漢中心主義。在武俠小說義者殺也的公理下，其下場可想而知。

　　義與不義的絕對二分性，引出了人物正邪的絕對二分性。郭靖、胡斐等主要人物自不必說，即使是次要人物如駱冰、平阿四又何不如此：他們連一件壞事都未曾做過！作者筆下極力渲染的壞蛋如張召重（《書劍恩仇錄》）、丁春秋、李秋水（《天龍八部》）、鳳天南（《飛狐外傳》）呢，從頭至尾，沒做過一件好事。正史邏輯要求下的正反人物的絕對二分性一至於此。

　　金庸曾說，胡斐是他最喜愛的少數幾個人物之一。「富貴不能淫，貧賤不能移，威武不能屈。」金庸認為，他筆下的武林人物對貧賤、富貴並不太放在心上，更加不屈於威武──這三條大丈夫標準，他們都不難做到。而在《飛狐外傳》中，金庸說，他想給胡斐增加一些額外的要求：不為美色所動，不為哀求所動，不為面子所動。胡斐果然全都做到了，他因此也差不多成了完人。

　　不為美色所動，對於一個血氣方剛的年輕人的確不容易。但正史邏輯會擺出一個柳下惠坐懷不亂的榜樣讓胡斐學習，最不濟也會拉出莊周的鼓盆而歌讓胡斐明白生死、放縱或禁慾其實是一回事。這一點

暫且不去說它。不為哀求和面子所動，誠如金庸所言，對一個江湖草莽更不容易。但是，《飛狐外傳》一書差不多以胡斐追殺殘害人命的鳳天南為主要線索，而鳳天南通過朋友的面向胡斐說盡了好話，道盡了人情，也就是給足了面子，但胡斐謝絕了。他大聲說：「我若不手刃此人，我胡斐枉稱頂天立地的男子漢！」（第十三章）這是一聲有若獅吼的喊聲。如事情僅是鳳天南殘殺平民鍾阿四一家也還罷了，更讓胡斐與正史邏輯氣憤的是，鳳天南居然卑鄙無恥地要參加天下掌門人大會，要投向滿清懷抱，這就更變得罪不容誅。一方面是一件好事也沒幹的鳳天南（至少在《飛狐外傳》的敘事結構中，我們沒有看見鳳天南做過什麼好事），其主罪在有違正史邏輯的大漢中心主義，一方面則是幾乎沒做過一件壞事的完人胡斐。他們後來終於以性命火拼，最後以鳳天南身首異地的可卑下場而告終。這是一個正邪不兩立、正邪絕對分峙的鮮明意象。

在正史邏輯的龐大力量下，金庸可謂使出了渾身解數，想盡了千方百計盡力彌補該邏輯帶來的漏洞。這一點在敘事的內在緊張中體現得最為明顯。駱冰是《書劍恩仇錄》裏紅花會中一位女英雄，她為反清出盡了全力。在一次外出中，她的馬不行了，但事情又十分緊急。剛好有一匹十分壯麗的白馬拴在客店馬廄，女英雄順手牽羊將它偷走了。此舉明顯有違女俠身份，也絕不是正史邏輯所要求的那種人物該幹的事。金庸深知此節，於是他寫道，在駱冰盜走馬後解開白馬背上的口袋，才發現這匹馬是清廷爪牙韓文沖的（第四回）。盜敵人的馬，客觀上就阻止了敵人的行程，也自然成了俠義道人的義務。好笑的是，假如駱冰偷的這匹馬剛好又不是「韓文沖韓大爺」的呢？駱女士在盜馬之前並不知道這是誰的馬呀。這就是作者在敘述中的內在緊張感：既要在無巧不成書的巧合中推動、構築情節，又要在正史邏輯的驅使下劃清人物正邪的絕對界限，於是才有此手忙腳亂的狗尾續貂。如果我們再進一步問，要是張召重、丁春秋、李莫愁、孫仲君……這些惡人也偷

馬的話，還會不會有這樣的描寫？正如丐幫幫主洪七公在痛斥惡人、大漢中心主義的叛徒、正史罪人裘千仞時義正辭嚴地說到過的：

> 不錯，老叫化一生殺過二百三十一人，這二百三十一人個個都是惡徒，若非貪官污吏，土豪惡霸，就是大奸巨惡，負義薄幸之輩。老叫化貪飲貪食，可是生平從沒殺一個好人。裘千仞，你是第二百三十二人！（《射雕英雄傳》第三十九回）

　　在金庸營造的語境中，洪七公當然是絕對的好人，在他看來被他殺死的都是該死之人，合乎義者殺也的正史公理。貪官污吏、大奸巨惡、土豪惡霸且不說，或許他們罪本當死，可是負義薄幸之人呢，只能是死路一條麼？在洪七公眼裏（其實是在正史邏輯的眼裏），答案是湯清水白的。然而，反過來我們可以問，這種義的絕對性絕對地合理麼？義天然地要讓人分為兩個陣營，其霸道性也正在此。裘千仞因此也就只有死路一條了，因為他最大的罪行尚不在欺壓良善，而在於勾結金人圖謀我大宋趙家河山。事情到了這步田地，不但洪七公認為他該死，就是裘千仞自己也認為自己該死，方有拼命跳崖以求自行了斷那一躍（《射雕英雄傳》第三十九回）。在這裏，沒做過一件壞事的洪七公和沒做過一件好事的裘千仞形成了鮮明對照，但他們的共同可悲都在於：他們不過是正史邏輯巨網上號稱「絕對」的兩條同樣大小的魚而已。

　　正反人物的絕對性最終導致了人物的平面化。魯迅曾說《三國演義》「狀諸葛之智而近妖」（魯迅《中國小說史略》），就已經很好地道明了此中瑕疵。洪七公尚有好吃好喝的白玉微瑕，楊過也有用情太重有時不分主次的毛病，郭靖卻不同，他天生就木訥、穩重，活脫脫一付四書湯罐中泡大的形象。從他在大漠上長大幫義兄拖雷打架，明知不敵也要上前，到完全憑其天生的正心、誠意帶來的美好素質一步步學成絕世功夫，於此過程中，不獨武功在增長，義也在他身上插隊、落戶並且

長大，與他的功夫連在一起成為正道功夫。更重要的或許是，郭靖也不是一開始就知道正史邏輯所規定的義的真實內涵，從《射雕英雄傳》我們可以得知，他只是從小就記住了什麼是義。如果說這僅僅出於自發，當他獨立門戶時，就完全是自覺行使正史邏輯規定的特殊涵義的義了。當他誤以為是未來的岳父殺了自己的師父時，馬上反目成仇，兵刃相向，並不顧他深愛的和深愛他的黃蓉投來的淒迷的目光。晃自相矛盾的正史大「義」讓他昏了頭，也是這種義讓他出盡了洋相；但在正史邏輯的炯炯獨眼裏，這是合理的，是值得高聲讚美的。

　　這一切在金庸的武俠小說中最後發展為大團圓。[1]金庸小說的大團圓並非只出現在書的結尾，它得到體現的形式並不僅僅是「有情人終成眷屬」的那類庸常俗套，更是在正史邏輯的要求下「正」終於壓倒「邪」，義最終戰勝了不義。邪不壓正在正史邏輯的驅使下獲得的涵義是，合乎正史大義的正面人物對反面人物的最終勝利。因此，郭靖學成絕世武功不是大團圓，當他們夫婦用超人武功共同抗金、抗元而雙雙戰死襄陽才是大團圓；張無忌歷盡磨難學成九陽真經不是大團圓，而是他以慈愛的至誠之心在光明頂打敗所有武林中人，伸張了民族大義，團結了正邪人物合力抗元才是大團圓；同樣，誅師叛門的丁春秋的多次敗北不是大團圓，而是他被本門的青年高手虛竹徹底擊敗才是大團圓；投靠清廷甘為鷹犬的張召重擒得反清好漢文泰來，為乾隆立下汗馬大功不是大團圓，而是他被紅花會逐入狼坑身骨無存才是大團圓……邪不壓正，正不負邪，必須擺在正史邏輯所要求的精義在王的基石上才能成立，這是金庸的武俠小說對傳統大團圓的改造，也是正史邏輯的必然要求。

　　可是，天下真有什麼邪不壓正的鬼畫符嗎？

---

[1]　本書認為，大團圓是在正史邏輯驅使下，正義戰勝邪惡的一個結果。正邪絕對二分，天然使人處於不同的陣營，而必以其中正的一方戰勝邪的一方為結果不可。因此，我們可以說，大團圓是義的絕對二分性、正邪的絕對二分性等等的直接運作的後果之一。

金庸的「絕路」之一

在無人稱真理的說教下，所有的人（不管是大逆不道為非作歹的惡賊，還是縱橫天下行俠仗義的好漢）都隸屬於具體的門派，鮮有獨來獨往之士，已成天理或準天理的丁春秋、任我行等人除外。李秋水（《天龍八部》）來去縱橫，可她位忝逍遙派高手之列又作惡多端，自有本門中人去收拾；連小流氓韋小寶也不敢逾天地會規距半步。在金庸構築的正史世界上，人人都可能是、都必然是以賓格的「我」舉劍揮殺；看起來他們人人都有縱橫往來的理由，但他們僅是那理由要求下會說話的符號罷了。

這一切都和中國小說的傳統精神有關。雖然小說在中國出現伊始，就開始使用一種與正史話語有或多或少相異、甚至基本相左的目光，但大一統的正史邏輯不會輕易讓小說在自身的軌道上任其滑動。最常用的方式是在正史邏輯的驅使下，使本來可以從正史世界逃逸的小說，終於還是逃不脫正史邏輯的歸範。做法很簡單，正史邏輯首先對小說大打出手。常用的方法就是鄙薄它文辭卑劣，於大道不合。莊周就曾說過：「飾小說以干縣令，其於大達亦遠矣。」[1]這裏的「小說」也許還不是指一種文體，但是，將作為文體的小說看作「小」、「說」的觀念，也大抵始於此。漢人桓譚稱小說為「殘叢小語」，[2]不過是莊周的應聲蟲；班固徵引據說是孔丘的話而指斥小說為「小道」，[3]明明從正史邏輯的立場出發為小說的出身低微定了性。明人胡應麟作為一個頗具見識的學者，也稱柳《柳毅傳》「鄙誕不根，文士亟當唾去」；[4]

---

[1] 《莊子・外物》。
[2] 《文選》卷三十一江淹雜體詩《李都尉陵從軍》注。
[3] 《漢書・藝文志》。
[4] 胡應麟《少室山房筆叢・二酉綴遺》中。

《四庫全書總目》說《拾遺記》「其言荒誕，證以史傳皆不合」。最有趣的是，即便是載道之器的〈岳陽樓記〉也被正史邏輯貶低，而用以貶低的尺度則是給它貼上「傳奇體耳」的標鑒，[5]當然也就「非儒者之貴也」。[6]應該說，在正統文體棍棒齊下之後，小說也有了一定程度的妥協。凌蒙初作為一個被正史話語排斥在外的「小說家流」，也曾自輕自賤地指斥小說「得惡名教」，並且詛其「種業來生」。[7]雖說有失厚道，但也足見棍棒威力。

　　打不是目的，拿作為文體的小說為正史邏輯所用才是宗旨，即所謂變廢為寶，於是有「拉」。拉的方式大抵是鼓勵作為文體的小說中與正史邏輯裏所包納的世界感相重合的那部份，並力圖使它發揚光大。班固曾提醒正史邏輯，小說「雖小道，必有可觀者焉。」[8]為什麼？應聲蟲桓譚回答道：「治身理家，有可觀之辭。」[9]這「可觀之辭」當然是戴上正史邏輯的老花鏡，在作為文體的小說中找到的。雖然「小說者，乃坊間通俗之說，固非國史正綱」，[10]但可以「為正史補」，[11]可以作為「正史之餘」，[12]可以為「信史」之「羽翼」，[13]可以「輔正史也」，[14]可以「與正史參行」。[15]因此，小說可以「資治體，助名教」，[16]於是，就有有心人鼓勵小說努力聽從正史邏輯的醉人召喚：「此等文備

---

[5] 陳師道《後山詩話》。

[6] 王充《論衡・謝短篇》

[7] 凌蒙初《〈二刻拍案驚奇〉序》。

[8] 《漢書・藝文志》。

[9] 《文選》卷三十一江淹雜體詩《李都尉陵從軍》注。

[10] 酉陽野史〈新編續刻《三國志》引〉。

[11] 林翰〈《隋唐志傳通俗演義》序〉。

[12] 笑花主人〈《今古奇觀》序〉。

[13] 修髯子〈《三國志通俗演義》引〉。

[14] 袁於令〈《隋史遺文》序〉。

[15] 劉知己《史通》卷十。

[16] 〈《類說》序〉。

眾體，可見史才、詩筆，議論。」[17]——當然是在正史邏輯的框架內進行議論了。而小說在正史邏輯的擠壓下要爭得活命的口糧，不如此，也許還真有麻煩哩。

打和拉的結果使作為文體的小說長期依附於正史邏輯。我們說，正史邏輯實際上就是以儒道互補為基本精神內容的統治階級的世界觀，目的是為了說明自己的統治有絕對的合理性、合法性，其教化就是免不了的。小說在飽經棍棒之後，終於成為孝子。不是麼？且聽凌蒙初說自己的創作：「說夢說鬼，亦真亦誕，然意存勸誡，不為風雅罪人，後先一指也」；[18]靜恬主人也毫不含糊：「小說為何而作也？曰以勸善也，以懲惡也」。[19]但更重要的是為正史邏輯所表達的中心內蘊歌功頌德，並指出它的合理性。明人沈德符在其大著中，就記載了一個為嘉靖皇帝找到了他必然要當皇帝的「野對聯」，[20]不僅龍心（天理）大悅，正史邏輯滿意，也為孝子畫了相。

幾乎所有的中國小說都最終逃不脫正史邏輯的規範，連一向以笑傲江湖、快意恩仇為務的武俠小說也不例外。[21]對金庸小說中的正史世界也應當作如是觀（當然，在金庸的小說中，正史世界只是他構築出的多種世界之一種）。這一方面體現了正史邏輯的強大，一方面大概正體現了金庸的聰明：他用自己的創作揭示了這一真相。正是在正史邏輯對中國小說又「打」又「拉」的基礎上，形成了小說

---

[17] 趙彥衛《雲麓漫鈔》卷八。

[18] 凌蒙初〈《二刻拍案驚奇》小引〉。

[19] 凌蒙初〈《二刻拍案驚奇》小引〉。

[20] 沈德符《萬曆野獲編》卷二記載了這副對聯：「洛水玄龜初獻瑞，陰數九，陽數九，九九八十一數，數通乎道，道合元始天尊，一誠有焉；岐山丹鳳又呈祥，雄鳴六，雌鳴六，六六三十六聲，聲聞於天，天生嘉靖皇帝，萬壽無疆。」

[21] 這方面的例子太多了，比如《七俠五義》、《小五義》等等。魯迅就曾精闢地指出：「清末，流寇未平，遺民未忘舊君，遂漸念草澤英雄為之明宣力者，故陳忱作《後水滸傳》……。」（見魯迅《中國小說史略·清之俠義小說及公案》）

中的正史世界。無人稱真理作為正史邏輯的說教的後果之一，自然也就忝列其中。

歐陽鋒算得上一個獨來獨往的人，但在金庸筆下，他是個受到鄙夷的傢伙，因為他與正史邏輯所要求的人格不合；作者於是乎給他安排了一個連自己姓名都記不請、我是誰都搞不明白的結局（《射雕英雄傳》）。隱喻的涵義正在此處：對歐陽鋒這種長有反骨和逆鱗的正史邏輯叛徒，正史邏輯有權拒絕為他命名；即使命名了，也遲早將會收回。採花賊田伯光也算得上是個獨來獨往之人，他隨意縱酒，處處采花，想殺就殺，何等逍遙自在！但好景不長，被假和尚不戒大師抓住一刀割了生殖器，遂取名為「不可不戒」，投諸不戒大師門下，再也不是孤魂野鬼。也就是說，他失去了在正史邏輯看來最可能抵觸正史邏輯的那條塵根，從而走上了無人稱真理的老路。基督教有「為天國而自閹」的說法，用在這裏，正好可以互相參照。田伯光以後要做的事情當然不再是處處留情，不再是縱酒，而是為師父到處傳信，成了正派人士中的一個暗探，專事情報工作──他成了正史邏輯的消息樹和探子。在正史邏輯的感召下，再強大的人也只有如此。

正史邏輯、正史世界在金庸的小說裏有很大比重，尤其是在早期作品裏。這也帶來了若干問題。其中最大的就是正史邏輯自身的內在矛盾，形成了金庸在敘事上的內在緊張感。金庸從正史邏輯的小池塘內做過很多試圖從中逃逸出來的努力，但並不全見功效。這很容易理解。要想從自己的體系內開出「茯苓首烏丸」那樣的「解藥」救治自身帶來的中毒症，一般來說是不可能的。

歐陽鋒只有倒立行走，連自己是誰也搞不清楚，這是從正史邏輯出發對違背正史邏輯之徒的必然懲罰；田伯光也只有割掉那條塵根，在正史邏輯的法庭上，曾經高高昂起的陽具成了鮮血淋淋的祭品。如果僅就構築正史邏輯和正史世界而論，金庸與許多武俠小說家並無太大區別；甚至與《水滸傳》、《三俠五義》也找不到本質上的界限，特

殊之處僅在於他在表現正史邏輯和正史世界的方式上與別人有異。一個真正的作家，特別是一個被稱作「大師」的作家，僅僅依靠這一點是絕對不夠的。

維特根斯坦（Ludwig Wittgenstein）對哲學作了一個驚人的評論：「一個人陷入哲學的混亂，就像一個人在房間裏想出去又不知道怎麼辦。他試著從窗子出去，但窗子太高。他試著從煙囪出去，但是煙囪太窄。然而只要他一轉過身，又會看見房門一直是開著的。」[22]金庸也找到過他的窗子，找到過他的煙囪，但他都是在正史世界那間屋子內部尋找抽身而出的通道，顯然不會有太大的功效。正史世界裏還有維特根斯坦所說的那一直開著的「房門」嗎？

---

[22] 馬爾康姆（Norman Malcolm）《回憶維特根斯坦》，李步樓、賀紹甲譯，商務印書館，1984 年，第 45 頁。

第二章

老天爺，你年紀大，
耳又聾來眼又花……

▼楊（朱）墨（翟）互補！
▼人不為己，天誅地滅
▼無父無君？
▼恨世間，情為何物？
▼楊墨互補的大團圓
▼金庸的「絕路」之二

楊（朱）墨（翟）互補！

　　曾經無數次被高明的學者們上下比劃、慘遭蹂躪的所謂儒道互補，按顧准先生的精闢看法，其實只能被看作史官文化（正史文化），[1]在下層百姓那裏從來都影響低微（當然，也並不是完全沒有影響）。它充其量乎在上流社會、文人士大夫階層有那麼點可憐的跡象。[2]比如古時發蒙的必讀書《增廣賢文》啦、千家詩啦什麼什麼的，開口就大談什麼「知人知面不知心」、「逢人只說三分話」、「人不為己，天誅地滅」……恐怕就既不合儒家「正心」、「誠意」的標準，也不合道家率性自然、人與天合的根本宗旨。是啊，這些東西又算得上哪家的「賢文」呢？不可否認的倒是，我等小老百姓恰好是在諸如此類的格言、賢文的言傳身教中長大成人的。

　　話說回來，假如儒家格物、致知、誠意、正心、修身、齊家、治國、平天下的思想真的已經深入了民間，道家齊生死、任性無情的孜孜說教真的已經掌握了群眾，歷代歷朝的統治者也就不必去反覆強調教化，不須花大力氣表彰什麼烈女、節士，也不勞準聖人朱夫子去高吼什麼「革盡人欲，復盡天理」了。《隋書‧經籍志》引鄭玄〈六藝論〉盛讚孔子「作《孝經》以總會《六經》」，歷代誦說《孝經》，皇上老兒也爭相詔號「孝治」；錢鍾書一眼就窺破了此中真意：「約定有之，俗成則未，教誡（ethic）而已，非即風會（ethos），正如表彰詔令不足以考信民瘼世習耳。」[3]這實際上已經意味著，我們必須要「向下看」──像當代詩人梁曉明說的那樣，到士大夫和「刁民」們的行動上去「看」。

1　參見《顧准文集》，貴州人民出版社，1994 年，第 244 頁。
2　參閱王以仁《阿Q與韋小寶》，《文史知識》，1992 年第 1 期。
3　錢鍾書《管錐編》，中華書局，1995 年，第 116 頁。

比如說吧，多出卿相、名儒、文人學士的地區，按照近朱者赤的通常臉孔，應該算得上是儒術禮教、率性自然最昌盛的風水寶地了吧？但出了一大幫理學名臣的江西，其風俗悖於儒道互補的正史說教者就不在少數。據一部叫做《文武庫》的小冊子揭發，江西全省「少壯者不務稼穡，出營四方，至棄妻子而禮俗日壞，奸宄間出」，活活扇了該風水寶地的耳光；而各州縣如南昌「薄義而喜爭」，建昌「性悍好爭訟」，根本不將「訟：有孚、窒惕、中吉、終凶」的儒家警告放在眼裏；[4]瑞州人更絕：「樂鬥輕死，尊巫淫祀。」[5]孟軻先生的仁義大道被棄若敝帚，道家的清靜無為也早絕蹤跡，更不用說「獨善」什麼「其身」了。江西如此，其他被正史世界貶為尚未開化的「蠻夷」之地（比如雲貴）當然更可以想見。

最讓人哭笑不得是，儒道互補從天理、天道、「廖天一」（《莊子·大宗師》）出發，強調什麼氣節、人格、「餓死事小，失節事大」，每當利之所趨或外族入侵，出賣良心者有之，漢奸、二鬼子之流多如牛毛，致使民諺戲稱「一日元可買好幾個漢奸」；更有有心人從民族心理的深層內蘊出發，證明中國歷史上的漢奸之多較之別國的賣身投降外國和外族者更不知高出幾層。[6]假如此說有一分正確（也肯定不只一分正確！），那儒道互補的高妙說教也未免太過無力了。

儒道互補只是統治階級一種拙劣但又十分管用的道德說教，和禮都不下的庶民百姓瓜葛不大；與儒道互補有直接裙帶關係的只可能是文人士大夫階層。反過來我們是不是可以說，「刁民」文化也絕不是

4　《易·訟·文言》。

5　參閱譚其驤〈中國文化的時間差異與地域差異〉，《中國傳統文化的再估價》，上海人民出版社，1987年，第38頁。

6　有趣的是，當代作家劉震雲也從另一個側面表達了同樣的意思。劉震雲在其小說〈溫故一九四二年〉中說：「當這個問題（即民族大義問題——引者）擺在這些行將餓死的災民面前，問題就變成：是寧肯餓死當中國鬼呢？還是不餓死當亡國奴呢？我們選擇了後者。」（《劉震雲文集》第四卷，第365頁，江蘇文藝出版社，1996年。）

什麼儒道互補，而應該另有淵源呢？仿照儒道互補的提法，不妨提出個「楊（朱）墨（翟）互補」與之相對應。[7]楊墨互補是民間野史文化的真正根基之所在。同樣，我們是不是也可以說野史文化正是專門站在老百姓的立場為老百姓（其實，又豈只是老百姓）說話的「理論」呢？有人說，不行；而我說，可以。

　　楊朱「為我」，這是人所共知的事實。魯迅曾心情複雜地說「楊朱無書」。──是讚揚還是諷刺？不清楚。但楊朱為什麼要這樣呢？魯迅說得好，因為有書就是「為他」，與「為我」本意相悖──楊朱果然是個「說到做到不放空炮」的好漢。老莊雖然高喊無為、靜虛，又虛構了一個叫做「心齋」的玩意，其實又何嘗無為過？就此來看，楊朱無疑要徹底得多、誠實得多。《孟子‧盡心上》大罵道：「楊子取為我，拔一毛而利天下，不為也；」《韓非‧六反》也鸚鵡學舌：「畏死遠難，降北之民也，而世尊之曰貴生；」《顯學》還痛罵說：「今有人於此，義不入危城，不處軍旅，不以天下大利易其脛一毛……」從「楊朱無書」後其他各家各派所載的隻言片語來看，說楊朱的核心思想是「為我」，大約沒有冤枉楊朱。

　　「為我」直白地承認人對財、物和肉身性命存有自私之心是合理的，合人性的。《增廣賢文》稱「人為財死，鳥為食亡」，就是絕好寫照。同時，「為我」也暗示了「個我」的不可替代性。後一點更為重要：既然「個我」不可替代，「貴生」也就顯而易見，所以才有《呂氏春秋‧不仁》的陰陽怪氣：「陽（通「楊」──引者）生貴己。」

　　一般而言，列子有時是把楊朱打扮成一個潛心於道家的私塾弟子（比如《列子‧黃帝》），[8]有時又把他看作是道家的師爺（比如《列子‧

---

[7]　這個觀點最初是王以仁先生提出的，我認為這是對民間現實從文化維度提出的最有見識的看法，可以糾正學界近年來嘮叨不已的、單維的儒道互補所形成的學理上的偏差（參閱王以仁〈阿Q與韋小寶〉，《文史知識》，1992年第1期）。

[8]　比如《列子‧黃帝》有言：「楊朱南之沛，老聃西游於秦，邀於郊。至梁而

楊朱》），[9]但紙終於包不住火，無意中偶爾也會露一馬腳。即便是《列子·楊朱》篇中也有如下坦白：孟陽孫問禽子，「『有侵若肌膚而獲萬金者，若為之乎？』曰：『為之。』孟陽孫曰：『有斷若一節得一國，子為之乎？』」據看見這個場面的列子揭發，「禽子默然有間。」接下來列子大發議論，說這正是禽子「不達夫子（其實是楊朱）之心」之所在。換句話說，這才是楊朱的本意：如只是傷及肌膚就可以獲得「萬金」，當然要「為」它一把——這是說人對財、物懷有佔有之欲是可行的；如要斷一「節」（比如一條小腿）才能獲得一國，對不起，算了吧，哪怕賞金是一個國家——這就是說人固有「貴生」的本心了。這裏邊究竟有多少道家的影子？

　　恐怕老百姓（達官貴人何嘗不是這樣？）都明白，「貴生」不過是怕死的別名，「好死不如賴活」的縮寫。種種跡象表明，「貴生」之「生」，大約既包括形上的生命（靈魂？儒家的本性？），又包括形下的肉體。後者也許更加重要。為什麼不呢？儒道互補虛構的那些比肉體更高的真理難道就一定是正確的？難道那些真理天然要求肉體為之進行鋪墊直到損毀了肉體，就一定是合理的、人道的？「貴生」不僅反證了「為我」之私心，也為放縱感官、抒發肉體開了後門。——江西瑞州人的「尊巫淫祀」，僅僅是被揭發出來的例證之一罷了。還有多少沒有被揭發出來呢？這就只有儒家的天和道家的「廖天一」才知道的了。凡此種種，讓我們有充分的理由說，放縱了肉體，也就從不同於對財物的佔有方式上滿足了私心的「為

遇老子。老子中道仰天而歎曰：『始以汝為可教，今不可教也。』楊朱不答。至舍，進涫漱巾櫛，脫履戶外，膝行而前，曰：『向者夫子仰天而歎「始以汝為可教，今不可教也。」弟子欲請夫子辭，行不閒，是以不敢。今夫子閒矣，請問其過。』」

9　《列子·楊朱》通篇都是楊朱替道家說教，則完全是一副道家師爺的架勢了。不少學者（比如近人曹聚仁先生）認為，楊朱的思想實際上就是道家或早期道家的思想【參閱曹聚仁《中國學術史隨筆》（1996年，三聯書店）有關原始道家的論述等文獻】。這是本書不準備承認的。

我」，也經由另一個偏門、另一個更為隱蔽的部位實現了「貴生」。放縱肉體是「貴生」的填房。道家墮落為仙道後，雖也強調肉體的享樂，但那是出乎採陰補陽的考慮，還算不得純粹的放縱。[10]肉體的享樂能讓人成仙嗎？反正道家是這麼認為的。但道家的採陰補陽在它的終極——成仙——之處，難道真的只是為了更好地適性逍遙，而沒有一丁點肉身上的快樂？許許多多道士們的身體是明白這中間的幽微含義的。

　　「人不為己，天誅地滅！」這是老百姓（當然，肯定還不只是老百姓）咬牙切齒的呼聲，表達的意思與楊朱遙相呼應。人性的卑劣、人性的不可信任，在楊朱這裏得到了極為充分的暴露和表述。楊朱的思想與基督教的原罪觀念、與佛洛伊德（Sigmund Freud）反覆論證過的人性的攻擊本能也有相通之處。更能為楊朱思想作注釋和與之對話的是米蘭・昆德拉，一個純種的捷克刁民，通過他的主人公之口說出了令人驚心動魄的結論：假如人類掌握了從遙遠的地方控制他人性命的法寶，五分鐘之內，人類將告滅絕。「而這，就是地獄的定義」，米蘭・昆德拉的主人公說（昆德拉《為了告別的聚會》）。人性就是深不可測、漆黑冰冷的地獄。儒家（主要是孟子）「人之初，性本善」的虛偽說教，不過是從幻想的角度發出的午夜夢囈、酒後胡話。當然，它更多的是在為自己的理論尋找看似可靠的基石：在儒家的「隻眼」中，正因為人天生就是善的，所以才能成為君子，才能同意內聖外王，才能「致良知」。但戈爾丁（William Golding）摧毀了這個假想。在他的長篇小說《蠅王》中，幾乎所有的兒童無不暴露了他們人性深處的殘

10　比如，「黃帝曰：『何為五常？』素女曰：『玉莖實有五常之道，深居隱處，執節自守，內懷至德，施行（無行）無已。夫玉莖意欲施與者，仁也；中有空者，義也；端有節者，禮也；意欲即起，不欲即止者，信也；臨事低行者，智也。是故真人因五常而節之，仁雖欲施與，精苦不固；義守其空者，明當禁，使無得多；實既禁之道矣，又當施與，故禮為之節也。⋯⋯故能從五常，身乃壽也。』」（《醫心方・房內・五常第六》）

忍。也正是從人性現象學入手，楊朱才算真正摸准了人性的脈搏；儒道兩家也正是看清了人性的弱點（比如「天下熙熙，皆為利來，天下攘攘，皆為利往」），才站在統治階級的立場，從虛擬的、心造的「天」「道」出發，為限制人的私欲而為統治權的鞏固婆心苦口。

戈爾丁的長篇小說《蠅王》有過精彩的陳述，在他的小說中，幾乎所有的兒童無不暴露了他們人性深處的殘忍。也正是從人性現象學入手，楊朱才算真正摸準了人性的脈搏；儒道兩家也正是看清了人性的弱點（比如「天下熙熙，皆為利來，天下攘攘，皆為利往」），才站在統治階級的立場，從虛擬的、心造的「天」「道」出發，為限制人的私慾而為統治權的鞏固婆心苦口。

其實，道貌岸然、口口聲聲遵從天、道的正史信徒，何嘗不是人性惡的手下敗將？《韓非・五蠹》嘲諷說：「齊將攻魯，魯使子貢說之。齊王曰：『子言非不辨也，吾所欲者，土地也，非斯言所謂也』。率兵伐魯，去門十軍以為界。」——瞧瞧，爭土地之私慾和孔子的門徒對不上話；「徐偃王處漢東，地方五百里，行仁義，割地而朝者三十有六國。荊文王恐其害己也，舉兵伐徐，遂滅之，」「故偃王仁義而徐王。」——看啦，爭土地之私慾和仁義更不是同一回事！在「爭於力氣」（又是韓非的話！）的時刻，管你是「行仁義」，還是「割地而朝者三十有六國」，在「為我」面前，一切道德假想要麼顯出了它的虛偽，要麼露出了蒼白無力的狐狸尾巴。這正如一位唐代小詩人所吟詠的：

> 溪畔誰舟向戴星，
> 此中三害有圖經。
> 長橋可避南山遠，
> 卻恐難防是最靈！

（羅隱〈夜詣義興戲呈邑宰〉）

——人是這個世界最壞的、最不信的造物。「長橋」（有如仁義、天、道）是最終防不住「最靈」（即人，特別是人之私慾）的。

在一個向來以家族血緣關係為主要組織形成的中國民間，楊朱的「為我」、「貴生」學說擴而大之，不過是「為我的家族」、「貴我家族之生」。不用去引證什麼材料了，只須放眼事實就行。而這，就是我要說的「為我的盛宴」。

墨家思想一般來說與楊朱相反。孟子驚呼：「墨氏兼愛，是無父也。」[11]所謂兼愛，就是平等的、無秩序的、無差等的愛。這就突破了家族的為我之私愛，也就突破了「父父子子」有等級、有先後、有秩序的儒家之愛。在中國古代思想中，明確提出平等觀念的大概僅止於墨。孟子破口大罵墨家，莊子說墨子「非道德之正也」，[12]從正史邏輯的立場上說當然不能算輸理。

墨子是所謂「賤人」，使他有可能也有機會站在老百姓的立場說話，尤其是站在老百姓的人性的立場發言。墨子與儒家一樣，也是從人道塑造天道，再由天道來為人道的合理性和必然性辯護，只是他們得出的結論幾乎剛好相反——這就像「文革」中武鬥雙方引證同一句領袖語錄指斥對方為反動派和資產階級一樣。與儒家幾乎相反，從形而上的天道（天志）出發，墨子大聲疾呼：「天下無大國小國，皆天之邑也；人無長幼貴賤，皆天之臣也。」[13]所以，「天之意不欲大國之攻小國也，大家之亂小家也。強之暴寡，詐之謀愚，貴之傲賤，此天之所不欲也。」[14]正是從「天志」角度，墨氏提出了人人平等的可能性思路：「視人之國若視其國，視人之家若視其家，視人之身若視其身；」[15]只有這樣才能做到「必吾先從事於愛利人之親，

---

[11] 《孟子・滕文公下》。
[12] 《莊子・駢拇》。
[13] 《墨子・法儀》。
[14] 《墨子・天志中》。
[15] 《墨子・兼愛中》。

然後人報我以愛利吾親也」；[16]才有可能「老而無夫者，有以俟養，以終其壽；幼弱孤童之無父無母者，有所放依，其長其身」。[17]凡斯種種，被墨子歸納為在天志要求下的「兼相愛」、[18]「以兼為正。」[19]而這就是在其後的篇幅中我將反覆嘮叨的「兼愛的盛宴」。

務實的墨子並不把人提高到無私（儒）無欲（道）的虛擬境界。如楊子一樣，它也承認私心的客觀存在，所謂「愛人者，人必從而愛之；利人者，人必從而利之」：「兼相愛」正是為了「交相利」。[20]墨子的主張是人道的、務實的。連破口大罵楊墨兩家的孟子也不得不承認：「天下之言不歸楊即歸於墨。」[21]可見為我、貴生之私心與渴求兼愛的觀念是多麼深入人心。孟子讓人厭惡的是，他明知道「墨子兼愛，摩頂放踵利天下」，[22]還要歇斯底里地咒罵墨子。這就很有些他經常說別人的「喪心病狂」的味道了。

楊墨的思想看起來相反，實則相成。莊子說：「鉗楊墨之口，攘棄仁義，而天下之道始玄同矣；」[23]孟子說：「逃墨必歸於楊，逃楊必歸於墨。」[24]種種楊墨並提的說法，就是意在提醒我們，兩家實際上有共通之處。一方面，自私之心，人恆有之。西諺說：「人的事業從惡開始」。這個「惡」怕正是為我之私使然。因此，要想滿足私慾，必須使自私的「為我」具備攻擊行為的能力。西洋人康羅‧洛倫茲（Konrad Lorenz）從對動物的行為分析開始，然後突然說到了人：攻擊行為「就像其他行為一樣，也是一種本能，在自然情況下，它

---

[16] 《墨子‧兼愛下》。
[17] 《墨子‧兼愛下》。
[18] 《墨子‧兼愛中》。
[19] 《墨子‧兼愛下》。
[20] 《墨子‧兼愛中》。
[21] 《孟子‧滕文公下》。
[22] 《孟子‧盡心上》。
[23] 《莊子‧胠篋》。
[24] 《孟子‧盡心下》。

也和其他本能一樣對個性和種類的生存有很大幫助」。[25]在此，攻擊
行為無疑就是「為我」的極端化。

另一方面，當個我、家族利益受到來自別的攻擊行為的侵犯時，
在個人與個人之間，家族與家族之間，有可能互相幫助以抵抗外在的
攻擊力量，這就是墨子從天志出發反覆論證過的：「順天意者，兼相
愛，交相利，必得賞。」[26]——自私及其極端化不僅表徵著自私的為
我，而且也表徵著為我的兼愛。這才是「兼相愛」是為了「交相利」
的真實意思。

楊朱的貴生觀念與墨子的兼愛觀念，共同為打破儒道兩家「太上無
情」的無人稱真理（「我」只是「天理」、「道」的應聲蟲，「我」在這
裏消失了）再一次連袂作戰。一方面，貴生引出了放縱感官的命題（雖
然這很可能在邏輯上只是隱含的）；另一方面，兼愛也為愛無差等（其
中包括對婦女的愛）奠定了基礎。前者有可能走向肉體大展覽，為「尊
巫淫祀」開了理論上的後門，因為它並不強調或根本不提倡有愛在其
間參與作用，只需要滿足自己的慾望就行；但是，後者卻始終在強調
愛的作用，這就有可能被用於對放縱感官的限制上——兼愛既為肉體的
愛提供了依據，也為純粹的感官放縱、肉體抒發堵住了後門：看起來
形如水火，貌同胡越的兩種觀念，實際上正是合則肝膽、離則兩傷、
相反相成、缺一不可的統一體。為我的盛宴和兼愛的盛宴共同構成
了「野史的盛宴」，它們分別作為野史盛宴的一個翅膀而存在。

「刁民」們自始至終就有楊墨互補來為他們平安放縱的生活之達
成指出了一條適合他們心理渴望的路徑（儘管他們未必需要這種理
論），高妙的儒道互補在他們看來只是扯淡；另一方面，楊墨互補也能
使老百姓有力量保護自己平安放縱的生活，以致於不受外來攻擊的

---

[25] 康羅・洛倫茲《攻擊與人性》，王守珍、吳月嬌譯，作家出版社，1987 年，
　　第 2 頁。

[26]《墨子・天志上》。

侵害，在一種兼愛的烏托邦理想中實現自私的為我。從天理、道的運作出發構築成的正史文化（儒道互補），更多是從統治、「王」的角度對人進行的外在約束，野史文化（楊墨互補）更主要是從人的本性出發對人進行的內在描述。這就意味著，精英階層在高談、大做儒道互補的文明戲時，也不妨切切實實暗唱楊墨互補的花臉。據《隋書》揭發：「朝臣之內，有父祖亡後，日月未久，子孫無賴，便分其姬妾，嫁賣取財，」更妙的是，「復有朝廷重臣，位望通貴，平日舊交，情若兄弟，」而「朝聞其死，夕規其妾，方便求娶，以得為限」。[27] 不用說，私慾，包括某個隱蔽部位的私慾，在其中起了主導作用。當然也還有另一個方面：唐朝的清官李涉博士一曲「他日不用相回避，世上如今半是君」，[28] 使打劫強人恭身而退。與其說是李涉急中生智、出口成章，不如說強盜與李涉彼此惺惺相惜，互相愛重——兼愛參予其中，救了李涉一命。因為在強盜們看來，李涉就是一位身在朝堂卻「愛護」老百姓的好官。把以上兩個側面聯繫起來，我們或許能看出野史文化的精髓之所在。

有意思的是，楊墨互補和儒道互補都完成於春秋戰國之際，這大概能暗示我們，至遲從百家爭鳴的時代起，民間野史文化與上層正史文化就各有各的家承淵源。與正史文化一樣，野史文化及其支撐楊墨互補必須要被看作是一種觀察、評價世界的角度，是一種思考世界和生活的方式。我們不妨呼之為野史角度。從野史角度出發，存在的只能是野史世界。野史世界是民間百姓自身「哲學」所要求的時空構架。野史世界是對楊墨互補的注釋和引用過程。由於它始終站在人性的立場說話，它的敘述就有可能是以「我」打頭的有主語的語氣；和儒道互補要求下的無人稱真理相反，野史文化則可能動用一種有人稱的真理——或許還是太有人稱了。

---

[27] 《隋書·李諤傳》。
[28] 《唐詩紀事》卷四六。

　　文學歸根到底是一種在特定的觀察世界的角度統攝下進行言說的話語方式；支撐它的核心思想固然重要，但更重要的無疑是它表現出來的話語形式。不同的話語形式是不同社會階層的群體表現方式。話語沒有單個作者，它是一種隱匿在人們意識之下卻又暗中支配各個群體不同的言語、思想、行為方式的潛在邏輯。話語歸根到底是一種「語義政治學」。具體說來，由正史角度和野史角度出發，由於它們各自的思想底蘊決定了它們各自的「視界」，因而有了各自的話語方式，我們不妨分別名之正史話語和野史話語。任何話語都有各自的文體；既然話語本質上終不免語義政治學之囚牢，那文體就既是群體的，又是有階級性的。

　　正史話語的文體形式主要是詩文和官史（如《史記》、《春秋》、《通鑒》）。「文以載道」，這很好理解；官史更是為統治階說話的文件，梁任公直接指斥，所謂二十四史，不過是帝王將相的家譜。「為親者諱，為尊者諱，為賢者諱」的編撰旨趣道破了天機：有悖統治集團利益的言論一概都在被「諱」之列。《左傳》說得好：「《春秋》之稱，微而顯，志而晦，婉而成章。」[29]為什麼能這樣呢？「諱」的功勞而已。又說，「懲惡而勸善，非聖人孰能為之！」充份說明了修史的目的和旨趣。「孔子作春秋，亂臣賊子懼，」更是這個意思。

　　詩的情況要特殊一些。人們常說「詩言志」，就天真地以為詩天然有了「我手寫我口」的特權；至晚從陶淵明算起，由於道家入詩，更讓許多天真的人們以為詩是純粹地用於抒發靈性。如同文載道、詩言志只是文體功能的區別一樣，文與詩也是互為補充，同屬正史話語。而道家之入詩，恰好是儒道互補在文體上的具體表現。更重要的似乎還不在這裏。按理說，詩既曰「言志」，就有了走入野史話語大聯唱的可能，但問題的關鍵不僅僅在於詩表達了什麼，更在於後人對它做怎樣的解釋。所謂「溫柔敦厚」的詩教，所謂「發乎情，止乎禮儀」、「詩

---

[29] 《左傳》成公十四年。

無邪」的宗旨，註定了詩只是「文」的茶餘飯後、「載道」之外的閒情逸志，卻又剛好外合於道是儒的「偏師」。

且聽《毛詩正義》的分解：「詩有三訓：承也，志也，持也。作者承君政之善惡，述己志而作詩，所以持人之行，使不墜失，故一名三訓也。」歷代儒生從來都擅長以官方話語體系來解詩，《詩經》自不必說，早已內定為儒家經典，而且有「六經皆（正）史也」的虎皮大旗；即便是《詩經》以外的「詩」，遭遇又何曾兩樣。錢鍾書先生對此有過毫不留情的揭發。[30] 一件文本的意義，往往更取決於接受者尤其是別有用心的接受者的詮釋，難道不是這樣的麼？

野史話語是和儒道互補相異的一種觀察世界的角度的話語表現。野史話語的主要文體形式是稗官、傳奇、筆記、小說，甚至還有抒發靈性的部份小品。其中最重要的是小說──從野史的角度看，小說可謂這方面的集大成者。《漢書‧藝文志》說：「小說家者流，蓋出於稗官。街談巷語，道聽塗說者之所造也。孔子曰：『雖小道，必有可觀焉，致遠恐泥，是以君子弗為也』。然亦弗滅也。」這個描述既指明了小說的出身籍貫，還點明了正史話語對野史話語的文體形式的鄙薄態度。但是，緣於民間「刁民」的野史話語及其表現體式並未因此而「滅」，反而在其後的發展中愈演愈烈，體現在文體上，就是小說的勃興與廣為流行。小說作為一種文體，和以野史角度觀察世界的思維方式相適應。還是《漢書‧藝文志》直截了當：「閭裏小知者之所及，亦使（小說）輟而不忘。如或一言可採，此亦芻蕘狂夫之議也。」──小說道出了的民間百姓「為我」、「貴生」和「兼愛」的「視界」。而視界即渴求。

說話的不同方式體現了看待世界的不同方式。小說表達了野史文化對世界、人生的態度，這其中自然包涵著具有判斷功能的野史邏輯。

---

[30] 參閱錢鍾書《管錐編》第 60、79、100-102、109-110、121-122 頁的精彩論述。

野史邏輯的基本涵義和圖示是：它必須承認人的私心、私慾是存在的
與合理的；它必須承認人的情感尤其是愛心是存在的；它必須承認人
的攻擊本能是存在的；它必須承認人的兼愛、對野史之「義」的追求
是必然的；最後，就是對個我的相對肯定、尊重。──或許，正是從
這裏，我們可以看出金庸的武俠小說另外的特徵。

人不為己，天誅地滅

有什麼觀察世界的角度，就有什麼樣的世界圖像；有一千個人，就有一千個哈姆雷特。華萊士・馬丁說，當我們用不同的定義來繪製同一領域的版圖時，結果也將會是不同的。[1]誰說「不同的定義」不正是看待世界的不同角度呢？這個世界首先總是「我」的世界吧，而「我」不僅僅是肉體的、生物學意義上的「我」，更是擁有與他者的世界感（觀察世界的角度）相異的「我」。文體作為一種觀察世界的角度，首先只能是和世界感相同一的東西；直截了當地說，文體即世界感。有什麼樣的世界感，就有了想要表達的特定內容，也就內在的需要相應的文體形式。小說在中國一出現，就開始用一種與正史文體（比如經、史、文）有或多或少相異甚至基本不同的打量世界的目光，和為統治階級說盡了好話的道貌岸然的正史文體有天然之別。明朝的綠天館主人說：「史統散而小說興；」[2]巴赫金知已一般地隨聲附和：小說的興起就是史詩世界觀瓦解的結果。

小說作為野史文體在中國一出現，就引起了正史文體的高度驚恐，它們意識到自己一統天下的文體空間不可能再繼續下去了。雖然正史文體仍有自己的高超手腕採取對小說又打又拉的方式，使小說長期依附於正史文體，[3]但小說畢竟首先是一種與正史文體相異的世界感，無論正史文體怎樣對之或拳腳相加，或挑逗引誘，它先天的出發點決定了它本有的整體性品貌。由於世界感的不同，觀察世界的切入點、角度有異，因而小說從骨殖深處成為對正史文體的某種反襯、反諷，就是順理成章的事情。

---

[1] 華萊士・馬丁《小說敘事學》，第 1 頁。

[2] 綠天館主人〈《古今小說》序〉。

[3] 參閱本書〈對賓格的陳述〉一章的相關論述。

　　魯迅曾經精闢地指出過：「『諷刺』的生命是真實，」「它所寫的事情是公然的，也是常見的，平時是誰都不以為奇的，……現在給他特別一提，就動人。」[4]湯姆生在論述 T.S.艾略特時以為，諷刺是一種存在著的超驗的真實（a transcendant reality）。[5]把魯迅和湯姆生的說法合起來也許就更加完備了：從正史文體的角度看，一切合乎它所要求的常規的日常事物都是「不以為奇的」、「公然的」，但從小說的角度看不僅「就動人」，而且還帶有許多「超驗的（transcendant）特性」──比如正史文體鼓吹的「太上忘情」啦、「存天理，滅人欲」啦，就是近乎超驗的神而不是現實的人的特徵了。

　　巴赫金也說，任何小說都有諷刺性的本質，諷刺來源於兩種不同的世界感的互相反駁、對話，諷刺不是（或不僅是）一種表達技巧，更是一種精神氣質。諷刺是正反同體的，因而小丑就是國王；對話、反駁使任何神聖的事物都有可能歸於塵土，所以臀部也就是額頭，額頭也就是臀部。用一句北島的詩來說就是：「我被倒掛在一棵樽樹上／眺望。」而在小說那裏，一切正史文體維護的東西都可以倒過來看。聽聽正史文體對此的抱怒聲與呵斥聲吧，的確是非常有趣：該死的《拾遺記》「或上誣古聖，或下獎賊臣，尤為乖逆。」[6]而這恰恰是小老百姓最願意看到的，也是金庸的讀者最想看到的。

　　金庸所構築的野史世界，明顯承續了這種具有顛覆、爆破能力的中國小說傳統精神。他在他構築的野史世界中將人的自私心理、卑劣本性進行了充分的展露。正史文體常常是襃揚正史文化規範下的「義」而痛貶「利」的，所謂「君子喻於義，小人喻於利」；所謂「仁義而已矣，王何必曰『利』」。這充分說明正史話語是羞於言利的，但並不妨

---

[4] 魯迅《且介亭雜文二集・什麼是「諷刺」？》。
[5] 參閱 Thompson，T. S . Eliot，Southern Illinoise University，1963，p15.
[6] 《四庫全書總目》。

礙他們在暗中行「利」之實，這說起來倒也是史不絕書。站在反對黨立場的李贄皮笑肉不笑地說：「夫私者，人之心也」。[7]這等於是在說，人從本性上就是惡的，就是不講「義」單曰「利」的動物。正史文體的虛偽就在於它根本不願承認這一點。從民間百姓觀察世界角度處長出的小說文體，看到了太多這方面的事實，也就認可了李贄——他完全可以被視作楊朱的私塾弟子——的觀點。

探寶一向是武俠小說的重要事件（或稱「母題」）。《碧血劍》就是一個好例子。在書中從未直接出場、而又被金庸私下喚作主角的夏雪宜，無意中得到了一份巨大財寶的密圖。夏雪宜於是在來自他人性深處的「利」的衝動的驅使下，立志要前去尋寶。但用盡心機，全都他娘的失敗了——夏雪宜在心中就是這麼說的。為了找到財寶，他不惜以性命作賭注，前往人人聞名色變的五毒教祕府，盜取劇毒之藥；為了得到財寶，他不惜引誘五毒教一位身份尊貴的純潔少女，在毫無感情投入的情況下與之交合，引得該女情意大生，最後給他騙到了五毒教的鎮山之寶——一把能斷金削玉的金蛇劍。夏雪宜當然很快就忘了這個少女。因為他的目的不在那個少女身上。

夏雪宜一邊尋寶，一邊仍不忘向溫家五兄弟報他的家門大仇。他淫、殺溫家妻女若干人；溫家對此滿門奇恥大辱恨怒交加，發誓要將夏雪宜食肉寢皮。但一旦得知夏雪宜身上有重寶之圖，大辱立即就被貪欲壓了下去。他們使用自己美貌的女兒為誘餌，設計毀了夏雪宜的渾身武功。但雙方都未能找到財寶。

後來是袁承志出場後碰巧找到了。袁承志將這些價值連城的寶物，全部獻給了正在幹大事業的、在彼時彼刻的袁承志心目中可以代替崇禎的新一輪天理李自成。袁承志不是貪財之人。不過，李自成也不是個什麼好玩意，他既是正史盛宴上的一道大菜，又是為我盛宴上的一份紅燒肉：當他功成名就得了天下，便迫不急待地當了皇帝（即

---

[7] 《藏書·德業儒臣後論》。

新一輪天理），縱容手下兵士強搶民女，到處搜刮錢財。袁承志那一堆
財寶和財寶上寄存的美好希望不可避免地化為了灰燼。

充份暴露為我之私慾的極好文本是《連城訣》。為了那一大堆藏在
大佛肚裏的財寶，三個師兄弟可以殺死師父而奪得藏有尋寶圖的《唐
詩三百首》；而這三個師兄弟呢，則各懷鬼胎、互相防犯，生怕對方獨
吞密圖及至終生不得安寧。更重要的是，他們還把自己的下一代也拉
進這場紛爭之中。不僅江湖草莽可以這麼幹，被正史邏輯所認可和褒
揚的官僚又何曾兩樣？江陵府的父母官就不惜戕害自己的獨生女兒也
要得到寶藏……至於互相殘殺、爾虞我詐，更是常事。最可悲的是，
老實巴交的主角狄雲——他對財寶毫無興趣——與他的師父（三個師
兄弟中的老三）最後也齊集大佛像前；雖然狄雲根本未懷得寶之志，
而他的師父仍要下手殺他。當狄雲痛苦萬狀發出「您為什麼要殺我」
的疑問時，他的師父吃驚地、然而是振振有辭地從人性的底部發出了
連珠炮似的疑問：

> 你假惺惺的幹甚麼？這一尊黃金鑄成的大佛，你難道不想獨
> 吞？我不殺你，你便殺我，那有什麼希奇？這一尊金佛，佛
> 像肚裏都是價值連城的珍寶，你為甚麼不殺我？為甚麼不殺
> 我？（《連城訣》第十二章）

站在師父的立場，「你為甚麼不殺我」這一設問也是驚心動魄的，
比狄雲「您為什麼要殺我」還要有份量、有說服力。從為我的盛宴出
發，師父不相信還有不愛財寶之人，不算大錯。錯誤的只是傻瓜狄雲。

《金瓶梅》裏的西門慶說，即便是佛祖西天，也只不過要黃金
鋪地，陰司十殿，也要些楮鏹營求，人只要有錢，就是強姦了嫦娥、
和姦了織女、拐走了許飛瓊、盜了西王母的女兒，也不減老子的潑
天富貴——毫無疑問，這當然就是錢財的超級能量了。這也是狄雲的
師父在金佛像前想說的話。金庸懷著鄙夷的心情，給這幫聽從了野

史邏輯中為我的盛宴所召喚的貪財鬼安排了發瘋的命運：因為大佛像表面餵了能使人發瘋的毒藥。這真是一大象徵：極端、無限制的為我，不斷地、無限制地突出主格的「我」，必然的走向就是趨於毀滅。金氏不惜讓這夥人全部發瘋，也是他「殘忍」的一個側面。可這僅僅是金庸的殘忍嗎？究竟是誰在金佛表面餵了毒？難道不正是我們自己的貪婪慾望嗎？

看清了這一嘴臉，金庸寫出了《鹿鼎記》。小流氓韋小寶幹的所有大事中有一件不大不小的事情是：他雖身為下賤卻運道奇佳，將分藏在八部《四十二章經》中的尋寶圖，全部找齊並拼成了一張完整的地圖。這是一份世世代代也吃不完、花不光的大寶藏。但小流氓最後擁著七個老婆回到揚州後，再也沒有對這份寶藏懷有異心——這主要是因為他有了年齡參差不齊的七個如花似玉的老婆，可以滿足他另一方面的貪求，即肉體的盛宴。小流氓是懂得適可而止之道的。這難道就是金庸提供的解決問題的處方？為我之私慾竟可以如此化解？

從為我的盛宴和野史邏輯的角度看，這肯定是不可能的，因為為我之私慾是個深不可測的無底洞。不信麼？我們可以注意一下金庸玩的一個小花招：尋寶的密碼竟藏在《唐詩三百首》中（《連城訣》），尋寶圖竟分佈在八部《四十二章經》裏（《鹿鼎記》）。據說，詩歌一向是厭惡銅臭的，佛經則將貪欲視作戒、滅的對象之一。這又有什麼用呢？在為我的盛宴上，詩歌是銅臭的同謀，佛經卻成了貪欲的載體！順便說一句，在金庸的武俠小說中，《唐詩三百首》、《四十二章經》等作為小說的道具，不只是具有推動敘事、構築情節的詩學功能，肯定還具備著隱喻的意義——這就是金庸小說道具上沾染的倫理學功能了。

權力是為我之私慾的另一重要方面。江湖世界並不是什麼真正的法外世界、化外世界———如陳平原先生所說的那樣——，同樣充滿了紛爭和殺伐。《倚天屠龍記》裏有一把據稱是郭靖、黃蓉夫婦（金庸

著名小說《射雕英雄傳》裏的主人公）傳下的屠龍刀，鋒利無比倒在其次，關鍵是誰得到它，誰就可以據此號令群雄，所謂「武林至尊，寶刀屠龍；倚天不出，誰與爭鋒」。為爭奪屠龍刀，武林中的大小角色都捲入了紛爭。殺人、被殺、陰謀、反陰謀、歎息、狂喜、嚎叫……等大大小小的舉動此起彼伏。最後被作者隆重推出的主角張無忌獲得了屠龍刀和倚天劍，刀劍互相砍殺後，刀劍齊斷，此時真相大白：原來藏在劍腹中的一是武穆兵法，二是武穆功夫，是要人學好武穆藝，繼承武穆志，驅除韃虜然後復我的漢家河山（因為那時正是反元復漢的嚴峻時刻）。在貪慾盡情表演之後，在人人都想成為武林至尊之後，等來的正是暗中摸來的戈多一般的正史邏輯……

這充分表現了金庸在敘事上的內在緊張感：他依然想用正史邏輯解決在權勢方面的為我之私慾。正史文體對野史文體又打又拉的慣性也由此可見。只是這中間的荒唐是顯而易見的。獲得武穆兵法、武穆功夫的明教教主張無忌被他的手下朱元璋給抓了起來；朱洪武沒有靠什麼武穆遺物就獲得了明朝天下，充分證明了武穆遺法的慘敗，也證明了正史邏輯在為我的私慾面前輸光了最後一個褲衩。

搶奪武林祕笈更是武俠小說津津樂道的常事。《九陰真經》是《射雕英雄傳》中人人爭奪的對象。為的是誰學了《九陰真經》，誰就可能成為天下第一高手，也便擁有了號令武林的大權。號稱「西毒」的歐陽鋒本身就已藝業驚人，但他自問對少數幾個當世高手並無絕勝把握（比如對「南帝」一燈大師，「東邪」黃藥師，「北丐」洪七公），所以他也要搶奪《九陰真經》。幾經周折之後，他終於抓住了將祕笈默記在心的少女黃蓉。但狡猾的黃小姐只給他亂解經義。歐陽鋒聰明一世，卻在為我的盛宴的驅使下，根本未想到其中有詐，照直練去，終於走火入魔，直至要倒立才能行走。到了最後連歐陽鋒是誰也搞不清楚。黃蓉告訴他，「你只有打敗歐陽鋒才能成為天下第一」，於是他倒立著去找歐陽鋒比武去了。對權利的過分追逐，必然導致連自己是誰也弄

不明白；越追逐，越可能喪失自我，越為我，也便可能越沒有我。這是野史邏輯失敗的兆頭。

在對權的追逐上，最值得嘮叨的是岳不群。此老是華山派掌門，工於心計，卻又以「君子劍」見稱於武林。為了爭奪武林至寶林家的「辟邪劍譜」，他不惜開革有可能妨礙自己大事的高徒、對自己忠心耿耿的令狐沖，不惜殺死自己的另一個徒弟以滅口，不惜用深遠的陰謀騙取林家後人林平之的信任，更不惜將自己的女兒下嫁林平之……最後他終於得到了劍譜，學成了上面的功夫。但這只是最初目的。他的真正用意是想在五嶽（嵩山派、華山派、恆山派、泰山派、衡山派）併派的掌門人大會上，力挫其他四派掌門成為五大門派的共同掌門人（即小說中所謂的「五嶽派」）。

岳不群的真正敵手是嵩山派掌門人左冷禪，此公武功最高，最主張併派。岳不群為給自己爭取練功時間，採用了中國古老的韜光養晦之計。在這方面，他的直接師父是漢相陳平。據《史記》記載，孝惠帝崩駕後，呂后想立呂姓後代為王，呂后問王陵，王陵說不行，問陳平，陳平連說可以可以。呂后於是提升陳平為右丞相。有人又在呂后面前數落陳平當了丞相不管事，每天只以醇酒、泡妞取樂。陳平聽說後，反而幹得更歡了。可等到呂后一死陳平馬上「與太尉勃合謀卒誅諸呂，立孝文皇帝」。[8]岳不群深得師父真傳。他先擺出一副正人君子的面目，堅決不同意五派歸一，給同儕抗暴蔑奸的假像，為自己爭取到了練功的寶貴時間；卻給了處在明面的大奸之人左冷禪一則以氣憤，二則以欣慰──岳不群不和他爭奪大位。君子劍在練成辟邪劍法後，假裝迫於形勢，認為邪惡的日月教勢力太大，五大門派應該併派以合力抗奸，又給人以大公無私的假象。他如此玩弄左冷禪於股掌之上，恰如陳平之玩呂后，也正合老子的話：「將欲歙之，必固張之；將欲弱之，必固強之；將欲廢之，必固興之；將欲奪之，必固

8　《史記‧陳丞相世家》。

與之」。[9]最後，他用辟邪劍法一舉打敗了左冷禪成為五嶽派第一任掌門。但是，金庸沒有讓岳不群最後成功：為練辟邪劍法，他必須要首先割掉自己的陽物。也就是說，岳掌門實際是一個不男不女，不陰不陽的怪物（《笑傲江湖》）。這也是為我的盛宴發展到極端的必然產物：過於為我，最後便是失卻本根，同樣是沒有了「我」。與田伯光被人割掉陽具不同，岳不群是主動去勢；假如田伯光的陽具被騙全是因為正史邏輯功力強大，岳不群的主動去勢無疑顯現了野史邏輯的威力無比。

情形已經非常明顯，小說在天然顛倒了正史邏輯也天然按照野史角度的思維方式看待世界時，觀察到的不是人的發瘋，就是人的失去自我本根，與「為我」的本義大相徑庭。就岳不群砍掉塵根而言，實際上已大大違背了楊朱不以一節換天下的告誡，但你也不能不說，岳不群仍然算得上楊朱的正出弟子。問題只在於：野史世界看起來也不比正史世界更多哪怕是一毫米的詩情畫意。野史邏輯也是照樣可怕的嗎？

---

[9] 《老子》第二十六章。

無父無君？

蘇淵雷曾經一針見血地指出：「綜觀兩千年來之孔學，一變於荀卿，再變於災異，三變於訓詁，四變於心性，就中除君權思想為專制君王片面利用，……宗法思想為社會保守派變本加厲外，其博大宏遠之大同思想與仁愛精神，從未發揚光大，以見於政事者；而二千年來陽尊陰抑孔學之結果，反使世人養成篤舊脈從之奴性，複假封建社會以一強有力之觀念基礎，根據人心，牢不可破則不可諱之過失也。」[1]這話確實道出了正史邏輯陽奉陰違的形狀。仁愛、大同等美好設想從未能在正史世界中存在過，金庸卻從承繼中國小說傳統精神的維度，創造了在野史邏輯支撐下的江湖烏托邦。

在此處的語境裏，江湖烏托邦的依據是墨家規定了內涵的「義」。我們當然很清楚，正史邏輯也有在它自身要求下的所謂「義」；簡單的說，正史邏輯規定的義僅僅是一種寫在紙上的道德理（假）想。比如孔子有見「利」思「義」的說教，[2]提倡什麼「見得思義」，[3]主張什麼「以義為上」，[4]都只不過是一種道德理想。至於這種道德理想究竟指稱什麼，確實歧義太多，也難怪孔子有蘇淵雷所指出的那種「悲慘」命運。

孟子則自告奮勇地從另一個特殊維度說明了孔子的未竟之言：「義，人之正路也；」[5]在儒家「俠士」孟軻眼中，義是內在於人的心理結構之中的：「人皆有所不為，達之於其所為，義也。」「人能充無

---

[1] 蘇淵雷《鉢水齋外集》，第 5 頁。
[2] 《論語·憲問》。
[3] 《論語·季氏》。
[4] 《論語·陽貨》。
[5] 《孟子·離婁上》。

穿逾之心，而義不可勝用也。人能充無受爾汝之實，無所往而不為義也。」[6]實際上，這種在孟子看來可謂「人之正路也」的道德假想，在正史邏輯的雙輪馬車驅使下，在無人稱真理苦口婆心的說服下，從來都只在父子、君臣這個老掉牙的框架內進行；換句話說，只有從父子、君臣的主旋律著眼，才能判斷什麼行為是義，什麼行為是非義，什麼時候的殺代表義，什麼時候的殺表徵不義。但孟子的教義其後也受到了蘇淵雷所說的孔子所受到的那種待遇。

野史邏輯催生出的義，首先是用兼愛的一極試圖限制為我、貴生的一極。極端的為我、貴生只能產生岳不群（《笑傲江湖》）、丁春秋（《天龍八部》）和陽具有無限活力的韋小寶（《鹿鼎記》）以及聽從肉體盛宴的呼召來放縱感官、抒發色慾的採花大盜田伯光（《笑傲江湖》）……那一流人物。他們毫無顧忌地殺人、掠物、草菅人命、敗人名節、淫慾享樂；而兼愛這一極則為義的內涵定下了基調，制定了行俠仗義的標準——這也是楊墨互補的精義之所在了。

墨家雖然號召「非攻」，也稱「取戈劍者，其不義又甚入人欄廄取人牛馬，」[7]但務實的墨家仍然承認，恢復「義者，殺也」的義的本來面目還是必須的：「殺一人謂之不義，」「必有一死罪也。」[8]這「死罪」大概也只有用「殺」才能完成吧？金庸顯然聽懂了。

紅花會的一支游擊隊在甘陝道中遇見了上吊自殺的周阿三，他們將他救了下來，問明緣由，才知道周阿三因為未婚妻銀鳳將被年逾古稀卻小車不倒只管推、生命不息「戰鬥」不止、人老色心壯、拜堂也要人扶著才能進行的方大人搶去做妾。按理說，在我們這個「各人自掃門前雪，休管他人瓦上霜」——又是《增廣賢文》的諄諄教誨——的國度，周阿三上吊自殺干紅花會底事？！但正如道爺張三豐所說：

---

[6] 《孟子·盡心下》。

[7] 《墨子·非攻》。

[8] 《墨子·非攻》。

「豪傑之士，做好人，行好事，只求其心之所安，並不存借善邀福之念。明明上帝，亦只有福善禍淫之道，以待常人而舉以待豪傑也。夫為善而得福，豪傑亦所宜有，而非豪傑之所盡有。顧其轟轟烈烈，善做善為，以留於天壤，而千載不敝，其神復馨香於冥漠者，亦何莫非天之所以報豪傑也！」[9]張三豐雖為道家仙人，但其中「天意」、「上帝」的說法，與墨子「天志」要求下的眾生平等何其相似乃爾！紅花會諸雄當然路見不平撥刀相助了。他們不僅救了周阿三，還想出計策殺進方府；在殺進方府之前，他們拿出錢財讓周阿三與銀鳳逃往他處，以避方某報復（《書劍恩仇錄》）。墨子曰：「有財者勉以分人。」[10]在別人最艱難的情況下，籌措此舉，則不啻是西方人所謂的基督福音了。

孔子曾說：「不患寡而患不均，」老子也說：「天之道損有餘以奉不足。」正如蘇淵雷所揭發的，這種叫做大同世界或類似於大同世界的玩意從未在中國的正史世界上出現過。而金庸卻仰仗武俠小說這種看似粗鄙的文體，建立了那種正史邏輯喪失、野史邏輯大加鼓勵和放鞭炮歡迎的江湖烏托邦，則在紙上彌補了傳統中國人一向難圓的「桃源夢」。

「義者殺也」是金庸強化的義的一個方面。義的另一個方面則是止殺。只有「殺也」，只能使武俠小說陷入「滿紙殺伐之聲」的雪山草地而不能自拔；只有「止殺」，則「止殺」最終會喪失目標，陷入魯迅所說的「無物之陣」，也就最終終止了自身，武俠小說也就「歇菜」了。不過，幸好「世上多有不平事」，才會為「止殺」找到了「殺也」的對象。鳳天南身為一派掌門，卻為富不仁，自恃武功了得，為了奪得鄰居鍾阿四的屋宅，便誣鍾姓小兒偷吃了他家的鵝。鍾妻憤怒之下遂切了兒子的腹以證明清白。鍾妻瘋了。無事忙的胡斐剛好路過這裏。他決定拔刀相助。

---

[9]　《張三豐全集》，浙江古籍出版社，1990 年，第 176 頁。
[10]　《墨子‧尚賢下》。

　　孟子曰：「人皆有不忍人之心。先王有不忍人之心，斯有不忍人之政矣。以不忍人之心，行不忍人之政，治天下可運之掌上。」[11]果然是說得比唱得好聽！這種好事又有誰見到過？是在三皇五帝時代嗎？還是一代梟雄毛澤東說得好：「三皇五帝神聖事，騙了無涯過客！」[12]就算「新儒家」及其孝子賢孫，像野外作業的考古學家一樣從孟子那裏敲打出了那麼一點跡象，可目的仍在「治天下」的「王」字上，與天志統帥下的「人無幼長貴賤，皆天之臣也」比起來，[13]相差何只道里計。

　　胡斐的拔刀相助，不僅僅出於一元錢就可買十擔的廉價的「不忍人之心」，更在於對鳳天南蔑視天志、視窮人為草芥的仇恨。胡斐打敗了鳳氏父子，也要切鳳天南兒子的腹。但在他們的苦苦哀求之下，在他們答應了胡斐要善待鍾家老小的提議後，胡斐放了鳳姓父子。誰知胡斐剛走，他們就殺了鍾阿四一家三口。這就是楊朱為我、貴生走到極端之後的必然結果。初入江湖的胡斐與鳳氏父子共同演出了一場農夫與蛇的寓言劇。胡斐上路了。他下定決心要用自己的一把金刀手刃惡人，來完成野史邏輯所賦予的義的內涵。

　　有人從字源學上認為，義字上半從「羊」，下半是「我」；「我」字左半是「禾」，指農民秋田，右半是「戈」，當然是執干戈以衛財產了。[14]此說有理，因為它道出了「義者殺也」的本義：殺了來犯之敵，保衛了自己的家財，也就完成了「義」。不過，此處的胡斐顯然把下半部的「我」在天志的要求下換成了「他」，因而超越了為我之私「義」，走向了野史邏輯在天志要求下的「有力者疾以助人」。[15]履謙子在〈刻

---

[11] 《孟子‧公孫丑上》。

[12] 毛澤東〈賀新郎‧讀史〉。

[13] 《墨子‧法儀》。

[14] 參閱周輔成〈論中外道德觀念的開端〉，《中西哲學與文化比較新論》，人民出版社，1995年，第153頁。

[15] 《墨子‧尚賢下》。

《劍俠傳》跋〉裏說：「是刻也，雖非載道之器，然舒懣決憤而逞心於負義者，……得是輩而用之，寧非萬世之一快哉！」胡斐萬里追殺鳳天南，實乃金庸為我們創造的「萬世之一快哉」的人與事──不過是寫在紙上。當然，幾經周折，胡斐終於如願以償。實現了他「不誅殺此人，枉為頂天立地男兒漢」的誓言，金庸的讀者也體會到了「舒懣決憤」的通暢──儘管這僅僅是一則「成人童話」。

米蘭‧昆德拉通過他的主人公斯克雷托的口說，我們實在不必十分強調義，正義不是一件人類的事。斯克雷托進一步說，有盲目、殘酷的法律的正義，也可能還有一個更高的正義，但是我從來沒有聽說過它，更沒有見過它。我總覺生活在正義之外（米蘭‧昆德拉《為了告別的聚會》）。胡斐用自己的行動、用自己的金刀否定了斯克雷托的司馬牛之歎。在他追殺鳳天南的過程中，有許多人阻攔，也有許多人說情。說情者提出的依據之一就是斯克雷托已經論述過的命題。他們勸他不要得理不饒人。因為他們已經給足了胡斐面子，他若仍不善罷幹休，硬要將自己置入虛擬的正義之內，至少有違 fairplay 的恕道；何況「英雄回首即神仙」、[16]「英雄退步即神仙」[17]的「無為」（？）說教汗牛充棟。但胡斐的確是得理不饒人了：他要聽從天志的號召、聽從野史之義的命令。誠如韜庵居士所說：「夫習劍者，先王之戮民也。然後城社遺伏之奸，天下所不能請於司牧，而一夫乃得志焉。」[18]胡斐正是以「先王」（我衷心祝願他確實存在過）為偶像的正史邏輯的「戮民」，但他同時也是野史邏輯驅使下誅殺「城社遺伏之奸」而「乃得志焉」的豪傑（《飛狐外傳》）。

血緣為契丹卻為中土漢人養大的喬（蕭）峰為了查清自己的身世、自己的養父母及師父被殺的真相，潛入少林寺，與少女阿朱相遇。其

---

[16] 李昌祺《剪燈餘話》卷二《青城舞劍錄》。
[17] 《古今筆記精華》。
[18] 韜庵居士〈《劍俠傳》引〉。

時阿朱已被少林高手打成重傷，喬峰與她本來素不相識，與阿朱所忠於的公子慕容復還有大仇，但喬峰本著不能見死不救的俠義精神，拼死命將她救了出去，並在大敵環伺之時不顧自身安危，將寶貴的內力輸入阿朱體內以延續她的性命。後來，喬峰為了徹底治癒阿朱，不顧聚賢莊有天下武林人士等著誅殺自己而自投羅網，求「活神仙」為阿朱治傷。聚賢莊的場面，恐怕是金庸筆下最令人迴腸盪氣的場面之一：喬峰與天下英雄在此飲酒絕交，然後以性命為賭注，要求「活神仙」為阿朱療傷。直到此時阿朱與喬峰仍毫無情分可言，只是一個與自己毫無干係的外人；這在正史邏輯看來，完全是多事之舉。

在正史邏輯眼中，為他人之事忘命向前討還公道是極端錯誤的，是違背正史大「義」的：因為父母在即遠遊已是不孝，竟然為旁人捨生忘死，棄父母高堂於不顧，也早已違背了「父慈子恭」、「三年不改父道」的說教──總要兒子死在父母之後，「三年不改父道」才能成立吧？父母健在，兒子去死無論如何是不孝的，正史邏輯統攝下的義絕不會為了「他人瓦上霜」而拼了性命去以殺止殺。喬峰俠義之舉的精神來源和正史邏輯毫無瓜田李下之嫌。

金庸為喬峰安排了一個最終能如心願的結局：阿朱的病治好了。但阿朱最後又死在喬峰掌下：喬峰誤聽人言，得知其父是由段正淳所殺，而阿朱正是段的私生女；父仇不可不報，這是正史邏輯的必然要求，喬峰於是約段正淳前來比武，誰知道前來應約的卻是喬裝改扮的阿朱（在金庸筆下，阿朱是個易容高手）。在喬峰威力巨大的鐵掌下，阿朱倩魂香銷午夜時。喬峰為此痛哭不已（《天龍八部》）。這個正史邏輯的信徒、野史邏輯的子民，終於體會到了兩種邏輯之間強勁的衝突。

金庸的聰明就在這裏：他讓喬峰一人而身肩兩種邏輯，讓喬峰聽從野史邏輯（至少是該邏輯中兼愛的一極）的命令救了阿朱一命，又讓喬峰聽從正史邏輯的指示送了阿朱的命。喬峰是兩種邏輯的承擔者，難道不可以說阿朱是它們互相爭鬥產生的炮灰嗎？可喬峰是不是

也是個犧牲者呢？從喬峰身上，正史世界和野史世界幾乎沒有調和的餘地。喬峰為逃避它們的規範，後來去了塞外，以打獵為生。當然，金庸不會放過他，正史邏輯和野史邏輯也不會。

兼愛從天志出發，規定了人在天志面前的眾生齊一，天下唯一高貴大智的只有天，所謂「天為貴，天知而已矣！」[19]這就是說，人有私心，有怕死之念，可以；為了自己的私心，為了「貴」自己之「生」而妨害旁人，不可以。高明的學者或許可以拿張載的「民胞物與」來反駁，說什麼「民胞物與」也是主張天下眾生齊一的。且聽儒生張載的分解：

> 乾稱父，坤稱母，予茲藐焉，乃混然中處。故天地之塞吾其體，天地之帥吾其性。民吾同胞，物吾與也。大君者，吾父母宗子；其大臣，宗子之家相也。尊高年，所以長其長；慈孤弱，所以幼吾幼。聖合其德，賢其秀也。凡天下之疲癃殘疾，惸獨鰥寡，皆吾兄弟之顛連而無告者也。於時保之，子之翼也；樂且不憂，純乎孝者也。[20]

「民胞吾與」被當代新儒家稱作是一曲正氣歌，也被二程當作孟子以來最偉大的思想，只可惜與人人平等並無瓜葛，和墨家之義也不在同一個檔次。「長其長」，「純乎孝也」，仍然是父親意象的閃光，不過是想給殘酷的正史邏輯罩上宏大、溫情脈脈的面紗。還是來看看金庸如何在野史邏輯驅使下進行建構的吧。平阿四是個店堂夥計，很為人瞧不起。借了有錢人的幾兩銀子，結果滾雪球般漲到了幾十兩，這在他不啻是個天文數字。平阿四為此哭泣時，住在此店的大俠胡一刀正好聽見，問明緣由後，胡便給了他足夠的銀子讓他還債——這正是與為我的盛宴針鋒相對的、「有財者勉以分人」的兼愛之義，在俠客們

---

[19] 《墨子・天志》。
[20] 張載《正蒙・乾稱篇》。

身上並不稀奇。更為重要的是，胡一刀生下兒子之後，請店中的夥計都來喝酒，並不允許任何人喊他胡大爺，只以兄弟相稱。平阿四恭列其中，胡一刀曾向他敬過酒。胡一刀夫婦死後，剛剛生下的兒子胡斐卻是平阿四捨命從強敵環伺的境地搶奪而出；其後東躲西藏，及至將小胡斐養大成人。

二十年後，在玉筆峰絕頂，平阿四凜然對著眾多惡人說：「當年胡大爺給我銀子，救了我一家三口的性命，我自是感激萬分。可是有一件事我同樣的感激。你道是什麼事？人人都叫我癩痢頭阿四。輕我賤我，胡大爺卻叫我小兄弟。一定要我叫他大哥。我平阿四一生受人呼來喝去，胡大爺卻跟我說，世人並無高低，在老天爺眼中看來，人人都是一般。我聽了這番話，就似一個盲了十幾年眼的瞎子忽然間見了光明。」（《雪山飛狐》第五章）正是這樣，平阿四在胡一刀根本沒有向他託付後事的情況下，辛辛苦苦二十餘年，將胡斐養大成人。這就是野史邏輯兼愛的盛宴宣稱的大義所在：殺是為了止殺，報恩也只為當年平等視我。這才稱得上是正氣歌，「民胞物與」的庸談俗套與之相較，其中溫情脈脈的尊卑觀念更加明顯。

錢穆認為：「墨翟言兼愛，與孔子言仁有不同。孔子言愛有分別，……兼愛則是一種無分別愛，故曰：『視人之父若其父。』既不言分別，乃亦不言禮。墨子非禮而又尚同，孔子則尚別，其言『君君臣臣父父子子』是也。故孔子又曰：『必也正名乎？』名即別也。」此話從有新儒家大師之稱的錢穆口中說出，就別有一番風味。錢氏還特別指出《禮記・禮運》篇中的大同說就是「後期儒家言禮又主張大同者，則在儒家思想中又滲進墨家義」。[21]情況是不是這樣，自然還有待探討，不過，有一點還是可以指出的：既然儒家中滲進墨家「義」可以重新開出儒家的大同世界，從墨家「義」開出武俠小說的江湖烏托邦也是很有可能的——至少金庸的作品暗示了這一點。

---

[21] 錢穆《現代中國學術論衡》，岳麓書社，1986 年，第 29 頁。

　　實際上，金庸從一開始就在努力這麼做。正史世界中不可能有真正的「四海之內皆兄弟也」，野史世界上則明顯可以做到眾生齊一，起碼局部如此，胡一刀、平阿四就是其中的受益者。《水滸傳》盛讚梁山泊好漢是「八方共域，異姓一家」，但他們依然要排坐次，有龍頭老大宋江，有馬步兵五虎上將。金庸並未把人人平等、互相愛戴的野史觀念以幫派和門派的整體為形式來顯現，只是將此觀念分散各處，注入不同的人與事上。胡斐、紅花會諸雄、喬峰、胡一刀、平阿四……都以個人、以主格的「我」出現在這一邏輯中。金庸這樣做是有道理的，他把幫派、門派放在了正史世界和正史邏輯之中，更加能映襯出野史邏輯的分量和獨特作用，當然，還能映襯出野史邏輯的地位較為低下。

恨世間，情為何物？

　　中國小說傳統精神的另一大特色在於對情的張揚，這仍然是由野史邏輯所規定和認可的。野史邏輯中兼愛的盛宴這一極為情的萌生提供了合理性證據：情是兼愛在邏輯線路上的必然要求。正史叛徒李卓吾說：「惟是土木瓦石不可使知者，以其無情。」[1]正史話語是反對情的。在正史邏輯眼中，情正是惡的變種，正如同利一樣：儒家將主格的「我」降低為賓格的「我」，道家在以人合天的要求下，讓人與天合一，而天的本性據說就是所謂的「常寂」、「無為」。

　　「聖人無情」的說教正是儒道兩家的共同格言。「人之所以為聖人者，性也；人之所以惑於性者，情也。喜怒哀懼愛惡欲七者，皆情之所為也。情既昏，性斯匿矣。」[2]「聖人之常，以其情順萬物而無情。」[3]──「情順」當然不是目的，「無情」呢才是宗旨。正史邏輯所謂的「萬惡淫之首」，按魯迅的揭發，並不是要見了生殖器才有的驚呼，而是只要見了白胳膊就大驚小怪的常事，[4]而野史邏輯能將此貌似神聖的無人稱真理「傾刻提破」。[5]天理、道向來是正史邏輯的光輝起點，是正史世界的赫然本體；野史世界也有自己的宇宙創生論：「天地若無情，不生一切物；一切物無情，不能相環生；」[6]「上天下地，資始資生，罔非一情字結成世界，……情也，即理也。」[7]──

---

[1]　李贄《焚書》卷一。

[2]　李翶《復性書》上。

[3]　《二程集‧答橫渠張子厚先生》。

[4]　魯迅《三閒集‧小雜感》。

[5]　耐得翁《都城記事‧瓦舍眾伎》。

[6]　龍子游〈《情史》敘〉。

[7]　種柳主人〈《玉蟾記》敘〉。

在野史邏輯看來，情是創生世界的本體，理只是情的派生物，頂多是
和情同檔次的玩意。野史邏輯之所以要以情為體，有一個先在的目的：
「借男女之情真，發名教之偽藥。」[8]而一向被正史文化崇拜得五體投
地的儒家經典，在野史邏輯眼中，只能是「《六經》皆以情教也」，比
如「《易》尊夫婦，《詩》首關雎，《書》序嬪虞之文，《禮》謹聘奔之
別，《春秋》於姬薑之際詳然言之。」[9]在正史邏輯看來，這當然是一
派胡言的野狐禪，卻正是野史邏輯兼愛的盛宴這一極註定的結果。李
漁也隨聲附和：「《五經》、《四書》、《左》、《國》、《史》、《漢》……何
一不說人情？」[10]所以，紀曉嵐代表正史邏輯指斥野史世界的「大凡
風流佳話，多是地獄根苗」的說法，[11]實在用處不大；倒是小說家西
湖漁隱皮笑肉不笑地為正史邏輯化去了一點小尷尬：「喜談天者放志於
乾坤之表，作小說者游心於風月之鄉。」[12]——頂好你去你的「乾坤
之表」，我去我的「風月之鄉」，咱哥倆井水不犯河水。

　　金庸對此會心一笑。狄雲差一點被貪財的師父所殺，金庸為了安
慰他那顆被師父為我之私慾傷透了的心，專門為他安排了和俠女水笙
相愛作為結局，也算是對得起他了（《連城訣》）；夏雪宜守著圖紙上的
寶藏，臨死之前，終於為未能與情人聚首長歎不已：「此時縱聚天下財
寶，亦焉得以易半日聚首？重財寶而輕別離，愚之極矣，悔甚！恨
甚！」（《碧血劍》第四回）這自然是得道之言了——當然是從兼愛的
盛宴的角度來看。墨子從天志出發，提出了人人平等的學說，也使女
人擁有了與男人一樣愛和被愛的可能性，女人不再是正史世界中夫綱
上的一個符號（儒家）、讓男人採陰補陽的天然寶藏（道家、道教），
而成為與男人一樣活生生的、平等的、有「我」的人。

8　馮夢龍〈敘《山歌》〉。
9　龍子游〈《情史》敘〉。
10　李漁《閒情偶記‧詞曲部》。
11　紀曉嵐《閱微草堂筆記‧濼陽消夏錄》。
12　西湖漁隱〈《歡喜冤家》敘〉。

　　但夏雪宜已經晚了。最幸運的當算胡斐的父親胡一刀。當胡一刀尋到寶藏並在藏寶窟中向情人求親時，後者說，她自幼承表哥孟憲——金庸在小說裏告訴我們此人是個大壞蛋——撫養，若是胡一刀取去寶藏，那是對不起表哥，因為她的表哥想這一窟寶藏已經想瘋了。她問胡一刀在寶藏和她之間究竟選擇什麼？胡一刀棄刀哈哈長笑，說就是十萬個寶藏也及不上你。他提筆寫了一篇文字記述此事，並將這篇質樸無華的文字同寶藏埋在一起，讓多年後無數貪財之人進洞掘寶時不免大吃了一驚：「如今後有人發現寶藏時，知道世界上最寶貴之物，乃是兩心相悅的真正愛情，絕非價值連城的寶藏。」（《雪山飛狐》）

　　這一特質也集中體現在《神雕俠侶》中。《神雕俠侶》是武林中人的《紅樓夢》。「問世間情為何物，直教人生死相許」是這部書的主題歌。楊過與小龍女是書中的絕對主角。楊過是個私生子，從小乞討，後為郭靖收留，送入重陽宮學藝。不料重陽宮的道士們並不真傳他功夫，他碰巧投向了古墓派，拜在小龍女門下。小龍女從不問世事，一邊傳楊過功夫，一面卻也對他暗生情義，二人名為師徒，實為情人。在正史邏輯看來，這算得上石破天驚之舉。

　　楊過的磨難有一大半就是從此開始，她與小龍女的悲歡離合也由此起步。即使小龍女昏迷時被所謂的正派人士竊去貞節，楊過也毫不嫌棄。清人李仲麟站在正史邏輯的立場，向楊過和小龍女特別是向小龍女佈道說：「婦女所重，惟在貞節，此與子孝臣忠，並垂天壤者也。而一生貞節，自處女始。不可有一毫污玷。倘或受人污玷，即是片刻之淫，損壞終身之節。後來婚嫁，便非完體……縱使無人知覺，隱微亦自羞慚。即能日後持家，大節依然虧損。淫惡多端，此為最重。」[13]楊過當然不理會李某人的教誨，小龍女卻不得不聽。

---

[13] 李仲麟《戒淫邪》。

　　最後小龍女因躲避楊過，身中劇毒，藏在一個萬丈峽谷之底；楊過找了她十六年，還為此自創了一套驚天動地的「黯然銷魂掌」。楊過因為絕望自投峽谷了，沒想到卻由此找到了小龍女。金庸曾說，楊過是他自己都十分喜歡的人物，而楊過在書中所幹的最大事業就是和小龍女那石破天驚、天地為之色變的愛情。他們的忠貞，他們的大膽而不顧正史邏輯苦口婆心對人進行教化的禮法，全憑自己的本心。正是在愛的基礎上，他們達到了無私，解放了「為我」之「執」：在只有解開一個人身體中的劇毒的解藥面前，他們都逼迫對方服下，甚至是以死相拼。私慾被愛沖走了；這還是兩性之間的、在正史邏輯看來應該無愛或至少應該是不平等的愛。

　　《天龍八部》中的段譽明顯是個賈寶玉式的人物。他愛很多女孩子，但他更愛王語嫣，雖然王語嫣之心早有所屬。段譽身為王子，在美若天仙的王語嫣面前，自認是平庸污濁之至——這一切莫不讓人想起寶二爺的妙論：女兒是水做的骨肉，男人是泥做的皮囊。他自始至終跟著王語嫣，每當危急時刻，總是他上前去救，而他不過是個只懂內功、而且內功又時靈時不靈的角色。因此，頭破血流還在其次，以性命相搏倒差堪匹配。不過，每次他都能滿頭鮮血地、笑吟吟地看著王語嫣：其癡心一至如此。在段譽眼中，只有女人才是最純潔的，男子根本不值一提。他徑直把女子當成了神。這當然已不僅僅是野史邏輯中兼愛一極本身，而是它的極端化發展了。

　　段譽較之那位不顧金玉良緣，只認木石前盟的寶二爺要幸運得多：經過艱苦的追逐，終於如願以償。這是野史邏輯、兼愛的盛宴一次無懈可擊的勝利，是有人稱真理一次會心的微笑。龍子猶曾說：「佛亦何慈悲，聖亦何仁愛。倒卻情種子，天地亦混沌。無奈我情多，無奈人情少。願得有情人，一齊來演法。」[14]這無疑說出了段譽的心裏話。

---

[14] 龍子遊〈《情史》敘〉。

　　愛情在金庸筆下完全成了正史邏輯的對立之物（比之於「太上
志情」），也成了對付野史邏輯中為我之私慾的武器。所幸的是，金
庸終於未將他的作品寫成《金瓶梅》。在《金瓶梅》中，生殖器高高勃
起（它代替性愛）的背後，高高挺立的是惡以及由此而來的貪。當然
僅僅如此，也說不上金庸如何高明，因為小說作為野史話語的主要體
式，對正史邏輯進行顛覆，甚至對自身邏輯的一面進行規範、限制應
是題中該有之義。金庸的深刻在於：他看出了用野史邏輯兼愛一極
（在此是轉化為愛情）去限制野史邏輯為我盛宴這一極是有限度的，
並不會有太大力量。即便是夏雪宜，也要等到臨死之前才發出後悔的
低吟；楊過與小龍女呢？最後也只有退出江湖，不知所終。這還算
不錯的。在金庸筆下，以情成癡、由癡轉瘋以至於變態和成為惡魔者
更是舉不勝舉。

　　與楊過夫婦為參照的是小龍女的師姐李莫愁。她本來愛上了陸
展元，陸展元卻愛上了何沅君，而何沅君又是武三通的徒弟兼意中
人。李莫愁因情不成而蛻變為殺人魔頭。她後來四處殺人，就是為洩
一己之私怨；武三通因情成癡，瘋瘋顛顛，整日在昏狂之中過日子。
因此，情本身就有自私為我的一面──想想墨子「兼相愛」是為了「交
相利」的苦口婆心吧！只有在自私這一面獲得滿足才可能做到理想
的、無私的愛，否則，李莫愁與武三通就是案例，陸展元夫婦為情
人所殺就是榜樣（《神雕俠侶》）。逍遙派中的兩師姐妹天山童姥和李
秋水共同愛上了本門掌門師兄，兩人為此爭風吃醋，明爭暗鬥，互
相向對方下絆子，施殺手，極盡詭詐之能事，殺機處處，鮮血淋漓，
以致於最後同歸於盡，卻發現掌門師兄對她們誰都不愛，而只愛李
秋水的妹子！她們在同歸黃泉之前明白了這一點。這自然也是金庸
筆下留情，但又何嘗不是他的殘忍呢？因為正是他，讓這對爭鬥了
一生的死對頭明白，她們都是可憐蟲──自己私慾的可憐蟲（《天龍
八部》）。

　　情作為限制私慾的武器用途是有限的，作為「解構」、顛覆正史邏輯帶來的弊端又當若何呢？金庸的思考是深入的。他讓陳家洛巧遇並愛上了貌若天仙的香香公主喀麗絲，但陳家洛身為紅花會總舵主為了反清復漢大業，竟將他從不敢心存半分輕薄之心的香香公主送給哥哥乾隆皇帝。外柔內剛的香香公主在一座清真寺裏自殺了，粉碎了陳家洛與乾隆的美夢以及反清大業和肉體佔有（《書劍恩仇錄》）。假如讓《天龍八部》中的段譽來評價此事，他定會說女人是堅貞的，男人是卑劣的；而我則要說，正史邏輯是卑劣的，野史邏輯是軟弱的：因為陳家洛以民族大義為先，犧牲個把女人又有什麼了不起呢？更何況正史邏輯歷來也為許多女人所自覺維護，班昭寫《女誡》，長孫皇后寫《女則》，陳邈的太太鄭氏作《孝女經》，宋若華寫《女論語》（據說它們合稱女「四書」）……都是再明顯不過的事情。只不過陳家洛聽從了她們的勸誡，香香公主執意不聽罷了！

　　與陳家洛有奇曲同工之妙的是岳不群，他為了獨吞林家的辟邪劍譜，妄圖以此練成絕世功夫後當上五嶽派的首任掌門人，便利用愛女岳靈珊和林家後人林平之的純真愛情，順水推舟將女兒嫁給林姓小子。卻沒想到林平之早已得知祕密，也偷得了劍訣。他報仇心切，竟將生殖器割掉以練成絕世功夫去報仇。林平之成功了，終於仗劍殺死了大仇人，但也殺死了深愛自己的岳靈珊。林平之是個在正史邏輯驅使下註定要自宮之人（因為「父之仇，弗與共戴天」），他成為心理變態者及至殺死愛情、誅去情人也可想見。從這個角度說，情在正史邏輯面前的了無力量自不必談論，即便是面對野史邏輯中為我的盛宴這一極時力量又何曾大過：說到底，林平之、陳家洛、岳不群之流，又何嘗不可以說是為我盛宴上的一道道佳餚呢？野史邏輯用自身的一極去替代、規範、限制另一極是不大可能成功的。正史世界有其殘忍的一面，野史世界難道就是朗朗乾坤？它從人性出發內在地描述了人性之後，在沒有外來規範的情況下，還能指望獲得什麼更好的結局呢？

　　金庸早已看清了這一層。所以他才在《神雕俠侶》中杜撰了一種叫做「情花」的劇毒植物。楊過、小龍女被情花刺傷後，情花之毒滲入體內，只要他們一向對方動情，哪怕只是想念一下對方，情花之毒便起作用，使他們周身疼痛難忍。小說中把情花寫得劇毒無比，這是個很大的隱喻──情花也並不僅僅只有推動情節、構架敘述的詩學功能。在此，金庸已經明顯窺測到：情與愛不可能解決野史邏輯給自身帶來弊端。

　　但是出路又在何方呢？畢竟陀思妥耶夫斯基說過「人總得有一條活路啊」。

楊墨互補的大團圓

　　《書劍恩仇錄》是金庸的第一部作品，雖然算不上太成功，卻包蘊了他其後一切作品的內在因素。人類情感的豐富性被金庸程序化地簡化為「恩仇」範式：喜、樂、愛的勢頭聚合為「恩」，哀、怒、恨的極致則歸之於「仇」——恩與仇既可出自正史邏輯又可出自野史邏輯，而「劍」則是了結「恩」「仇」的主要法寶，它將「恩」「仇」直觀地轉化為對「該死還是該生」的哈姆雷特式判斷，並在殘酷的打鬥中，以武學高下一了恩仇。所謂「平生無恩仇，劍閒一百月」。

　　學者陳平原曾指出過武俠小說的一個有趣現象：打鬥手段的倫理化。其中，寶劍就是被大力渲染的一種兵器。令狐沖的獨孤九劍，林平之的辟邪劍法，張三豐的武當劍法，袁承志的金蛇劍法，周芷若的峨嵋劍法（《倚天屠龍記》），另外還有什麼崆峒劍法等等，在金庸筆下都有過上好的表演。這就是因為劍是快意恩仇的重要法寶。

　　劍為何能有這樣的神力？如果我們把金庸小說中的寶劍置入中國傳統文化的大背景下，情況就倏地明瞭了。《越絕書》曾稱，晉鄭王為奪楚王的區區一把寶劍，竟然領兵攻楚，楚王在城上揮動太阿之劍，晉軍立時大敗。連楚王也很有些納悶：「夫劍，鐵耳，固能有精神若此乎？」而韋小寶之所以能一邊耍流氓一邊不斷地做成大事，除了運氣和集於一身的偶然性，還得力於那把亡命時刻可以充當救命稻草的寶刀（寶劍的一個變種）。種種情況表明，金庸小說中的劍早已是一種文化現象，它首先與中華民族古老的龍蛇崇拜有關。

　　劍在中國典籍中常有變形飛升之類的記載，它的外形據說往往也和龍蛇形像相關。傳說太上皇賜劍漢高祖，此劍在天下大定後由

呂后藏於寶庫中,「庫中守藏者見白氣如雲」,「其狀如龍蛇;」[1]如果以上說法可能大半出於道聽塗說,可是連《水經注》這樣嚴肅的著作也稱「劍是兩蛟龍」,就無疑在提醒我們不能不注意劍在中國人心目中的原始地位。

遵循孔子「六合之外存而不論」的教導的董仲舒說:「劍之在左,青龍之象也。」[2]諸如此類的劍、龍相互化育,合為一體的說法比比皆是。龍是中華民族的圖騰,其原形是蛇。龍又是陽類生物的象徵,是雄性和陽剛之氣的體現,而為了適應險惡的壞境,龍往往有多變的形狀。所以《楚辭‧天問》「應龍何畫」下王逸有注:「龍,能高能下,能小能巨,能幽能明,能短能長。」劍龍化育與龍的如許特徵,致使正史話語的一代掌門人物歐陽修都禁不住說:「寶劍匣中藏,錚爾劍有聲,」「神龍本一物,氣類感則鳴。」——就完全在向俗流喜道的野史邏輯拋出媚眼了。因此,蛇／龍／劍是一個源自互古的原型系統。對劍的崇拜心理,積澱著我們遠祖對雄性生命「力」的信仰與崇拜。[3]生命力往往會很自然地轉化為「殺」——金庸就讓我們看到了這一點。不過,殺的來源和內在圖示既可以出於正史邏輯,也可以出自野史邏輯。

正是這樣,厭惡力氣以尚柔為務的老子才說:「夫唯兵者不詳之器,」「非君子之器。」[4]劍是嗜殺之物。壞人用之則更如鬼魂負戟,反過來說,君子一劍在手則有如猛虎添翼。——老子顯然忘記了後一個方面。從蛇／龍／劍的原型系統來看,劍又是可以辟邪的。這起源於陰陽對舉相生相剋的思想:劍既然是秉天地靈氣的陽物,對陰物——比如邪惡——必有威懾。一位女鬼自述說:「夫劍,陽物而有

---

[1] 王嘉《拾遺記》卷五。

[2] 董仲舒《春秋繁露‧服制象》。

[3] 參閱陳山《中國武俠史》,上海三聯書店,1992 年,第 8-10 頁。

[4] 《老子》第三十一章。

威者也；鬼，陰物而無形者也，……故鬼懼劍。」[5]從金氏的小說中，我們屢屢能感到代表正面、恩這一極的人物往往都是一派渾然純陽之象；而代表邪面、仇這一極的，卻常常讓人覺得陰森可怖，純然是「陰物而無形者也」的鬼，比如拿人屍練功的銅鐵二屍夫婦、與毒物相伴的歐陽鋒（《射雕英雄傳》）、殘忍嗜血的四大惡人（《天龍八部》）……正邪人物、恩仇雙方雖然在互相搏殺時不免有此消彼長之時，但最終差不多都是純陽壓倒陰邪的大團圓。這一切差不多都來源於正義者手中那把純陽無比的寶劍（或與寶劍相類的「正派」兵刃——比如刀、槍、棍等等），是它幫助主人公成就了偉業。所謂「此劍在人間，百妖夜收形」。

呆鳥郭靖卻對劍產生了懷疑：「僅一年時間，他的母親、黃蓉、恩師一個個棄世而去，他本該為此報仇，但一想到報仇，花剌子模屠城的慘狀立上心頭。看來這報仇之事，就未必對了。」他想。師父丘處機開導他，天下的堅兵利刃無一不能造福蒼生，也無一不能為禍於世（《射雕英雄傳》三十九回）。——這當然就是壞人用之則更如鬼魂負戟，而君子一劍在手則有如猛虎添翼的本來含義了。雖說這只是金庸為了自己的敘事能得以不斷展開才設置的待解的難題，卻也道出了實情：難道所謂有龍虎之吟的寶劍，在陰毒之人手中就不能發揮成力麼？狠毒之士岳不群仗劍當上盟主，歐陽鋒名忝四大高手之列，張召重以武當劍法效力清廷殘殺紅花會諸雄……如果沒有另一種外在的東西約束劍的威力，純陽也可以在惡毒之人手中轉化為純陰——丘處機顯然是對的。

從野史邏輯規定的義出發，金庸開出了正邪武功的假定性：兼愛的盛宴這一極的武功，必定能勝過為我的盛宴的武功。岳不群的功夫無論多高，但他總是個自宮後練劍的鬼，終不免在令狐沖的獨孤九劍下一敗塗地；東方不敗能以一根繡花針（那是寶劍的微縮形式）打敗

---

[5]　張邦幾《墨莊漫錄》。

眾多高手的圍攻，但仍會命喪當場……金氏的神來之筆是絕頂高手慕容博與蕭遠山因為帶著仇恨練功──自然也就失去了兼愛之心──，雖然武功臻至化境，卻終不免走火入魔，日日要定時忍受撕心裂肺的傷痛（《天龍八部》）。至於那些以暗器（如絕情谷中的裘千尺）、毒藥（如逍遙派逆徒丁春秋）為務的傢伙，也會敗在正派武功之下──裘千尺打穴功夫何等超絕人世，丁春秋的毒技當世罕有出其右者，卻無不落得屍骨寒冷的下場。

　　《射雕英雄傳》中人人都想爭奪的《九陰真經》的總綱部份，據金庸說是如此開場的：「天之道，損有餘而補不足，是故虛勝實，不足勝有餘。」話雖出自道家，但放在金氏全部作品系統中，分明又可看作是從野史角度作為自己的出發點的：有力者疾以助人，有財者勉以分人，有道者勸以教人，墨子已經說得很明白了。野史邏輯中兼愛一極恰好是站在弱者的立場說話的。[6]野史邏輯強調義，正是對弱者的保護，進而開出正義，進而導出正必勝邪的假定性。「愛義者，天必賞之」就是最好的說明。

　　在金庸的武俠小說中，武功的假定性是野史邏輯之義自我推演的可能結果之一。為了由此構架情節，金庸可謂十八般武藝一齊使上。最有趣的是虛竹。他本是少林弟子，卻機緣巧合學得了邪派的逍遙神功，在保護少林寺的一場打鬥中，他不得已使用邪功卻敵，不料卻犯了大忌：少林僧眾認為這是對少林武功的侮辱。而解決的方法卻很奇特：虛竹以逍遙神功驅動少林外功禦敵，結果是大獲全勝（《天龍八部》），也贏得了滿寺僧眾的一致讚揚。這就出現了一個悖論：野史邏輯的義導出的武功假定也是有限的，而一向依賴這個假定性的金庸，又當如何直面這一尷尬？

6　墨子曾說：「強不執弱，眾不劫寡，富不侮貧，貴不傲賤，詐不欺愚。」（《墨子‧兼愛》）反過來，則弱、寡、貧、愚擁有與其相反者同樣的義務與權利。金庸不過是將之極端化為「不足勝有餘」罷了。

　　由武功的假定性導出了野史世界上的大團圓，野史世界的大團圓的主要依據仍在於「義」。它使正必壓邪，正義最終戰勝邪惡；這就是野史世界上大團圓的外部表徵。我們要特別注意的是，這裏的義，是野史邏輯中兼愛的一極規定的義，它的對立面則是為我、貴生的極端化。這也是野史世界的大團圓和正史世界的大團圓有根本不同的原因。武俠小說作為一種典型的現代羅曼史，它不只有一個高潮，而是有無數個高潮（即大團圓）。在野史邏輯導出的義的驅使下，使主人公命運中的一個危機解除，新的危機又開始出現；舊一輪的義舉結束，新一輪的義舉又在等待揭竿而起。

　　而每一個高潮必然出現在對正義戰勝邪惡的描述中。因此，金庸筆下的大團圓不是一個，而是無數個。大團圓正是野史世界中人自掌正義、笑傲江湖的寫真。大團圓也是野史世界中真正具有江湖烏托邦性質（即隱喻意義上的夜晚）的重要組分，它與正史世界的大團圓絕不是一回事，儘管兩者都是以正義戰勝了邪惡為最後評判標準，儘管兩者在表面看上去還真有些相象。

金庸的「絕路」之二

　　野史世界不是一個充滿溫馨的世界，儘管它顛覆了正史世界的說教，儘管它把無人稱真理轉化為極端為我、貴生的個人主義。它帶來的問題，僅僅依靠野史邏輯中兼愛的一極並不能完全解決。問題已經很清楚，在愛面前，人們照舊聽從來自人性深處的命令為我、貪財、殺人、抒發肉體和放縱感官。兼愛成了不堪一擊之物，在楊墨互補內部楊與墨並不能完全限制對方的本有特性。周阿三被紅花會諸雄救下，誰能擔保不會有另一個方大人再次欺負他？阿朱雖讓喬峰救回性命，卻仍然命喪其手……

　　情是兼愛的變種，但更是為我、貴生的變種，不然，李莫愁為什麼要四處殺人以洩愛而不得之憤？武三通從精神到肉體都無法沾上何沅君的邊，乃至終生癡呆，正是為我、貴生到了極致的又一體現。野史邏輯推出的義並不能救人於水火，正邪不兩立，堪堪可信。但正邪兩立的事件難道還少了？對「正」是否一定能戰勝「邪」，金庸倒是十分明白的，也是十分清醒的：他筆下那麼多邪惡之徒殺死了那麼多人，死者甚至連姓名也未曾留下，難道殺人者都不曾知道還有個明察秋毫的天志盤踞於上方麼？不然，他們為何如此狗膽包天？還是任我行說得好：「殺幾個人又算得了什麼！」（《笑傲江湖》）無數孤苦無告的小老百姓為了鋪墊別人的私心充當了犧牲品；邪不壓正不過是美好的希望罷了，儘管它有充分的心理依據。

　　江湖烏托邦在顯出它十分溫柔、平和、美滿的同時，也露也了它殘忍的狐狸尾巴。沒有了殺人與被殺，俠客們就無事可做，江湖世界也就樹倒猢猻散。誠如曾鞏所言：「潛遁幽抑之士，其誰不有望於世？」[1]

---

[1] 曾鞏《寄歐陽舍人書》。

江湖並非隱士的山林，它是一個派系割據的另一重世界。仇殺，司空見慣；亡命，更是屢見不鮮。佛學戒殺令並不因為金庸小說中和尚很多而有何成效（比如《天龍八部》）。據說，道家是熱愛生命的，可也出了大奸之人岳不群、想當盟主不惜殺害同道的左冷禪；令狐沖特立獨行，寧死不願為富貴加入任我行的日月邪教，卻渴望有朝一日被恩師岳不群再列門牆；向問天何等英雄，卻跪在任教主面前，恭稱「千秋萬代，統一江湖」，白白糟踏了「天問」式的好名字（《笑傲江湖》）；喬峰英雄一世，在兩種邏輯的衝突面前終不免自殺身亡，給讀者留下一段白生生的冷（《天龍八部》）；陳近南為反清復明鞠躬盡瘁，本事何等了得，竟慘死於花花衙內鄭克塽的刀下（《鹿鼎記》）……當真是「天下只有長江水，人間何處自由身」麼？

那些身有驚世駭俗功夫，卻又看透了兼愛在為我、貴生面前不堪一擊之真相的大俠們，厭倦了血腥，也紛紛出走。袁承志去了海外，黃藥師以漫遊為隱，柯鎮惡沉迷於賭博（《射鵰英雄傳》），周伯通與曾經的「情敵」（？）一燈大師比鄰而居（《神鵰俠侶》）……「一切有為法，如夢幻泡影；如露亦如電，亦作如是觀。」[2]他們都相繼走上了正史世界上某些人的老路，也是了無新意。韋小寶帶著七個老婆回了楊州，據說要開一座妓院，走向了明末某些人在野史邏輯為我、貴生驅使下的肉體的盛宴，雖說是「隱於色」，[3]到底也是俗不可耐；楊過與小龍女退守愛情，去共同體會「天與雲與山與水，上下一白，湖上影子，惟長堤一痕，湖心亭一點，與餘舟一芥，舟中人二三粒而已」的高邈境界。[4]楊墨互補的真正出氣閥門還在儒道互補，也由此可見。只

---

2 《金剛經》。

3 比如明人衛泳就公開聲稱：「真英雄豪傑，能把臂入林，借一個紅粉佳人知己，把白日消磨，」「須知色有桃源，絕勝尋真絕欲。」（衛泳《悅容篇·招隱》）還說：「緣色以為好，可以樂天，可以忘憂，可以盡年，」「誠意如好好色。」（《悅容篇·達觀》）

4 張岱〈湖心亭看雪〉。

有呆鳥郭靖孤單單兀自率眾抗金，終不免城破人亡，讓為我、貴生笑掉了大板牙。野史世界的並不完美，由此也大致可以想見。「俠之一字，豈易言哉！」[5]李贄不無感慨地說。但李贄顯然忘記了，這正是野史世界真正的大團圓。

　　究其原因，問題還是出在天志上。天志是什麼？野史邏輯未能給出明確的說明（也不可能給出說明）。既然天志是無法得到說明的，自天志而出的義就有了問題——我們也總不能指望一個無主名的絕對本體真能給我們導出正義和幸福。因此，行俠仗義之人，也不妨做點有違大義的事，比如向問天。天是靠不住的，在絕對的為我、貴生面前，虛無縹緲的天志從來無濟於事。還是金毛獅王謝遜罵得好：他「從老天罵起，直罵到西方佛祖，東海觀音，天上玉皇，地下閻羅，再自三皇五帝罵起，堯舜禹湯，秦皇漢武，文則孔孟，武則關岳，不論哪一個大聖賢大英雄，全給他罵了個狗血淋頭。」（《倚天屠龍記》第四章）謝遜本人就是個殺人不曾眨眼的魔頭，他的話應該很有說服力了。他是不信天的，也不信那些信天之人。「惡有惡報，善有善報，」連王充也是不信的。王充說：「使吉命之人，雖不行善，未必無福；凶命之人，雖勉操行，未必無禍。」[6]說得太好了。這充分說明了義自天出、路見不平撥刀相助的虛無性。野史世界、江湖烏托邦是個很難畫圓的餅，它連阿Q也不如。以殺止殺，結果是殺不勝殺；它的天志也不過是《聊齋》中空洞的畫皮。還是《豆棚閒話》罵得好：

> 老天爺，
> 你年紀大，
> 耳又聾來眼又花，
> 你看不見人，

---

[5]　李贄《焚書·雜述·昆侖奴》。
[6]　王充《論衡·命義》。

> 聽不見話，
> 殺人放火的享著榮華，
> 吃素看經的活活餓殺！
> 老天爺，
> 你不會做天，
> 你塌了吧！
> 你不會做天，
> 你塌了吧！

這是野史世界上那些無名犧牲者想要喊出的話，也是歷朝歷代孤苦無告的小老百姓撕心裂肺的呼聲，是那些臉上有唾沫的小民們共同的哭泣，金庸要是聽見這首民謠，該當做若何感想呢？

第三章

從佛的後門出走

滅火機，調解員

　　儒道互補也好，楊墨互補也罷，在各自的邏輯遞增線路上和行動操作上，都有難以堵住的漏洞；金庸在敘事上往往試圖超越正史邏輯和野史邏輯以杜絕「漏洞」，卻又深陷其中無能為力：金庸敘事上的內在緊張和尷尬，是正史邏輯和野史邏輯的本有特徵天然捎帶出來的。作者把他筆下的人物置於廣褒無邊的、以正史邏輯和野史邏輯為線索的古代時空，一方面決定了金氏牌主人公的行動，只能在正史邏輯與野史邏輯畫定的圈子裏打轉，因為不可能還有其他的解救方法；另一方面，當主人公們想超越兩種邏輯的規定，在作者替他們準備的自圓其說式的遁詞下準備行動時，卻又不免於過早虛脫，找不到堅實可憑的支點。而人生據說是必須要有一個支點的。

　　令狐沖就是一個好例子（《笑傲江湖》）。這個後生既特立獨行、任性向俠，又視門派師恩為天道，可謂一身兼具兩種邏輯。但作者並未因此讓他單獨在任何一個邏輯軌道上滑行，而是讓兩種邏輯各自的軌道分別作用於他，就既是因為中國人的人生的實際情況就是這樣──畢竟在中國傳統文化提供的精神資源裏，令狐沖也逃不脫這兩種邏輯的同時規範，也是因為作者找不到一個可憑的支點使令狐沖飛身逃逸。即便令狐沖後來的不知所終，也一定是在正史邏輯或野史邏輯的老路上奔跑；而我們似乎也可以假定令狐沖是不知所終的：在他誅殺了名為君子、實為惡人的師父岳不群後，並沒有他所堅決崇信的東西可堪支撐，他又能到哪裡去呢？到愛情中去嗎？而愛情作為野史邏輯的部分內涵也早如我們所說，並不能充當可靠的「信仰」。愛情同樣有它不那麼可信的神色。至於嚴家炎教授高談闊論令狐沖身上具有「現代品格」，[1]大有可能只是誤解。

---

[1]　參閱嚴家炎〈論金庸小說的現代精神〉，《文學評論》1996 年第 5 期。

米哈伊爾·巴赫金曾反覆教導我們，一切人類行為都是對話性的；正是在對話性中，我們的見解、觀念，會因為參照系的存在更能顯出自身的特點。當然，我們觀念中所本有的劣根性和優點一樣無處藏身。儒道互補和楊墨互補作為中國傳統價值文化的主要組成部份，本身就「生活」在一個共同的語境中，正史邏輯與野史邏輯的對話也就是免不了的。它們互相駁難、鬥爭、爭奪對中國人，對金庸筆下各人物的統治權也就是必然的。

在正史邏輯和野史邏輯的雙邊關係中，既有相互容忍的一面，也有相互對立的一面。當正史邏輯的王權思想承認野史邏輯處於一定限度內，以致於能讓老百姓都成為順民時，則對其放任不管，所謂「與民休息」；反之，則斥之為刁民、流寇，予以強行教化、去勢和血腥鎮壓。體現在金庸的作品中，就是掌門人、師父、門派對徒眾、弟子、門人的有限度放縱。當令狐沖只是縱酒任性與匪人結交，師父兼掌門人的岳不群是可以不去理會的，甚至還不無幾分欣賞之情；當他的縱酒任性、與匪人結交有違師父及本門大事（實則只是師父一人的大事）時，就不可能再被縱容了。岳不群曾對令狐沖說過一句話，很值得玩味：我早就想殺了你，只不過你還暫時對我有用。這個偽君子總算說出了一句大實話。不過，令狐沖作為身肩兩種邏輯之人，也是深深瞭解這一限度的，這也是他屢屢化險為夷的根本原因，並不僅僅是因為他運道奇佳。

在《倚天屠龍記》中，百歲老人張三豐對徒孫張無忌何等疼愛，即便張無忌與漢人天敵、元朝王爺之女趙敏等幾個女子大談多角戀，強調禁欲主義的張三豐仍是對他疼愛有加。雖然張無忌身上既有正史邏輯的命令（比如民族大義、視師尊為天理），又兼具野史邏輯的召喚（比如對情的極度濫用），但這二者全在可以通融之列。另一徒孫宋青書就不一樣了。他從為我之私慾出發，偷看峨嵋派眾多女徒洗澡、更衣，被代表正史邏輯的師叔發現，宋青書情急之中只好殺人滅

口。為掩蓋罪行，他竟然在陳友諒的威逼利誘下，決定痛叛師門，謀害太師爺。宋青書的所作所為當然可以看作是野史邏輯中為我的盛宴的威力所致。這種事情如果放在惡人歐陽鋒、丁春秋等人身上，是根本不成問題的，因為他們本身就是為我宴盛上的滿漢全席，並且以此為樂。問題出在宋青書既想當婊子又想立牌坊上，也就是想毫無矛盾地把正史邏輯（牌坊）與野史邏輯（婊子）集於一身。不乏愛心的張三豐此時此刻再也不能坐視了，且看這位年屆一百一十歲高齡的道爺的舉動吧：他「右手一揮出，啪一聲響，擊在宋青書胸口。宋青書臟腑震裂，立時氣絕」。正史邏輯對野史邏輯的忍讓、寬容絕不會到縱容的地步。它表明，當野史邏輯居然敢冒犯正史邏輯的虎須時，張道爺的「右手」絕不是吃素的。道家不是以熱愛生命著稱麼？張道爺讓人「立時氣絕」的功夫，讓我們見識了道家作為正史邏輯「幫兇」的真實嘴臉。[2]

當然，在正史邏輯和野史邏輯構成的雙邊關係中，野史邏輯也不全是忍氣吞聲、逆來順受，它也有自身的獨立性：當野史邏輯承認正史邏輯處在一定限度內，以致於可以讓普通子民按照自己的本性過上相對平安放縱的日子時，則同意它對自己的統治，甚至同意張道爺那「啪的一聲響」（當然是「啪」地「響」在別人的身上），這就是所謂真龍天子出，河清海晏；反之，則哪裡有壓迫哪裡就有反抗，起義成瘋革命上癮當是自然之事，所謂「予與汝偕亡」。令狐沖雖然面對乃師砍向自己的寶劍痛苦異常，但他還是站在野史邏輯兼愛的盛宴一邊，處決了師尊岳不群。因為彼時彼刻岳不群殘殺同道、無惡不作、卑鄙無恥的行徑早已露出真相，雖然還處於野史邏輯為我之私慾這一極的範圍內，但岳老兒的目的，卻是想以此為手段當上象徵天理、王道的

---

2 這裡要再次說明的是，本書將道家和道教看作一體。這是金庸創作本身允許我們這樣看待的；事實上，在金庸的全部作品中，道教與道家本來就難以絕然區分。

五嶽派宗主，是想以此為基礎完成正史邏輯命定的最高事業。——岳某
人的夫人就曾諷刺過岳某人，大意是：我看你當了五嶽派掌門後還想
當皇帝呢。金庸安排此老作法自斃，一方面固然也有設法解救寫作中
遇到的難題（即敘事的內在緊張感）的命意，一方面倒也在無意之中
（？）暴露出了兩種邏輯生死搏殺之真相。宋青書不也是這樣嗎？他
偷看峨嵋女徒的玉身，僅僅是為了滿足自己肉體盛宴的意淫式放縱，
假如代表正史邏輯的師叔僅僅是讓他賠禮認錯倒也罷了，然而該師叔
卻過於迂腐地不但想把他抓到祖師爺那裏去，恐怕也有清理門戶的念
頭吧；那麼宋青書為保命而仗劍揮殺，雖說只是失手殺了師叔，難道
就沒有滅口的想法？有沒有一點點呢？儘管師叔命喪青書之手，青書
命喪師祖之手，卻仍可算作是「予與汝偕亡」。只不過宋家崽子的「予
亡」較之師叔的「汝亡」要晚一步。他多活了幾天。

　　兩種邏輯還有可能相互走向對方。如果說正史邏輯更多的是從統
治、王化的角度對人進行外在約束，野史邏輯則主要是從人的本性出
發，對人進行內在描述。「內在描述」是人的本性，「外在約束」只是
在正史邏輯看來人應該如何才能合乎統治／社會規範；任何看似強有
力的理論在人的本性（即內在描述）面前都將不堪一擊。兼愛並不能
限制人的為我之私，口口聲聲以正史大義相標榜的岳不群，仍是個為
我盛宴的正出王子。因此，正史邏輯的子民走向野史邏輯是必然的。
而野史邏輯的子民要想更好的、更順當的、更便利地為我與兼愛，也
有可能走向正史邏輯，趁機向正史邏輯敲詐。這就是所謂「三年清知
府，十萬雪花銀」和「公門裏邊好修行」的對舉。

　　歐陽鋒爭奪天下武林第一高手的名號，丁春秋在私慾推動下搶奪
逍遙派掌門職位，武林中人夢寐以求地拼命搶奪能號令群雄的屠龍
刀，鳳天南極想在福康安弄的天下掌門人大會上奪魁……都莫不如
此；這當然是為了私慾而從私慾出發的正常舉動。張無忌歪打正著當
上明教教主，率眾抗擊欺壓百姓和草芥人命的元朝，郭靖身為呆鳥卻

隱然成為天下武林共主，率眾抗擊金兵、蒙古兵……也是此故；這當然是為了兼愛而從兼愛出發的真實策略。

但無論誰走向誰，並不是自己已被對方消滅，恰恰相反，自身在對方的統攝觀照下更能顯出本己的特徵。而且，無論是正史邏輯走向野史邏輯，還是野史邏輯深入正史邏輯，決不是真正意義上的投降，毋寧說是另一種形式的鬥爭、辯駁：只有依靠、深入對方才能打敗和瓦解對方。所謂「走向」不過一戰術耳。在我們每一個中國人身上，都是儒道與楊墨的並存、互補、互滲。我們的靈魂和肉身正是這兩種邏輯的天然演兵場。金庸通過武俠小說這一看似俗不可耐、難入正經嚴肅學者法眼的寫作，給我們揭示了這一命意。

儒道和楊墨的互補，並不能有效地解救金氏在寫作中面臨的尷尬處境和險情。在兩種邏輯堪稱殊死的搏鬥中，最主要的搏鬥以兩種邏輯開出的不同內涵的「義」來體現。正史邏輯的「義」強調以有秩序有等級的人倫關係來規定恩仇，這恩仇又體現為家族中心主義、大漢中心主義，最後達到無人稱的真理（或者無人稱的真理始終滲透在上述兩者之中）；野史邏輯的義強調無秩序無等級的人倫關係來規範恩仇，並用兼愛來限制為我之私（貪、財、利、色）及其帶來的殺伐，最後在「天志」面前達到有人稱真理，即以主格現身的「我」。二者之間的差異顯而易見。金氏雖然如有些學者所認為的那樣，主要是以野史邏輯來構架情節，展開敘述；[3]但我更願意說，金氏的武俠小說與中國傳統價值文化的對應之處，正在於他更主要的是展現了正史邏輯，然後作為一個問題的兩個方面，才同時展示了正史邏輯與野史邏輯的互相駁斥和對話。[4]

---

[3] 參見王以仁〈阿 Q 與韋小寶〉，《文史知識》1992 年第 1 期。

[4] 本書認為，小說是野史話語的集大成文體，但本書也同時認為，正史邏輯對野史邏輯、正史文體對野史文體有又打又拉的統攝關係（分別參見第二章和第三章的相關論述），因此，由於小說的天然特徵，總是使其自身在野史邏輯和正史邏輯之間、在野史世界和正史世界之間有一種互動關係，即

令狐沖的經歷頗能道出此中真意。他天性任性調皮，敢愛敢恨，尤其深得憐香惜玉的愛情大法，但他卻無法調解正史邏輯對此的限制，他在太有人稱的行動過程中，卻時時想做一個太無人稱的賓格——回到開除他的華山派，師父岳不群的華山派去。他最後迫不得已誅殺師父，其痛苦的表情正好是他對兩種邏輯都難以割捨的鮮明意象。在此，兩種邏輯分別規定的義在同一個人身上交鋒，並讓同一個人在行動中必須對這兩種義進行選擇。金庸讓令狐沖痛苦地選擇了野史邏輯之「義」，但也並沒有讓他忘記正史邏輯的「義」：殺死了師父，卻又跪地痛哭不已並久久不能釋懷。

金庸在敘事上面臨的問題也是令狐沖曾經面臨過的處境，但他又要比令狐沖幸運一些：令狐沖痛苦，金庸卻在揭示這種痛苦中把自己的創作境界提升了一個檔次。對於一名想當小說大家的人，這無疑是個機會。但我們似乎也不能由此否認兩種邏輯在相互衝突中存在的本有缺陷：即使正史邏輯與野史邏輯天然有著走向對方的衝動，對正史邏輯與野史邏輯也並沒有什麼質的修改。正史邏輯與野史邏輯的互補並不是不需要條件的。正史之「義」和野史之「義」就其自身來說是有矛盾的，這種種矛盾並不能單靠自身就能解決；正史之義和野史之義的衝突也不能單靠兩種邏輯的「合力」來解決，如果能解決的話，金氏也就不會讓令狐沖悲痛欲絕了，也就不會讓喬峰（即蕭峰）以自殺的方式來化解衝突（《笑傲江湖》）。喬峰比令狐沖還要悲慘：他既不想得罪野史邏輯，又不想投正史邏輯的反對票。是正史邏輯與野史邏輯的共同力量（即二者的「合力」）將他引上了絕路。這是一個更高層次上的隱喻：兩種邏輯對話、衝突的合力的極致只是死路一條，兩種邏輯的互補，只在很淺的層次上可以成立。——「予與汝偕亡」往往倒是兩者對話的真正結果。

相互駁斥、爭論的對話關係。對話不是指一方消滅另一方，而是指通過一方與另一方的對話來顯示自己的存在、自己的本有特徵。

　　中國小說傳統精神的精義，在於正史邏輯與野史邏輯很淺層次的互補上；金庸則看出了它們的極致，看出了它們衝突中的暴力行為。這也正是金庸對中國小說傳統精神的一大提升。他把中國小說傳統精神隱含的邏輯層次提到了極端的程度。但這是一個深淵。金庸在他寫作的最幽微處洞明瞭這一特質，一旦跨過這一臺階，孤筏重洋式地渡過了這個深淵，金庸離小說大家也就僅止一步之遙了。而很多武俠小說家在類似的深淵面前一頭栽了下去，再也沒有起來。平心而論，憑他們的才力，並非每一個人都應該有此結局。

　　「人總得有一條活路才行啊！」妥思陀耶夫斯基（Dostoevsky）說得對。但金庸渡過那深淵的「孤筏」又是什麼呢？金庸通過他的武俠小說不無猶豫的回答是：佛禪。在中國傳統價值文化中——毋寧說在金庸的武俠小說裏——佛禪是兩種邏輯衝突要求得到解決的一種可能方式。金庸之所以選擇佛禪而不是別的什麼東西，又是中國小說傳統精神的宿命性所規定的，因為除此之外它也不可能給金庸提供什麼新鮮貨色了。「漢之廣矣，不可泳思。江之永矣，不可方思。」[5]在那可以「一葦杭之」的佛禪之外，中國文化的所謂寶庫中，還有什麼刀槍劍戟可供金庸指五畫六？平心而論，單單選擇佛禪並不能顯示金庸的高明。從「漢哀帝元壽元年博士弟子景盧受大月氏王使尹存口授浮屠經」以來，[6]佛禪之入中國文化、中國文學早不是什麼新鮮花樣，《紅樓夢》不已是響徹雲霄的極好版本了麼？金庸選中佛禪正是兩種邏輯的衝突在走向暴力之後為了解決這種暴力最「無可如何」的舉動。一切思想只有為我所用才能有效，佛禪在金庸小說中的作用，與《紅樓夢》相較，也是較為兩樣的。[7]

---

[5]　《詩經・周南・漢廣》。
[6]　《三國志・魏志・東夷傳》。
[7]　《紅樓夢》中佛禪的作用是化解情怨，在金庸小說中則是化解正史邏輯與野史邏輯的衝突以及每一種邏輯各自內在的矛盾，表現為對恩仇／殺伐的化解；佛禪在《紅樓夢》中，是以整體氣質整體地籠罩在敘事之上的，而在金

庸小說中，則是直接參與情節構架並最終組成佛禪世界。

四大皆空

　　中國有句老話是這樣的：少年信儒，中年修道，老年參佛（禪）。這個有趣的說法在金庸身上頗為靈驗。從他的第一部作品《書劍恩仇錄》開始，經《碧血劍》而到《射雕英雄傳》等早期作品，差不多是儒家的天下；中期作品如《神雕俠侶》、《笑傲江湖》以降，又不免打上道家的濃厚烙印；晚近作品比如《俠客行》、《天龍八部》等，就明顯是佛家衣冠了——「天龍八部」本身就是個釋門名號。[1]金庸創作上的這種歷程似乎在向我們暗示，佛家因數出現在晚近作品中（而不是在早中期的作品中），正是正史邏輯、野史邏輯在衝突達到刺刀見紅的暴力階段時尋找到的一條解脫、流放路徑。少年信儒、中年修道、老年參佛云云也從一個側面暗示了：在沒有更有效的外來參照的情況下，中國人的心路歷程大體上要在這三家（類）學說中不斷地轉換身份。另一個有趣說法是，少年遊俠，中年遊宦，老年遊仙，似乎也可為此作一參證——只不過這三個歷程把墨家（俠）也拉進來了。或許將這兩種說法合起來，情形將會更加完備。

　　細心的讀者會發現，金庸早期的作品是並不信、並不喜歡、也並不需要佛的。金庸的小說最早出現佛家影子的是《書劍恩仇錄》；但金庸是通過小角色、因情成幻的余魚同在寺院的經歷道出了他對佛家的不恭之情。余魚同最後看透了和尚們的虛偽，看透了佛家的虛妄，脫

---

[1]　這當然只是大概而言，但也並非隨口胡說。有一點必須指明：不論在金庸創作的什麼階段，正史世界、野史世界都是存在的。實際上，正史世界與野史世界是中國文化中的兩個「原型」，在金庸作品中也不例外。至於金庸的封刀之作《鹿鼎記》則又是另外一副面孔，不能拉入這早、中、晚三期的分法之中。本書第四章將對《鹿鼎記》有專門論述。

掉裂紗重落紅塵，去完成正史邏輯需要他完成的任務。這一隱喻頗讓
人聯想起《金瓶梅》第一回出現的、並將在後邊的故事發展中充當淫
慾舞臺的寺廟。金庸此時肯定會認為，他的創作即使是遇上正史邏輯
和野史邏輯的衝突，也能從其自身之中找到自圓其說的土單方。[2]天道
往復，疏而不漏，金庸的創作越往深處走，便越能碰上深刻的矛盾。「孤
筏」是必須的。也許，當金氏走投無路又不忍罷筆並不無宿命性地選
擇了佛禪時，肯定會對原先並不喜歡的釋迦牟尼刮目相看，也會對自
己當年過分的自信解嘲一笑吧？

　　正史邏輯和野史邏輯的真正衝突，體現在它們各自所導出的
「義」的衝突上。更重要的是，兩種不同性質的義在自身內部也是
相互衝突的。這兩種類型的衝突雙方都是公說公有理，婆說婆有理，
在沒有外來物作裁判的前提下，一切都不免過於隨機，不免以武功
高下決出勝負來判斷正邪，即便有了正邪武功的假定性也難以彌合
這中間的裂縫。無論是正史邏輯之義，還是野史邏輯之義，精髓都
在「義者，殺也」，不同僅在於殺的標準不同。令狐沖誅師，從正史
邏輯看來就既有理也無理：師父是惡人，多行不義必自斃也是正史
邏輯默許的座右銘，大義滅親更是義的本來涵義，殺之當然合理；
但師徒有如父子，在正史邏輯的天理面前，又是絕對不允許徒弟誅
殺師父的。從野史邏輯的維度看，師要滅徒，從為我之私的一極看
來，令狐沖為保命殺人沒什麼不對，楊子不是說過「斷一脛而易一
國卻不為」嗎？又何況一條命？但從兼愛的一極看，令狐沖殺師又
是不對的。金庸的聰明在於，他讓令狐沖根本就逃不出師傅的手掌，
無論走到哪裡都能碰上為非作歹、要取他性命的昔日恩師。——實際
上，只在正史邏輯和野史邏輯規定的義中打旋，就免不了要面對上
述悖論。

2　事實上正是如此。比如，金庸曾試圖用正史邏輯去修改、限制野史邏輯；
　試圖從「兼愛」一極去限制極端「為我」。

正史邏輯和野史邏輯的義都可以集中在恩仇原型上。對正史之義而言，家族中心主義、大漢中心主義、幫派門派中心主義是恩仇的精髓，一切有違這個中心主義的都在被殺之列，殺就是義；不用說，具體的人在這裏是虛設的、沒有主格的。對野史之義而言，天志面前人人平等、放縱為我是恩仇的精髓，一切有違這個精髓的也在被鏟掃之列，殺之則為義──丁春秋固然是惡人，但他的極端為我而殺人，岳不群是偽君子，但他為滿足私慾而誅殺同道，當然也有他們的道理。義的闡釋權在他們自己手中。不用說，在野史邏輯那裏，人是可以自立的。兩家之義的結果都是以殺止殺，不但不能杜絕殺，反而使殺越來越多，恩仇也越來越有更大的波及面──胡、范、苗、田四家的百年恩怨、仇殺，只是驚心動魄的一例（《雪山飛狐》）。

　　佛學在金氏創作中是為化解恩仇／殺伐而出現的，這當然也可以看作金庸為了自身需求對佛教理論的斷章取義。簡單地說，金庸的小說對佛學的需求僅僅是「四大皆空」和「慈航普渡」的並舉。佛學稱道的三法印「諸行無常，諸法無我，涅槃寂靜」，用佛自己的話說則是：「凡所有象，皆是虛妄，若見諸想非想，即見如來。」[3]在「無常」、「無我」的「涅槃」面前，一切都是虛妄，都是假相，只有有見於此，才能真正算得覺悟（「如來」）；能夠參悟到「空」，即是無上智慧。佛說：「一切有為法，如夢幻泡影。如露亦如電，應作如是觀。」[4]龍樹對此有過精當的闡釋：「眾因緣生法，我說即是空，何以故？眾緣具足，和合而物生，是物屬眾因緣，故無自性；無自性、故空。」[5]包括「自性」在內的一切都有如「夢幻泡影」──當然，在佛眼中，連「夢幻泡影」也是沒有的，只不過名叫「夢幻泡影」罷了；那麼，天理、王法、道、私心、情欲、財物、王權、甚至兼愛，一句話，恩仇及由此而來的殺

---

[3]　《金剛經》。

[4]　《金剛經》。

[5]　龍樹《中論》。

伐本身都是不存在之物，是假像，根本就不應該放在心上。所以佛家一向將貪、嗔、癡作為毒物看待，就是說在一切皆虛妄面前，根本不必如此誇張。可酷愛吸毒正是我們這些喚作兩腳獸的人的天性啊。關於這一點，「四諦說」中的苦諦、集諦、滅諦、道諦等等說法，已經給塵世中人指示出覺悟的路線。由此出發，佛家才把破「人執」、「我執」作為重要一環，為的是對萬事萬物千萬不必懷有常駐之心。

惡徒裘千仞殘殺無辜、賣友賣國，在洪七公的教訓下，突然羞愧難當準備跳崖以求自絕之際，一燈大師救了他，並在他耳邊說了幾句話，頓時讓裘千仞滿頭大汗，如夢方醒，遂跟隨一燈大師學佛，以求覺悟（《射雕英雄傳》第三十九回）。但「三毒」在他身上已經四處流布，要想徹底了結並斷送「三毒」並不是輕易而舉之事。裘千仞後來在一個古廟裏毒性發作，雖戴有幫其戒「毒」的鐵鏈腳鐐，仍是毒火攻心四處打殺，直弄得古廟塵土飛揚。當他打了師父一燈大師一掌後，看到師父滿面慈祥時才有所覺悟。但毒性仍未徹底褪去。當黃容等人在絕情谷與其妹裘千尺進行生死搏殺時，他時而想出手救援，時而又有所覺悟不願相幫（《神雕俠侶》）。在金庸如此翻手為雲覆手為雨的支配下（或敘事中），毒性的厲害，破人執、我執、參透四大皆空的難度清晰可辨。

佛說：「愚癡不善，惡邪心故，多犯諸戒及威儀法。若欲除滅，令無過患，還為比丘具沙門法，當勤修讀書等經典，思第一義甚深空法，令此空慧與心相應，當知此人於念念頃一切罪垢永遠無餘」。[6]裘千仞是否已經真正覺悟，我們難以斷言，但金庸的命意卻是昭然的：不管在正史邏輯之義和野邏輯之義看來裘千仞如何該死，在四大皆空的法眼中，裘千仞不過是一具不具實相的「假名」；也不管正史邏輯的家族中心主義和野史邏輯中為我之私慾看來，裘千仞如何應該幫其妹擊退黃蓉，但在佛家大法的隻眼中，一切恩仇都是虛妄的，恩仇導出的殺伐

---

[6] 《普賢經》。

也因此不必當真。慧能偈語說：「兀兀不修善，騰騰不造惡，寂寂斷見聞，蕩蕩心無著」。[7]一切恩仇／殺伐還有什麼可說的呢？

大漢中心主義一向是正史邏輯導出的義的主要成份，許多武俠小說名家曾以民族衝突為調味品來提高武俠小說的品味，想使恩仇／殺伐有更深厚的心理震撼力。所謂「非我族類，其心必異」，[8]也是金庸從前奉為圭臬的。但到了《天龍八部》裏，情況就起了重大變化。

丐幫幫主喬峰從小受的是北宋年間以儒家為主的漢人文化教育，這使他確立了一套堅強的正史邏輯規範，大漢中心主義、「夷夏之辨」自然是其中的重要內容。他本人在血緣上卻無可奈何的是一個與漢人為敵的契丹人。真相大白時，原先忠於他的丐幫弟子不免要殺他而後快；他為了給自己辯護，不惜殺人洗誣；但仍洗不了血脈上的契丹身份。作者通過對喬峰的描寫，徹底揭露了大宋與契丹之間相互仇殺、死人無算的悲慘境況。這樣，就把問題推到了正史邏輯本身：夷夏之分難道真的就等於正邪之分？按照大漢中心主義的思維邏輯，喬峰作為契丹人，忠於自己的血統而向宋人刀斧相向不也有同樣的道理麼？

正史邏輯是解決不了由自身帶來的矛盾的，金庸引進的佛禪起了莫大的作用。小說中的智光大師對此曾說：「萬物一般，眾生平等。聖賢畜生，一視同仁。漢人契丹，亦幻亦真。恩怨榮辱，俱在灰塵。」在中國傳統文化的圈子內，恐怕能開出最佳藥方的，也就只有智光大師的佛偈那一類的東西了。

在以殺止殺的兩種「義」眼中，蕭遠山、喬峰父子和慕容博、慕容復父子幾十年的恩仇是絕對應該用殺伐來解決的，只不過誰更應該殺誰，兩種「義」的口徑不一。站在正史邏輯之義的立場，蕭氏父子是契丹人，正是我大漢（書中的大宋）宿敵，何況蕭家父子武功高強，

---

[7]　《壇經・宣詔品第九》。

[8]　《左傳・成公四年》。

屢屢取我同胞性命,從大漢中心主義立場出發就當然該殺。韓愈說:「天者,日月星辰之主也;地者,山川草木之主也;人者,夷狄禽獸之主也,主而暴之,不得其為主之道也。是故聖人一視而同仁,篤近而舉遠。」[9]一向以超脫自命的蘇東坡卻反駁道:「夫聖人之所為異乎墨者,以其有別焉爾。今愈之言曰『一視而同仁』,則是以待人之道待夷狄,待夷狄之道待禽獸也,而可乎?!」[10]蘇軾當然認為「不可」,這就更為蕭氏父子之該死找到了人人得而誅之的理論根據。不僅如此。慕容博父子為自己的家族利益出發也該殺了蕭家父子;但反過來看,蕭遠山父子為了自己家族利益殺了慕容博父子,又有什麼不對的呢?要知道,讓老蕭妻亡子離的正是這個老慕容!

站在野史邏輯之義的立場,喬峰也絕對應該殺了慕容博,因為畢竟喬峰是條頗具兼愛色彩的好漢,他有權誅殺惡人替天行道。在這公說公有理,婆說婆有理的處境面前,金庸沒有讓他們各自擁有的義再相互衝突下去──雖然已經在小說中衝突了好幾十回的篇幅──而是隆重地推出了一個在寺廟裏掃地的枯僧。該僧人能隨手將武功蓋世的蕭遠山、慕容博鎮住,並說他們為了報仇雪恨,潛入少林偷學功夫,卻因為「毒」火攻心,已經走火入魔(《天龍八部》四十三回)。這個隱喻的意義在於:蕭遠山、慕容博雖然武功蓋世,但參不透四大皆空、一切都為虛妄假相的「道諦」才走火入魔,其結果也是自取滅亡──不是毒火攻心而死,就是被對方殺死。而起因皆在執著於無妄的恩仇。金氏的智慧似乎讓他找到了正史邏輯和野史邏輯之義在劇烈的互相衝突中的仲裁者。但蕭遠山、慕容博聽從掃地枯僧的話了麼?很顯然,對一個個三毒攻心、仇恨至上的兩腳獸來說,在他們參透萬法皆空之前,什麼佛家說教對他們僅是對牛彈琴。事實正是如此──

---

[9] 韓愈〈原人〉。
[10] 蘇東坡〈韓愈論〉。

蕭遠山咬牙切齒的道：「慕容老匹夫殺我愛妻，毀了我一生，我恨不得千刀萬剮，將他斬成肉醬。」那老僧道：「你不見慕容老施主死於非命，難消心頭之恨？」蕭遠山道：「正是。老夫三十年來，心頭日思夜想，便只這一樁血海深仇。」（第四十三回）

　　蕭遠山和慕容博情形如何我們容後再說，現在再來看看小說中的情愛引發的問題。正史邏輯雖然也尊夫婦（比如《易》），但並不是從兩情相悅的愛情出發：它是反對情愛而只提尊卑的（所謂夫妻有倫、夫為妻綱）；與此相反，野史邏輯的兼愛一極極端贊成情愛，為我之私一極也同樣在邏輯上提供了這種可能性：蕭遠山為妻報仇凡垂三十餘載就很有說服力。情愛的裂變也能產生恩仇，蕭遠山同樣做出了榜樣。從野史邏輯的義出發，金庸極度張揚情愛，並由此給正史邏輯的大義抹了黑，但他同時也看到了野史情愛之義帶來的弱點：天山童姥、李秋水為愛情爭風吃醋，終成一世恩仇而同歸於盡（《天龍八部》）；武三通為情成癡，終日瘋瘋顛顛；李莫愁為情所累，終於去愛成恨，誅殺昔日情人滿門；楊過、小龍女身中情花劇毒，稍一念生，即渾身劇痛（《神雕俠侶》）……

　　金庸把這一切均歸之於情花之毒。這是他的深刻發現。金氏創作越到後期，也便越沒有了郭靖、黃蓉那種雖歷大難卻終成眷屬的美滿愛情，三轉兩轉便直接把情愛點化為恩仇，要在兵刃拳腳上來一翻生死離別──從正史邏輯和野史邏輯看來，不論起因如何，只要有了恩仇一劫，各自都有了殺伐的理由。這中間的矛盾單靠上述兩種義本身是無法化解的。或許也是金庸鎮日裏與生死殺伐打交道，最終厭惡了生死殺伐之故，他也從四大皆空出發，為愛情引發的恩仇指示了一條解脫路徑。

　　佛說：「庵婆羅女今來詣我，形貌殊絕，舉世無雙，汝等皆當端心正念，勿生著意。比丘當觀此身有諸不淨，肝膽腸胃心肺脾腎屎尿膿

血充滿其中，八萬戶蟲居在其內，鬚毛爪齒，薄皮覆肉，九孔常流，無一可樂」，「又其死時膨脹腐爛，節節支解，身中有蟲而還食之……世人愚癡，不能正觀，戀著恩愛，保之至死，橫於其中而生貪欲，何有智者而樂此耶！」[11]佛的話讓我們想起了波德賴爾描寫的那位死後被蛆蟲吻吃的美貌情人。不論是大乘的「我法皆空」，還是小乘的「我空法有」，都改變不了四大皆空眼中塵世諸相盡皆虛妄的特質，那麼，不獨情愛是空，由情愛引發的恩仇該又是從何說起。因為你愛的美人在佛眼中頂多只是一堆即將腐爛發臭的屍骨。

　　情花之毒是個象徵。獲不得愛情的人難免中毒，獲得愛情的人就不中毒了麼？張翠山、殷素素夫婦雖然恩愛卻終於自刎而死，從終極的意義上說，也是中了情花之毒。金庸在寫胡斐的愛情時有神來之筆。他讓雖然渴望愛情，但早已看透了愛情的年輕姑娘袁紫衣（「緇衣」的諧音）早早出家，斷送了胡斐的癡毒。但這又何嘗不是救了胡斐？段正淳四處留情，千金遍天下，其子段譽卻並非他的兒子，而是夫人為了報復他的四處留情與人私通的成品，可憐他直到咽氣也參不透此中過節。金庸對段正淳是手下留情的，沒有讓他瞭解真相（《天龍八部》）。而自封美人的馬幫主之妻，因喬峰對她的美貌沒有留心而不惜設計掀起武林的血雨腥風，則是金庸有意為之並且是不留情面了。

　　手下留情也罷，有意為之也好，都不重要，重要的是，平等、恩愛甚至不乏放縱的愛情雖有違正史大「義」而合於部分的野史之「義」，仍終不免情花之毒；情花之毒也是佛家三毒中的一種。金庸絕不反對愛情，即使是在《天龍八部》中，早已參透愛情恩仇性質的金庸，還是讓段譽與王語嫣終成眷屬，同歸大理國；他要反對的只是情、毒。段譽一心向佛而又不忘愛情，恐怕就是金庸頗具特色的佛法愛情觀了吧？段譽與王語嫣手拉手的親密神態，就是這一愛情觀最鮮明的意

---

[11] 《涅槃經》。

象，也是金庸用佛法來解救自身敘事緊張感的戰利品之一。金庸終於用四大皆空的佛家大法，化解了或批判了情花之毒。而像袁紫衣那樣早早破除情愛之毒者，少之又少，是不是也說明四大皆空的說教有其局限性並非萬能沖劑呢？

佛祖偈云：「我今亦生死，而不隨於有，一切造作行，我今欲棄捨」。[12] 勘不破人執、我執、看不透又「棄捨」不了的人實在太多。正史邏輯從天理出發，大倡「君子喻於義」，痛斥「小人喻於利」，野史邏輯則稱對利的追逐恰是為我盛宴之真諦。兩者交鋒固然也挺慘烈，但也並非無路可逃：假如引進萬有皆空的佛學觀念的話。追逐利益，正是貪，貪恰好是三毒之一。《連城訣》看起來是寫武，其實是寫財與貪；看起來是寫財與貪，實則落腳處卻是佛。為了價值連城的財寶，武林中人互相殺伐，子戕父有之，師滅徒，徒殺師有之，父殺女，官殺民更不待言，黑道白道甚至身為官府的紅道也參雜其中，最後齊集於藏寶處的眾人終於發現了一座巨大的金佛。金氏或許是有意這麼寫的！金佛正是一個象徵。佛像用悲天憫人卻又看透眾生和世間萬物的眼光，冷眼打量著這群被貪毒攻心的混球。但他們根本不懂得這尊佛像的意義。

「咒詛諸毒藥，所欲害身者；念彼觀音力，還著於本人」。[13] 貪是被「咒詛」的「毒藥」之一，而為之發瘋者卻不在少數。正史邏輯所轄的大義和對於野史邏輯所鼓勵的為我之私慾雖然衝突，但根本無力控制。金氏搬出了佛家萬法空有的說教，豈能阻止這夥根本就不信此中真義的妙人！他們終於為財寶發瘋了：因為佛像上塗有毒藥。金氏在這裏隱隱透露出了一點：只有滅去一切妄想，即可在佛前立地成佛，甚至成為佛像本身；而如果順著野史邏輯的命令前進，發瘋就是必然的。「嗟予落魄江湖久，罕遇真僧說空有。」就這個意義而言，裘千仞

---

[12] 《涅槃經》。

[13] 《觀音經》。

時因嗔毒發作而迷失心性作河西獅吼狀，與在佛像前發瘋的這班人相比，又有什麼區別呢？

　　正史邏輯為了最高的天理規定了唯一一個主格的我而生成「義」，野史邏輯因為在天志面前人人平等並從為我之私利的角度，導出有極端個人主義性質的「義」，這兩種義雖然有不可調合的矛盾，雖然在武俠小說這類特殊品種中總以恩仇／殺伐的模式出現，雖然矛盾雙方都各有各的道理，誰也說服不了誰，而且是誰也打敗不了誰，在四大皆空的法眼中，卻都是勘不破人執、我執的紅塵謬種。正史邏輯的大漢中心主義、家族中心主義，反對情愛和財利也罷，野史邏輯的反大漢中心主義、反家族中心主義，張揚情愛和財利也好，都是因為過於執著才導致了血雨腥風。金庸於萬般無奈之下才端出的「孤筏」，就目前而論，它的四大皆空一極在化解正史邏輯與野史邏輯的衝突及其各自本已的衝突時，能力是十分有限的。難道號稱萬能的佛禪也無能為力了麼？

慈航普渡

四大皆空只是金氏「孤筏」上的一葉槳，此外還有另一葉槳，喚作慈航普渡。——以悲天憫人的大愛來化解人世恩仇。我們頗有些奇怪：既然已經四大皆空了，萬事萬物在佛門法眼看來只是一個個空洞的「假名」，自度和度他、自覺與覺他又有什麼依據和意義呢？我們從中找不到四大皆空與慈航普渡之間的邏輯承傳。正宗的佛門教義對此二者之間的關係如何分解、演義，我們不去管他；有意思的是，金庸在號稱博大精深的佛門只搜取了這兩個寶貝，不能說沒有深意。

四大皆空的說教畢竟不是人人都能信、都覺可信和應該信的。事情很簡單，正史邏輯導出的恩仇／殺伐模式是建立在血緣家族基石上的，更有著不可比擬的現實意義；野史邏輯獨特的恩仇／殺伐模式卻出自人的本性，它的堅固性有如萬里長城。我們覺得奇怪的還不止於此。慈航普渡不就是愛麼？兼愛連對野史邏輯中為我的盛宴都不能進行有力控制，當然對正史邏輯的恩仇／殺伐也不會有更多的力量，慈航普渡就能完成上述一切？

金庸似乎明白個中變故。兼愛出自有問題、值得懷疑和無法得到解釋與論證的「天」，慈航普渡則出乎佛家教義的起點——萬緣皆苦、四大皆空，以及佛家教義的終點——成無上佛果。起點要求勘破人執、我執，視萬有為空名；想要達到無上果位，就必然需要仲介。這仲介在佛徒看來至少有二，一是苦修，二是渡人。渡人是另一種形式的苦修，它可以增加修者的功德，使他們能儘早成佛。這就是俗語說的「救人一命，勝造七級浮屠」。而「我佛慈悲」更是掛在眾多沙彌、比丘嘴邊的口頭禪，其實說的也是這個意思。佛說：「汝等從今日，乃至盡形

壽，長幼互相教，行此中上法」。[1]「長幼互相教」就是悲天憫人的覺他、度他的形式之一。墨家的天是有問題的，也並不足信；它的終點是要找到一個墨家烏托邦（即江湖烏托邦，隱喻意義上的夜晚），在這個世界中盡可能地掃除極端的為我之盛宴，而又不泯滅個體。這原本不錯，但問題出在其恩仇／殺伐模式的越殺仇越多的弊端上，這就一下子為墨家與烏托邦臉上抹了黑，是否可信也就成了問題。

佛家不同。人世（事）皆苦是人人都認可的，不再需要引經據典加以證明；四大皆空不僅起源於人世皆苦，[2]而且是建立在人的生死輪迴基礎之上。在死面前，一切還有什麼意義呢，因此很能對人產生誘惑力。更重要的是，它指出了一條修行的路徑，能在大徹大悟中找到超越生死的法寶。起點和終點對人的誘惑力，起點和終點道出的似乎更加可信的資訊，看起來使慈航普渡有了經驗的和超驗的雙重意義。

四大皆空只有和成無上果位連起來才較為可信──金庸就是這麼做的──，慈航普渡只是這二者的一個環節或仲介；慈航普渡也由此的確有了較之單純在天志面前講兼愛更多一些的現實意義。不管正宗佛經是否會認為這只是野狐禪，它卻差不多正是金庸要尋找的佛禪。金庸屢屢在小說中引用或化用佛祖剮肉救兀鷹嘴邊的小生靈，甚至不惜跳上天平以求和那小生靈一樣重的故事，就很能說明慈航普渡的意思。武俠名家臥龍生在《七絕劍魔》中借少林無量法師的口說：「老衲因靈慧不足以閉關自修，才奉命在紅塵積修善功。」這也同樣道出了金氏對佛禪的幾乎全部看法。

蕭遠山父子和慕容博父子在少林寺那間禪房裏，面對掃地枯僧四大皆空的說教，不屑一顧。蕭遠山說：老夫二十年來，心頭日思夜想，

---

[1] 《涅槃經》。

[2] 佛家認為塵世人生一切皆苦，並從現實生活中抽象出八種苦來作為其證據：生苦、老苦、病苦、死苦、求不得苦、愛別離苦、怨憎會苦、五蘊熾盛苦等。苦的產生，佛家以為源於要求支配一切、佔有一切的欲望，而欲望是無所不在的。欲望即無明。

便只是這一椿血海深仇。四大皆空對此輩恩仇中人用處不大。金庸的
神來之筆是，老枯僧施展出從未顯露過的絕世功夫，輕輕一掌就結果
了慕容博的性命，然後那老僧說：

> 「蕭老施主，你要去哪裡，這就請便。」蕭遠山搖頭道：
> 「我……我卻到哪裡去？我無處可去。」那老僧道：「慕容
> 老施主是我打死的，你未能親手報此大仇，是以心有餘憾，
> 是不是？」蕭遠山道：「不是！就算你沒打死他，我也不想
> 打死他了。」那老僧點頭道：「不錯！可是這位慕容少俠傷
> 痛父親之死，卻又要找老衲和你報仇，卻如何是好？！」蕭
> 遠山說道：「……慕容少俠要為父報仇，儘管來殺我便是。」
> 歎了口氣，說道：「他來取我的性命倒好……」那老僧道：「慕
> 容少俠倘若打死了你，你兒子勢必又要殺慕容少俠為你報
> 仇。如此怨怨相報，何時方了？不如天下的罪歸我罷！」說
> 著踏上一步，提手一掌，往蕭遠山頭上拍將下去。(《天龍八
> 部》第四十三回)

　　枯僧當然也了結了蕭遠山。這就是老和尚對「我不下地獄誰下
地獄」的活生生演義。他精當地揭示了正史邏輯和野史邏輯之義與
恩仇／殺伐模式在蕭遠山、慕容博兩家身上的相互對立，那就是公
婆各有理以至於怨怨相報何時方了的殺欲。蕭遠山、慕容博這兩個
世仇之子──蕭峰和慕容復──現在竟開始同仇敵愾地對付枯僧，
儼然成了同一個戰壕裏的革命戰友。但老僧卻讓兩具「屍體」雙手
互握：

> 那老僧喝道：「咄！四手互握，內息相就，友陰濟陽，以陽
> 化陰，王霸雄圖，血海深仇，盡歸塵土，消於無形！」蕭遠
> 山和慕容博的四手本來交互握住，聽那老僧一喝，不由得手

掌一緊，各人體內的內息向對方湧了過去，融會貫通，以有
餘補不足，兩人臉色漸漸分別消紅褪青，變得蒼白；又過了
一會，兩人同時睜開眼睛，相對一笑。……那老僧道：「你
二人由生到死，由死到生的走了一遭，心中還有什麼放不
下？倘若适才就此死了，還有什麼興復大燕，報復妻仇的念
頭？」（《天龍八部》四十三回）

　　兩個老仇人冰釋恩仇，也便無事無干，乾脆做了和尚。的確，在死
亡面前，一切都是空的，可並不是每一個聽從兩種恩仇／殺伐範式的
人，都能有幸在生死圈上走一遭以求大徹大悟；蕭遠山、慕容博是幸運
的。更讓人感興趣的是老僧那種甘下地獄，以生命點化他人覺悟的慈悲
心腸──喬峰和慕容復都是當世高手，他們的拳腳是齊施在老僧身上並
讓他「口吐鮮血」的。我們說過，僅僅四大皆空並不能阻止蕭、慕二人
的仇恨；四大皆空一旦與慈航普渡連起來，在有些人那裏，就有了足夠
的威力。兩個生死仇家那間禪房裏的經歷，是將四大皆空與慈航普渡
連成一線的活鮮鮮意象。一切皆空，是仇人們的大徹大悟；慈悲度人，
也就是以佛法大義化解雙方的恩仇／殺伐，不也是大徹大悟之人的舉
止麼？就此而言，慈航普渡是成功的；這也是金庸在厭惡了看似多種
多樣實則千篇一律的仇殺，又萬難找到解決方法時，拼命找到的法寶。

　　《俠客行》被譽為一部奇書，[3]奇就奇在金庸完全是在圖解他心目
中的佛家大法（更準確地說是大乘佛教教義）。主人公「狗雜種」本是
個乞兒，但他天資聰穎，對人對事毫無機心，在一系列誤解和巧合的
幫助下，他這個毫不識字的人終於當上了長樂幫的幫主。這個幫主之

3　陳墨說：「《俠客行》是一部文學傑作。這部奇絕深刻的小說傑作，不僅是
　金庸小說中的最好作品之一，也不僅僅是武俠小說世界中的卓爾不群的奇
　葩，而是足可與世界上任何形式的文學傑作──當然包括了純文學或雅文
　學──相比較而毫不遜色。」（陳墨《金庸作品賞析》，百花洲文藝出版社，
　1995 年第 287 頁。）此說肯定有些誇大，但也足以表明了部份論者的看法；
　似可作一參照。

位是建立在他與前幫主石破天長得奇象的基礎上的；但長樂幫眾讓他當幫主，目的是為了讓他代表全幫去俠客島受死。當狗雜種知道真相後，不但沒有怪罪長樂幫眾，而且自告奮勇要上俠客島去吃據說大有奇毒的「臘八粥」。

這個毫無文化、毫無機心也毫無貪欲的人，表現了金庸眼中那種慈悲為懷的佛法大義。不過，情形似乎還要特殊一些。這個叫狗雜種的人物是個連善惡、恩仇都不明白的「真人」，活脫脫一副伊甸園中未吞智慧果之前的亞當。然而，不明白善惡，不去分辨恩仇，不正是金氏牌佛法的本真涵義麼？萬物皆空也就必然要求恩仇盡空、善惡盡歸塵土，本著這樣的宅心做事，正是在不自覺地憑天性行慈航普渡之意。因此，狗雜種不論在遇到惡人、壞蛋甚至要取他性命之人面前，都坦然處之，都把對方當作普通人，甚至好人、善人。以至於後來人人不是奉他為信人甚至朋友，就是稱他為可以隨意欺負的蠢豬、傻蛋。當他上了俠客島時，才發現人人都在洞中參悟至高武功，而武功圖譜則是刻在石牆上的李白大作《俠客行》。幾十年上得島來的武迷們雖根本無法參悟出什麼明堂，但因為貪戀武功，沒有一個願意離島返家（這也是俠客島之所以讓不明真相者聞風喪膽的原因——他們以為上了俠客島就註定死路一條）。

狗雜種卻對武功毫無興趣。他既無善惡之念，也就當然沒有恩仇之實，自然就用不著勤學什麼功夫去報子虛烏有的恩仇。但金庸又讓他在毫無駐心之間參破了無上玄機，獲得了人人都夢寐已求的至絕功夫。這完全因了他的文盲身份。同為文盲的慧能曾說：「若大乘人，若最上乘人，聞說金剛經，心開悟解，故知本性自有般若之智，自用智，常觀照，故不假文字」。[4]別人都在字中求解，狗雜種卻無意中又弄懂了慧能的教導，僅僅從字的筆劃中就找出了與身體相對應的穴道，因而也練成了神功。這就是禪宗所謂見性成佛，直指本心，不立文字，教外別傳。狗雜種活脫脫一副慧能的金庸現代版。

---

[4]　《壇經·磐若品第二》。

不過，更深層的也許倒在於他的毫無機心，宅心寬厚。早在《射雕英雄傳》中，一燈大師對前來就醫的黃蓉、郭靖這對小情人說，郭靖宅心寬厚，將來必有大成。到了晚近作品裏的狗雜種身上，完全是這個意念的演義了。狗雜種較之郭靖的特殊之處在於他是個沒有善惡／恩仇觀念的人，即便對從小虐待他的女魔頭，他也心懷愛意。從玩笑的角度說，狗雜種簡直就是密宗所謂當世成就的佛了。

狗雜種和從小虐待他的女魔頭可成一比。女魔頭因為愛情不得──也就是佛家所雲的「愛別離苦」──搶走了前情人的兒子拿來虐待，並呼之為狗雜種。女魔頭武功高強，但終於身陷佛教所謂的三毒而又參不透佛學所倡的四大皆空，終不免在滿腔仇恨和淒苦中鬱鬱歸天。她有愛心，但僅止於情愛，這恰恰是野史邏輯要鼓勵、金氏牌佛學要掃蕩的東西。問題還在於她一旦得不到愛情就要報復以求一快，直接將愛而不得點化為恩仇／殺伐範式，這恰又是野史邏輯支援，正史邏輯騎牆、金氏牌佛學要徹底圍剿的。她也是個身中情毒之人。狗雜種雖然飽受其苦，但終生都在懷念著她；他不明白個中原委，即便明白估計也不會生出仇恨，因為在金庸筆下，該狗雜種據云是位宅心仁厚以致於不通善惡、不辨恩仇之人。事情十分明顯，女魔頭後來屍骨無存，狗雜種卻能獲得無上功夫，並伴有無仇無怨帶來的快樂，兩相對照，金氏的命意呼之欲出。

狄雲在價值連城的金佛像前，對財寶不屑一顧；他之所以也隨尋寶大軍來到此地，是因為想趕到這裏來看望師父──因為他是在此之前不久才知道傳說早已喪命的師傅還活著，還在為財寶費盡心機。師父戚長髮是愛財勝過一切之人。在金庸筆下，戚長髮對財寶的貪婪表現完全可以用一首民謠來形容：「奪泥燕口，削鐵針頭，刮金佛面細搜求，無中覓有。鵪鶉嗉裏尋碗豆，鷺鷥腿上劈精肉，蚊子腹肉剜脂油，虧老先生下手！」[5]戚某以為徒弟狄雲也是這個意思，並突施殺手要搞掂狄雲。即便如此狄雲還是勸說師父不要貪財！他妄圖以愛來點化師父。金氏的

---

[5] 李開先編《一笑散‧醉太平》。

命意雖然有些躲閃，但我們仍不妨大膽作一推測：那尊佛像本身就是一個巨大的象徵，它是金庸專門為狄雲和貪財的師父以及尋寶大軍高設的。從隱喻的維度看，狄雲就是那尊佛像，他就是現世佛；但師父對他的慈悲心腸棄如敝帚。狄雲絕望了，眼睜睜地看著他師父身中佛面上的毒藥而發瘋、而死。這正是冷靜的金庸，他向我們指出，並不是每一個人都能聽從佛法慈悲的，也並不是每一件受正史邏輯與野史邏輯支配並且有衝突於其上的恩仇事件，都可以被大慈大悲的佛法化解。

現在我們只說佛禪在金庸小說中成功的一面，不成功的一面留待下文去說。[6] 段譽一心向佛，對大理皇位毫無興趣並且深以為苦，但他還是做了皇子，臨正式登基只有一步之遙；虛竹對武功無分毫愛好，也是引以為苦，他一門心思想當個少林沙彌，但他在完全出乎意外的情況下身著絕世功夫；喬峰因為沒留意馬夫人的自恃美貌，遂被此婦設計搞得四處奔波，身無所寄⋯⋯這當然是苦，也是《天龍八部》在創作邏輯上的起點。金庸借此想告訴他筆下所有在正史邏輯和野史邏輯支配下採取恩仇／殺伐模式而無力自拔的人物們：看吧，什麼都是苦，只有空才是實有。《法華經・提婆達多品》說：「天龍八部，人與非人，皆遙見彼龍女成佛。」金庸對此的解釋是：「『非人』是貌似人而實不是人的眾生。」[7] 這很有道理。不過，更具體的說法在這裏：「非人」是沒佛性之眾生，是沒有窺破萬物皆苦、四大皆空這些人生本質的畜類。人也是可以成為畜類的，人也可以成為非人。

《天龍八部》在創作邏輯上的終點則是慈航普渡，要求以慈航普渡上承四大皆空，下接覺悟而成就果位。但果位一說金庸並不看重：佛法的出現，本身就是為緩解兩家「義」導出的不同恩仇／殺伐模式間的衝突。段譽、喬峰、虛竹的慈愛之心，老僧人的精闢點化，讓慈

---

[6]　本書認為，佛禪點化恩仇為虛無，其能力也是有限的，它同樣是從人的本性來對人進行外在約束，而在人的本性面前同樣能力低下。

[7]　金庸《天龍八部・「天龍八部」釋名》。

航普渡成了活鮮鮮的意象，這些人物身上也由此分有了慈航普渡的聖潔光輝，眉宇間也沾染有大愛的氣質。

　　一切幾乎都是這樣。金庸帶領我們領略了血腥的殺伐後，又帶領我們登上了「孤筏」。我們搖動著那兩葉槳，在兩種邏輯弄出的深淵中艱難劃動，不時有譏笑、疑問拋來，甚至不乏兵刃、刀劍，但我們知道，死亡預示了一切都有可能是無意義的，是空的，一切殺伐，包括譏笑、疑問只剩下空空如也的名號。但我們仍在金庸的帶領下走在空空如也的萬物的軀殼邊，想跟他一起去用大愛化解一切恩仇。也許有朝一日，金庸也會厭倦的，我們也會，喬峰們更會。四川新都寶光寺的佛像前有一付對聯說：「出家人法無定法，然後知非法法也；天下事了而未了，何妨以不了了之。」這是金庸暫時還不願意的，我們也不願意。我們寧願殘忍地看到他的「孤筏」被吞沒，也不能陽萎早洩般地「不了了之」。這就是金庸的脾氣，也是慈航普渡的凜性。T.S.艾略特在《荒原》的結尾中說的話，對金庸筆下那些墜入紅塵、身陷兩種邏輯導出的恩仇／殺伐模式之中茫然不知所措，而又斷然行動的東西比如丁春秋、李莫愁、岳不群、戚長髮，甚至楊過、小龍女、郭靖等等都適用，這是一個西方人從他眼中的「佛理」出發，為這幫傢伙開的處方，但願金庸不會認為他開錯了：

> 我什麼時候能像燕子──哦燕子燕子
> 阿基坦王子在荒原的塔樓裏
> 我用這些片言隻語支撐我們的廢墟
> 好吧，我就迎合你們！希羅尼莫又瘋了
> 捨予。同情。克制。
> 平安。平安。平安。[8]

8　Shantih 在此重複，這是每一部《奧義書》的正式結尾，此詞的意義大約可譯成「超出一切理解的安寧」(參閱《T.S.艾略特詩選》，四川文藝出版社，1988 年，第 49 頁趙毅衡注 6)。

三重世界

　　從看似通俗、粗鄙的武俠小說角度，金庸已深刻地構築了三重世界：正史世界、野史世界和佛禪世界。佛禪世界是為了解決正史世界和野史世界難以避免、難以平息的衝突出現的，也是正史世界和野史世界各自內部衝突的可能性解救路徑。這正是金庸的高明和深刻之處：他從難入許多正經、高貴學者和文人法眼的武俠小說這個特殊角度，有意或無意地為中國文化摸了一把脈。

　　十分有趣的是，金庸的作品基本上是把時空置於宋朝以後（包括宋，比如《射鵰英雄傳》、《天龍八部》）；而宋以後，正是中國文化中三重世界真正意義上同時共存的時空段落。這僅僅是巧合嗎？當然，金庸建構自己的佛禪世界並不是原教旨意義上的，首先是基於他已構造的野史世界和正史世界；在這個特殊情況下，化解恩仇／殺伐，也僅只需要四大皆空、慈航普渡就行了。我們不能不說金庸順著中國傳統價值文化的慣性作用，走向了相當成功的地方：至少有蕭遠山、慕容博的國恨家仇化於無形，狗雜種泯滅恩仇並在無意間竟成絕世高手這樣的成功戰例。

　　由於三重世界的三峰並立，人物的身分組合、構成，也不同於以前的二元世界（即野史世界和正史世界）。在正史世界上，人物的遊走僅僅聽從正史邏輯的支配，他們或為家仇或為國恨四下呼籲（比如郭靖、楊過、袁承志、陳家洛，甚至商寶震和張無忌）；野史世界呢？則人人爭為兼愛的盛宴、肉體的盛宴、為我的盛宴洗菜、切肉、貢獻調料，為的是有資格作個野史世界的順民，胡斐、丁春秋、李莫愁、狄雲、戚長髮甚至楊過、令狐沖就是絕好例證。在佛禪世界中，衷心擁護金庸牌佛學大意的則是虛竹、段譽、狗雜種、玄慈（少林方丈，《天龍八部》人物之一）等人。

　　有趣的或許還是於：佛禪世界的順民是用看破其他兩個世界的眼光去看待那兩個世界中人的。狗雜種就是一個好例子：謝煙客從私利出發百般欺騙他，他卻仍對謝煙客畢恭畢敬，言聽計從，誤以為謝是一片好心，搞得一向獨來獨往的謝煙客滿面慚愧；石清夫婦誤認他為自己的兒子，對他十分疼愛，狗雜種當然也挺感動，但當石清夫婦找到自己真正的兒子時，狗雜種也在極為短暫的憂傷後平靜如常，弄得石清夫婦也為自己的前熱後冷很不好意思。石清夫婦之所以愛他，是因為他們以為自己找到了血緣關係上的兒子，狗雜種雖笨，也參透了這一點。當狗雜種終於明白長樂幫眾擁自己當幫主，是為了讓他代表全幫上俠客島領死的真相後，狗雜種自高奮勇準備前去領死，對長樂幫眾毫無怨言，弄得長樂幫一干人慚愧不已……你能說在對狗雜種進行如此描繪的文字背後，一點也沒有滲透狗雜種那高高在上，卻又悲天憫人地看待其他兩世界子民的目光麼？

　　金庸的絕妙之處在於，他根本不讓人能輕易看出這一點。可問題是，從狗雜種活脫脫一副慧能當代金庸版的面孔上，到底還是露出了孫猴子的尾巴。神秀為衣缽傳承問題要殺慧能，慧能對他並無仇恨；惠明也要殺慧能，可「慧能盤坐石上雲：『不思惡，正與麼時，那個是明上座本來面目』。」[1]——居然用慈悲心腸為惠明講法，使其覺悟而去。這和狗雜種有什麼兩樣嗎？

　　三重世界在金庸晚近小說中的並存狀態，具體體現就是三類不同邏輯驅使下的人的不斷交流與對話。這種對話能夠體現在身處不同世界的不同人身上，這當然是一般情況，比如蕭遠山和慕容博就既是正史世界的人（蕭要報殺妻離子的家仇，慕容要復興他的大燕國；而且站在大漢中心主義立場，蕭剛好是我漢族同胞恨不得食肉寢皮的契丹狗），也是野史世界的人（他們都首先是以自己的私仇作為出發點），

1　《壇經‧行遊品第一》。

而作為點化、教誡他們的枯僧，則分明是佛禪世界中人了。最有說服力的還是三種不同世界在同一個人身上的並存。

少林方丈玄慈大師德高望眾，他誤聽慕容博之言，說契丹武士將要來我華土偷盜絕世武功祕笈，好訓練出一支能征善戰的軍隊，以便上陣廝殺時大占血肉便宜。玄慈站在正史邏輯立場，當即憑藉聲威召集同人去雁門關設伏，誤殺了蕭遠山妻子，令他們父子失散；他經不起情愛之火的襲擊，站在野史邏輯肉體盛宴的起跑線上，與後來成為四大惡人之一的葉二娘擁抱、相會於洞中，及至生下兒子虛竹；同時，他自知雁門關一役是誤聽人言後，就站在野史邏輯兼愛一極，找到未死的嬰兒喬峰（蕭氏後人）找人撫養，還派自己的師弟教他功夫。但後來這一切都被人揭穿了，玄慈勇敢地面對了這些罪業，要求執法僧本著佛家慈悲為懷的宗旨對他施以杖刑，並在挨打時不用神功護體，終於含笑喪命：他用自己的身家性命贖去了已犯的罪業；他只有用一死來抵銷一切，才能換回內心的平安。

玄慈是幸運的。但他最終是個真正的佛禪世界中人。我們不要忘了，他臨死前那含笑然而也是悲憫的眼神：這不僅是在警醒站在他面前仍執迷不悟的蕭遠山、慕容博，也是在對自己的過往生涯報以欣慰和憂傷。佛說：「過去心不可得，現在心不可得，未來心不可得。」[2]一切在他眼中都只剩下了假名，他以自己應被視為烏有的肉體之滅，為蕭遠山、慕容博之間的恩仇被化解奠定了最初的基礎，於此之上，才有禪房中掃地枯僧驚心動魄的最後化解。

《倚天屠龍記》裏張三豐對於正邪問題有一段妙論：「為人第一不可胸襟太窄，千萬別自居名門正派，把旁人都瞧小了。這正邪兩字，原本難分。正派弟子若是心術不正，便是邪徒，邪派中人只要一心向善，便是正人君子。」當然說得好。但在只有正史世界和野史世界並存的狀態下，正邪不兩立，卻是必然之事；正派中有惡徒（比如岳不

---

[2]　《金剛經》。

群），邪派中也有好人（比如曲洋，《笑傲江湖》），金庸也十分明白。
但是，壞人一定是什麼好事也沒做過的惡徒比如歐陽鋒、丁春秋、張
召重（《書劍恩仇錄》），好人則是一件壞事也未做過的赤金比如郭靖、
胡斐、張無忌，他們頂多在小節上有些小缺陷。邪派中的好人和壞人
亦屬此列：反正看不出曲洋幹過什麼壞事。正史世界和野史世界上不
論從誰的義作為準的出發，人物都不免是絕對二分的，正邪絕對性
都難保不是必然。[3] 實際的情況當然並不是金庸描述的那樣，金氏為
此也作過一些努力，以改變這一令人很不愉快的現狀，[4] 但正史邏輯
和野史邏輯本有的內在機制，又使他的這種想法在化為行動時不免太
過無能為力。只有到了三重世界同時並存的時候，情形才可望有根本
性轉變。[5] 當此之際，我們無法判斷四處行俠仗義、四處留情而又從
不撫養兒女的段正淳是惡徒還是正人君子（《天龍八部》），我們也不
能明確認定忽而殺人如麻忽而行俠仗義的謝煙客是好人還是壞蛋
（《俠客行》），我們甚至無法判定玄慈大師是何許人也，更不用說他
的情人——四大惡人之一——葉二娘了。葉二娘因為情郎是德高望眾

---

[3] 參閱本書第二、三章的有關論述。

[4] 比如在《射鵰英雄傳》中對惡人裘千仞由惡向善的描寫，在《倚天屠龍記》
中對惡徒謝遜的同樣描繪；而對正派弟子宋青書（武當派）由善向惡的刻
畫，在《神鵰俠侶》中對尹志平（全真派）由正向邪的記述，都屬此類。
但這種描寫成份極少並且各人物都不是主角。

[5] 在中國古代思想中，「三」是個極其有趣且神秘的數位，它既不同於單維的
「一」，又不同於相互對立、對應的「二」，它是「一」與「二」的結果，
通過它可以開出世界、萬物。《說文》：「三：天地人之道也。於文，一耦二
為三，成數也。」段玉裁注：「三畫而三才之道在焉，故謂之成數。」《淮
南子‧天文訓》：「道始於一，一而不生，故分為陰陽，陰陽合而生萬物，
故曰：一生二，二生三，三生萬物。」《史記‧律書》：「數始於一，終於
十，成於三。」「三」是兩個相互對立、對應之物的結果。《易》卦畫正是
「三生萬物」觀念的體現。《白虎通義‧封公侯》：王者立「三公、九卿、
二十七大夫、八十一元士，以順天成道」——則完全取三的倍數。可以猜
測，金庸很可能就是受到上述觀念的啟發，用三重世界的平衡來代替兩重
世界的對立、殺伐。

的方丈，始終不願吐露曾經與玄慈有過的相好經歷，那洞中的銷魂人生；當他們的兒子還在襁褓中就被惡人掠走後，葉二娘因為愛子心切開始染上喪心病狂的惡症：每天要吃一個嬰兒才能心平氣和。佛說：為善為惡只在一念心。但是，當葉二娘在少林寺的眾目睽睽之下終於得知自己的兒子就是虛竹，並且虛竹就在眼前時，她高興得快要瘋了；當她看到昔日情人玄慈大師勇敢承受少林寺的執法杖時，她堅決要求代方丈受刑，玄慈死於杖下後，葉二娘也馬上自刎而死：她認為是她勾引了方丈，害死了方丈。我們看到她這一輝煌舉動時，似乎能夠原諒她的作惡多端了。肉身已滅，夫復何求？金庸在敘事框架中給我們端出葉二娘這一類難辨真假、混淆正邪的人物，正是他的佛禪觀念給了他銳利的法眼。

佛對須菩提說：「汝等勿謂如來作是念：『我當度眾生』。須菩提，莫作是念。何以故？實無眾生如來度者，若有眾生如來度者，如來即有我、人、眾生、壽者。須菩提，如來說有我者，即非有我；而凡夫之人，以為有我。須菩提，凡夫者，如來說即非凡夫，是名凡夫。」[6]甚至連如來自身也難逃此劫：「如來者，無所從來，亦無所去，故名如來」。[7]這當然是極端的空無論了。金氏做不到這麼徹底，他所操作的具體對象也不允許他這樣徹底；但至少能讓他做到視恩仇為虛無，視正邪為空有。套用佛的話說就是：正史世界上的恩仇，即非恩仇，是名恩仇；野史邏輯上的正邪，即非正邪，是名正邪。

對金庸來說，情況的特殊在於，先有正史世界和野史世界實存的恩仇、正邪，才有佛禪世界的「隻眼」中的恩仇虛無和正邪空有；這樣或許才使武俠小說既不淪為徹底的滿紙殺伐，又不淪為陳平原所擔心的武俠小說的不復存在。在具體操作中，在敘事的具體運用上，金氏則將它點化為自己敘事及筆下人物眉宇間的空無氣質。玄慈在大庭

---

[6]　《金剛經》。

[7]　《金剛經》。

廣眾之前，以德高望眾之身份坦然受刑，坦然對著葉二娘滿面微笑，就是金庸伎倆的絕佳說明。一切都是空無，所謂的恩仇也就不存在，正邪更是從何說起？探究葉二娘是好人或是壞人，是好人中有惡人成份，還是惡人身份重而好人身份輕，又有什麼意思？佛禪世界在使眾生於虛無面前齊一後，保證了正邪、恩仇的非絕對性。這也能讓我們看出，張三豐的正邪妙論還停留在「有」的世界上，根本就沒有參透正邪烏有。

佛說：「若以色見我，以音聲求我，是人行邪道，不能見如來。」[8] 此處的邪已萬不同於其他二重世界上的邪了。張三豐停留在「有」的世界上的正邪妙論，不過是金庸早期創作中用來破正邪絕對性的方法罷了；自然，他並沒有成功。虛竹作為少林寺的小沙彌，歪打正著當上了惡人天山童姥的繼承人，童姥手下有一大幫對童姥怕得要命卻又時時為非作歹的門人，他們在恐懼心理的慣性作用下，對虛竹也是恐懼有加。但虛竹心中沒有什麼正邪的分別，他不會像孔夫子時常所說的那樣「不也正名乎」？他不。正是在這種視恩仇、正邪為無物的情況下，他手下的那幫惡人們才開始從原來的無惡不作，沒有一絲好人成份的傢伙轉變為正邪難辨的境地。

應該說，正邪難分、亦正亦邪本是人生常態，但金庸在小說中的思考告訴我們，這常態不是正史邏輯和野邏輯能夠恰當給出的。倒反而是「夷狄」之學的佛禪給予了我們這種眼光。對中國文化的博大精深來說，它想不想長歎一聲呢？

萬物皆空，萬物即非萬物，是名萬物；這並不是亦正亦邪，打破正邪絕對性、恩仇絕對性的唯一法寶。就佛禪世界來說，另一重要法寶則是慈航普渡的大愛。就破出正邪絕對性而言，大愛是與四大皆空相連的，雖然我們照舊不能確切地、合乎常理地找出其邏輯上的裙帶關係。但這正是金庸從號稱博大精深的佛門教義中巧取豪奪、為我所

---

[8] 《金剛經》。

需的實際情況，也許並不值得太過深究。不管蕭遠山、慕容博的恩仇
／殺伐在他們看來如何有道理，在掃地枯僧眼中，一方面它們是不存
在的，兩人中間也根本沒有好人壞人之分，這正是四大皆空、眾生齊
一的真實涵義；另一方面，佛的慈悲心腸則驅使掃地枯僧設法點化，
以超度他們到無正無邪、無恩無仇的彼岸——自然是反對《金剛經》
裏佛對須菩提的當面宣教。「是故種善，為後世糧」。[9]於是我們才看到
了金庸筆下驚心動魄的禪房華章。也正是在人愛的隻眼下，作者再沒
有將蕭遠山、慕容博寫成隻做壞事或只做好事的絕對人物，他們身上
的正邪夾雜，從他們的終極去向——皈依佛祖、泯滅恩仇——的角度
看，更顯透出深刻的意義。

　　當金氏以四大皆空、慈航普渡為雙翅，構築起他的佛禪世界而與
先前的正史世界、野史世界相共存時，他的整個作品系統也呈現出一
種更加讓人嘆服、更加斑駁陸離的景象，也徹底改變了看似難以改變
的好／壞、正／邪絕對對峙的中國小說傳統精神。

　　對此我們不用過多引證，只需回憶一下《儒林外史》、《水滸傳》
甚至《三國演義》就行了。蘇東坡說：「王彭嘗云，途巷中小兒薄劣，
其家所厭苦，輒與錢，令聚坐聽說古話，至說三國事，聞劉玄德敗，
頻蹙眉，有出涕者；聞曹操敗，即喜唱快。以是知君子小人之澤，百
世不斬。」[10]正邪的絕對性以致於「百世不斬」，真是奇哉怪也。魯迅
在盛讚《三國演義》之後，也曾精闢地指出了《三國演義》的缺點：「以
致欲顯劉備之長厚而似偽，狀諸葛之多智而近妖。」[11]當然，在中國
古典小說中也有例外，《紅樓夢》就是顯例。不過，《紅樓夢》之所以
能例外，恐怕與全書的肉身佛骨有逃不脫的干係。我們可以看出，只
有當外來的文化因素加諸原先爭辨不已卻又相持不下的封閉系統時，

---

[9] 《遊行經》初卷。
[10] 《東坡志林》卷六。
[11] 魯迅《中國小說史略・元明傳來之講史上》。

才能真正解決該系統的內在矛盾和爭吵以致於相互間的大打出手。在這裏，外因才是根本，內因只是個被改造、被「脫褲子」「洗澡」的對象。我們甚至可以設想，假如中國古文化中並沒有能給金庸提供化解恩仇的東西，他的正邪絕對二分性怕是難以找到解決路徑的，充其量以他生造出的張三豐的妙論為准的。莫非他真要如某些人所說的那樣引進現代精神？

喬峰死了。他死於兩種絕對衝突的邏輯較量：他既不想背叛自己血緣上的契丹國（何況大宋於他還有殺母之仇），又不願背叛對自己有恩的大宋（他畢竟是宋人的養子）。他終於自盡了，因為沒有外力、沒有功夫更高的人能夠殺死他。但這世上還有比武功更高的東西，他終於並沒有忘記這一點，這一點也始終不會忘記他。喬峰的死正是正邪絕對二分、恩仇絕對二分的悲劇下場；他不信佛，金庸也沒有把他安放在佛禪世界上，而是讓他血淋淋地死去。這中間既有對他勇敢、仁義、誠實的表揚，也對他看不透人世皆幻的境遇而自取滅亡有所歎息。

當我們在看清金庸引進佛禪世界的原因後，假如說，金庸從前對張翠山夫婦在正邪不兩立、自問有愧於「正」而終於自殺以還自己之「正」還相當讚賞（《倚天屠龍記》），對喬峰的自殺身亡就不免有幾分複雜的心緒了。正如里爾克（Rainer Maria Rilke）在詩中詠頌的：

> 我們是驅使者。
> 但接受時間的步幅
> 像瑣屑的小事
> 在永久持續的身邊。

（里爾克〈獻給奧爾弗斯的十四行詩〉）

佛禪世界的大團圓

　　武俠小說作為一種特殊的文學品牌，不用說，對殺伐的描寫是十分重要的。有一個極端的反證是當代小說家余華曾經寫過的一篇〈鮮血梅花〉。這篇貌似武俠小說，實則是用現代主義精神傾注其內的反武俠小說，幾乎沒有任何打鬥場面的描寫，主人公阮海闊也由此變成了一個玩世不恭、遊手好閒的現代浪子。該「少俠」從沒把為父親報仇雪恨當作一回事，他最大的興趣是打著復仇的旗號進行美妙地旅行。按已故青年評論家胡河清的說法，這是作者患上了對歷史、對中國文化的「反諷乏力症」所致。[1]不管胡河清的論斷對與不對，這倒也恰好證明了：失卻了對恩仇／殺伐的直接描寫和敘述，武俠小說肯定不能成立。

　　為了免於「滿紙殺伐之聲」的境地，金庸先後引進了正史邏輯與野史邏輯的「義」，試圖為恩仇／殺伐找到準繩來限制殺伐，不過，內在緊張感又恰恰出自於兩種「義」的各執一端上。在這種情況下，金庸引進了中國傳統價值文化中的最後一招：佛禪。四大皆空與慈航普渡在金庸處的功能已約略談到，兩者的「合力」直接體現為：放下屠刀，立地成佛。

　　放下屠刀，立地成佛對武俠小說真是再貼切不過的說法。稍有佛學常識的人都知道佛經中那個關於立地成佛的故事。我認為，從金庸引佛禪入小說的邏輯看，放下屠刀，立地成佛不僅是四大皆空和慈航普渡必然的結果，也是四大皆空和慈航普渡的前提：放下屠刀，可以成佛。這剛好也為化解恩仇／殺伐提供了不失情面的臺階。

---

[1]　《胡河清文存》，上海三聯書店，1996年，第51頁。

關於情面，有一則有趣的軼事：「上（崇禎皇帝）又問閣臣：『近來諸臣奏內，多有情面二字。何謂情面？』周道登對曰：『情面者，面情謂也。』」[2]據說，周道登對奏完畢，「左右皆匿笑。」我們可千萬不要小看了恩仇／殺伐中人的情面（即面情）問題，對於金庸筆下的練家子來說，那不僅僅是一個臺階，更是身份和尊嚴。放下屠刀，可以成佛也為讀者和恩仇／殺伐雙方指出了一條可以接受的化解恩仇的心理路徑；情面問題的解決，也當在情理之中。裘千仞賣國投敵（金人），在洪七公打狗棒的教訓下準備跳崖自絕，而一燈大師對他一席耳語，終於幡然有悟。他扔下兵刃奮力往崖下跳的那一幕，不正是活脫脫上演了佛經上立地成佛那一幕麼？至此，連對裘千仞有殺子之仇，誓死要致其於死地而後快的瑛姑（即周伯通的相好），也再不與他為難（因為裘千仞這樣做已無形中給了她情面），改追她的老情人，幾十年對她避之唯恐不及的老頑童周伯通（《射雕英雄傳》）。

在一個根本不能生出法制的文化語境中，裘千仞的歸結似也不失為一條可行路徑，雖然讀者和許多被他殘害過的人未必對此滿意：難道壞事做盡只要皈依佛門就能算贖罪？

放下屠刀，立地成佛在金氏處還有一大功能：直接導致了武俠小說的又一重大團圓的誕生。至此，與金氏小說系統中三重世界的共同平列相對應，三重大團圓也在這裏同時共存。正史邏輯的大團圓起源於正史邏輯導出的義，並用此義去限制恩仇／殺伐，當代表絕對正義的一方（比如紅花會諸雄）戰勝了絕對邪惡的一方（比如清廷鷹犬張召重）時，大團圓即告誕生；當然，作者在此大團圓誕生前，總免不了要動用敘事法寶，先勾起讀者對正史世界上邪不壓正的心理渴求。野史世界的大團圓也循著這樣的路線，首先由野史邏輯從兼愛一極導出義，然後用此義去判定恩仇／殺伐的雙方，當

---

[2]　竹塢遺民（文秉）《烈皇小識》卷一。

代表絕對正的一方（比如胡斐）戰勝了絕對邪的一方（比如鳳天南）時，野史世界的大團圓也宣告出世。它們二者的不同在於：兩種義標準有別；它們在敘事學上的相同在於：種種大團圓並非一定要出現在「大收煞」處，而且都不只一個大團圓。這裏用得上愛‧繆爾的話：「在情節小說的整個過程中，它常使死亡降臨於某些附屬人物；既然主人公在他那喧囂的假期之後回復到平安和幸運，惡人就要被殺謬……總之情節是根據我們的願望而不是根據我們的認識展開的。」[3]根據兩種義的「願望」，在惡人張召重、鳳天南被殺謬時，大團圓從小說結構的子宮內也就探頭探腦出來了。

佛禪世界的大團圓與上述兩種大團圓大有區別：它的大團圓首先建立在四大皆空、慈航普渡而導出的泯滅恩仇、視善惡為空有之上。試想，要是佛家仍認為恩仇雙方、殺伐雙方都有各自的理由，並且它也落入俗套地站在其中的任何一方，就猶如當年文天祥行刑前面對元朝皇帝發出的慨歎那樣，放下屠刀，立地成佛「又從何說起」呢？

這一招的直接後果，就是徹底將佛禪世界上的大團圓與另兩種大團圓區分開來：不論正史邏輯與野史邏輯的義有何不同，也不論它們在判定同一事件上有多麼大的區別，以致於臉紅脖子粗，它們都有一個共同點──標準是為殺伐本身提供理由，大團圓的建立是以殺死各自邏輯眼中的惡人為前提，儘管兩家邏輯「隻眼」中的惡人並非一樣──野史邏輯認為胡斐是代表絕對正義的一方，正史邏輯恰恰認為，像胡斐這樣成天與官府甚至朝延作對的刁民，才是該殺的混球。

佛禪世界的大團圓是泯滅恩仇、視恩仇為糞土的場景的最終到來。在佛家隻眼中，化解恩仇雙方的仇恨心理，使殺伐徹底降下大旗，使這個世界不再有殺伐兵刃一說──「這個世界」當然是指佛禪世界。

---

[3]　愛‧繆爾《小說結構》，《小說美學經典三種》，上海文藝出版社，1990 年，第 352 頁。

玄慈以自願受刑致死來化解已結的恩仇，就是佛說「我不下地獄，誰下地獄」的真實寫照，也能使由他引起的恩仇雙方兵不刃血，這自然是大團圓；掃地枯僧讓勢不兩立的蕭遠山、慕容博相逢一笑泯恩仇，互使內力為對方療傷，做到了我中有你，你中有我，這不是佛禪世界的大團圓又是什麼呢？對於嚮往和平、平安的武林中人，這種化解恩仇的做法，正是他們的心理渴求。

更為驚心動魄的一幕還在於金庸對那位不信天、不信文武周公的殺人魔頭謝遜的描寫。謝遜在殺死曾經奸殺自已妻子又殺謝遜滿門的恩師後，終於幡然醒悟，覺得仇恨恩怨了無意思，便自絕武功，心平氣和地對前來找他報仇的眾人說（他因為仇恨曾殺過很多無辜的人），有怨你們就報怨吧。曾經慘死於謝遜手下的死者親人們一個個走上前來，但他們在少林寺的佛堂前，再也無力向一位手無寸鐵、自絕武功安然待死的盲人下手，他們要做的就是把一口口唾沫吐到謝遜臉上以示仇恨。於此，他們多年來恨不得食其肉寢其皮的大仇宣告結束。即便是有人要殺謝遜滅口，在假裝吐出的唾沫中捎帶暗器，能聽風辨器的謝遜也毫不躲閃，因為他知道自己作惡多端，現在死已經遲了（《倚天屠龍記》三十九回）。

假如說裘千仞是想以死來洗去羞辱，在他跳崖時還在正史邏輯與野史邏輯圈子裏打轉，[4] 謝遜就明顯是在佛光的照耀下，以自己受辱，以自己的性命為代價贖回一個清白之身；因為在此之前他已經拜少林大師為徒，決心重新做人。這同樣是放下屠刀的意思，也正是金氏牌佛禪世界上的大團圓的真實涵義。

作為小說家，金庸既要努力寫劍，所謂「平生無恩酬，劍閒一百月」；[5] 也要著力寫出江湖上的劍中之書。兵刃的功用當然是殺人。

---

[4] 裘千仞跳崖時被一燈大師救下，從此刻以後才開始一心向佛，所以，一燈大師救他下來在他耳邊的一席話後，才算真正走進了佛禪世界。

[5] 孟郊〈俠客行〉。

對前兩個世界，殺人是完成大團圓的必要手段，滿足讀者心中邪不壓正的渴求心理。在佛禪世界上，兵刃的用途不在於殺人，而在於使對方放下屠刀。假如說前兩個世界的兵刃主要是通過以殺止殺，完成除惡揚善以求大團圓的結局，佛禪世界的兵刃的首要任務是兵不刃血地讓對方放下屠刀。金庸的折中之處正在這裏：一旦他賦予了佛禪世界上的兵刃以如許目的，看起來與佛禪中人身份毫不相稱的各種兵刃也就有了合理性。就這個意義上說，胖詩僧賈島「十年磨一劍，霜刃未曾試。今日把示君，誰有不平事」的劍拔弩張，[6]金庸也許並不喜歡。

　　金庸曾經鼓搗過很多武功假定性的把戲，我們已經提到過的純陽正氣的正派功夫肯定能打敗陰森森的邪派功夫就一例。此處再提一個，這就是在招式和兵刃上的正邪之分。兵刃詭怪、招式下流的主兒一定是惡徒──想想歐陽鋒的蛤蟆功、丁春秋的化功大法吧；而兵刃正派、招式光明正大的人必定是俠客和君子，也不妨回顧一下郭靖手中的寶劍，張無忌適手中的屠龍刀。蛤蟆功、化功大法固然是想取人性命，代表純陽的寶劍和有祖宗崇拜性質的屠龍刀，難道就不想取人性命了？李白說：「乃知兵者是兇器。」[7]事實正是如此。很難明確計算郭靖和張無忌殺死的人一定就比歐陽鋒和丁春秋少。「見卵求夜，莊周以為早計。」[8]金庸自圓其說地指出，死在歐陽鋒、丁春秋手下的必定是暴死，死於郭靖、張無忌兵刃下的則快跡近於安樂死了。「帶之以為服，動必行德；行德則興，信德則崩。」[9]金庸爭辯道，郭靖、張無忌的兵刃正好是為歐陽鋒、丁春秋輩而設。

　　佛禪世界的兵刃與招式完全是另一翻模樣。當虛竹迫不得己學會了逍遙派功夫回到少林寺，幫助少林寺抗敵勝利後，少林高層人物不

---

[6]　賈島〈劍客〉。

[7]　李白〈戰城南〉。

[8]　汪盈科《雪濤小說》。

[9]　《大戴禮‧劍之銘》。

僅不表揚他，反而斥責他用下流手法打退強敵（《天龍八部》）。佛禪世界上，一般是用棍居多，在相同情況下，傷人性命較之刀劍自然難得多；要重要的是招式不僅光明正大，還明顯隱含著悲天憫人的勸誡作用。我們不妨道出金氏牌少林功夫的幾個響噹噹的招式吧：童子拜佛、回頭是岸、苦海無邊、放下屠刀、萬法皆空……不必追根溯源地弄明白金庸是怎樣讓他手下人物使用如許招式，他的命意卻能夠為我們理解：這種悲天憫人的方式體現在招式和兵刃上，目的還在於化解恩仇與殺伐，並以此為基底完成佛禪世界的大團圓。

在蕭遠山和慕容博生死相鬥的間隙，掃地枯僧用慈悲的口氣說過一席話，就很能說明問題。那老僧道：

> 本寺七十二項絕技，每一項功夫都能傷人要害，取人性命，凌厲狠辣，大幹天和，是以每一項絕技，均須以相應的慈悲佛法為之化解。這道理本寺僧人倒也並非人人皆知，只是一人練到四五項絕技之後，在禪理上的領悟，自然而然的會受到障礙。在我少林派，那便叫作「武學障」，與別宗的「知見障」道理相同。須知佛法在求渡世，武功在求殺生，兩者背道而馳，相互克制。只有佛法越高，慈悲之念越盛，武功絕技才能練得越多，但修為到了如此境界的高僧，卻又不屑去多學各種厲害的殺人法門了。（《天龍八部》四十三回）

這種武功的假定性，金庸卻說什麼連本寺僧人也「並非人人皆知」，這就徹底露出了該假性本有的狐狸尾巴。

而這正是金庸的圓通之處：他把武學與佛法相提並論，而且找到了二者之間看似必然的關係；在他的敘事結構中，那些不屑去多學各種利害殺人法門的人，也就自然只是學會了童子拜佛、回頭是岸、苦海無邊、放下屠刀、萬法皆空一類大慈大悲的招式。武功上的假定性是由金氏牌佛法建構的佛禪世界推導出來的，目的是為了

化解恩仇，平息殺伐；「假作真時真亦假。」反過來，武功上的假定
性又為佛禪世界的大團圓得以實現立下了汗馬功勞，與正史世界、
野史世界上絕對二分的恩仇殺伐，必須要訴諸兵刃以求生死來完成
的大團圓根本不同。你可以說佛禪世界的大團圓是不問是非、是和
稀泥；但人世間的恩恩怨怨、愛恨情仇，真是那麼湯清水白，青菜
煮豆腐麼？

　　從不同的邏輯出發看待同一問題，肯定會有不同的是殺還是不
殺的判定，誰又能保證這種種判定絕然能讓雙方都口服心服呢？又
有幾個被殺的人是心安理得地就死？佛禪世界能讓正史世界和野史
世界以及這二者間的衝突看清：只有從勘破人執、我執，勘破生死
恩仇出發，並以大慈大悲的眼光看待全部生活，才有可能從根子上
解決這一切。有人說，金氏對武功的描寫有詩意化的傾向，這固然
不錯；但如果佛禪世界上的兵刃、武功不為著它的大團圓服務，這
種詩意又將附著在什麼東西身上呢？這倒不妨請那些高明的論者們
來回答。

　　只有在佛禪世界上對大團圓的不斷瓦解和不斷建立中，恩仇／殺
伐才會不斷得以建立和瓦解；只有這樣，在正史邏輯與野史邏輯不斷
的衝突、對話過程中，佛禪世界才能用它特有的大團圓方式，一次次
調解它們的衝突，分別與之對話，瓦解它們恩仇絕對的二分性。從這
一特殊的維度，金庸有效地找到了中國文化發展的邏輯：當儒道互補
和楊墨互補各自內部都出現了腸胃不適、功能失調，當這兩者的互相
爭鬥公婆不相讓又自以為要得理不讓人時，只有佛禪思想為這種失調
暫時找到了出氣的閥門。金庸的深刻就在這裏，在五四新文學（文化）
運動以後，幾乎人人都在忙於反「封建」，都以為反「封建」的大業已
經完成，或人人都開始移植西方現代主義而忘了中國小說的傳統精神
時，金庸卻用毫不起眼的武俠小說，在對中國文化──尤其是價值文
化──進行更加深入的思索。

　　就這個意義上說，我願意誇張地說，金庸是一位思想家；是在五四以後絕大多數人忘記了的地方，重新從文學寫作的角度，開始了批判中國文化的重要人物；他不僅僅是批判所謂的以孔孟為主的「封建」文化，而是中國人文價值文化的整體──誰說中國文化的所謂精髓僅僅只有「孔家店」才有售？

金庸的「絕路」之三

金庸根據自己創作邏輯的需要引進佛禪，是為了解決在正史邏輯和野史邏輯推動下，誰也說服不了誰的恩仇／殺伐模式引起的內在緊張感。這與中國小說傳統精神有些差別。在中國古典小說中，佛禪思想進入小說敘事結構，早不是什麼新鮮話題；但它在不同作品中的詩學功能是不同的。

在《金瓶梅》裏，佛禪思想基本上是以反諷、戲謔的口氣出現，間或還有一絲米哈伊爾·巴赫金所謂的狂歡化傾向：潘金蓮能與西門慶在寺廟裏調情，把王婆教給他們的「潘、驢、鄧、小、閒」的偷情招式逐個演練了一遍；[1]這兩個混蛋能在和尚們做法事的地方大肆淫亂，而這些個和尚在偷聽他們的顛鸞倒鳳時也禁不住心猿意馬……種種形狀表明，在《金瓶梅》裏，佛禪思想中所倡言的四大皆空在人的本性面前根本不堪一擊。蘭陵笑笑生在拿人的卑劣本性大開玩笑時，也將佛禪的弱軟無力給涮了一把。我們倒不妨說，蘭陵笑笑生正是通過西門慶諸人對佛法的渺視和他們的必然滅亡，給四大皆空的佛禪思想找到了現實依據。哪種說法更對呢？至少有一點可以肯定：《金瓶梅》引進佛禪思想是為了給西門慶諸人的貪財、貪色、貪官作一番映襯。

《紅樓夢》裏的佛禪思想則又有另一種景致。曹雪芹在極度張揚哼哼唧唧的男女戀情時，並沒有忘記仔細描敘四大家族中的爭權奪利、為財產而奔波，但最後全落得「白茫茫大地一片真乾淨」的下場。

---

[1] 王婆對西門慶說：「大官人你聽我說。凡挨光的兩個字最難。怎的是挨光？今俗呼偷情就是了。要五件事俱全方才行的。第一要潘安的貌，第二要驢大行貨，第三要鄧通般有錢，第四要青春年少，就要綿裏針一般，軟款忍耐，第五要有閒工夫。這五件喚作潘、驢、鄧、小、閒。」(《金瓶梅》第三卷中的第三回；又見《水滸傳》，人民文學出版社，1984年第324頁。)

甄士隱所謂「陋室空堂，當年笏滿床；衰草枯楊，曾為歌舞場；蛛絲兒結滿雕梁，綠紗今又在蓬窗上」的〈好了歌〉解，說的也是這個意思。佛禪在這裏的首要功用是化解情愛（三毒之一），其次是視權、利等外物為空有⋯⋯

凡斯種種，均與金庸用佛禪化解恩仇／殺伐模式在思維方式上有相似之處，不同的只是表現形態。不過，有一點正可以指出：「白茫茫大地一片真乾淨」不僅是《紅樓夢》的主題歌，也是《金瓶梅》、金庸作品裏佛禪世界的主旋律，最起碼也算得上是插曲。

武俠小說作為一種特定品類的傳奇，自有它的特殊性。正如並不是因為有了「白茫茫大地一片真乾淨」的警示，西門慶就不再淫亂，賈寶玉就不再用情太多，王熙鳳就不去挖空心思弄權整人，金庸筆下的武林世界也就徹底免出了殺伐和刀鳴劍吟。

調解貪、情（色）也好，調解恩仇也罷，佛禪的功用並不能起到絕佳作用，只能在一定限度內發揮威力。我們不妨再把這個說法來一次提升：中國文化在通過從人性的內在深處對人進行描寫的楊墨互補，與對人進行外在規範的儒道互補之間的大肆對話、衝突後，符合邏輯地有了佛禪這個平衡器，以致於三種思想體系共存，但佛禪並沒有太大的力量擔當前兩種思想體系相互殺伐的滅火器。這一點也正是金庸通過武俠小說這類毫不起眼的文學品種進行思考後，明確告訴我們的。

喬峰是個絕好的例子。《天龍八部》被人稱為是一部有著濃厚佛禪氣質的小說，這當然不錯。喬峰英雄一世，殺人如麻但心地寬厚，從不誅殺一個不該殺之人。但他一人身肩野史邏輯與正史邏輯的重任，總不免有些力不從心。在喬峰身上，正史邏輯有如挾天子以令諸候的曹操，對野史邏輯高喊：「我奉詔討賊！」而野史邏輯卻象天王老子也不怕的袁紹，他拍馬前來指著正史邏輯的鼻子痛罵：「我奉衣帶詔討賊！」但喬峰已經分辨不出前一個「詔」與後一個「詔」的區別在哪

裡，其合理性都在哪裡了，他也不願意把自己當作兩種邏輯進行格鬥的演兵場，於是遠走塞外，想徹底離開這個殺伐之地。

　　應該說，金庸完全可以在這種情況下將喬峰打發到佛門中去，正如他已多次做過的那樣。金庸卻給了喬峰另外一個任務：讓他本著寬厚的宅心去化解大宋與契丹的兵刃相見。在這裏，金庸的確是嚴家炎先生所謂的打敗了大漢中心主義的正史俗套，但大約還不致於是什麼現代精神在其中唱花臉。我們倒不妨說，喬峰飽受兩種邏輯煎熬之苦後，凸現的寬厚宅心正是慈航普渡的變種、變形。儘管很難說喬峰是否是佛徒，但《天龍八部》本有的佛學色彩，早已給喬峰的眉宇心肺間打上了佛禪氣質。我建議，我們最好是不要戴上放大鏡，去金庸作品中找什麼現代精神。

　　喬峰在他的結拜兄弟、大遼皇帝耶律洪基讓他掛帥征宋時，他早已忘了漢人和他有殺母之仇而寧死不從；當耶律洪基要掛帥親征時，喬峰則奮力出面阻止，不惜將皇帝一人一騎抓獲，並逼他發下重誓，終遼主一生不使一卒犯大宋邊境。遼主為保命當然同意了。但喬峰為此卻自殺了。在他自殺後，宋朝群雄有過一翻隔山打牛似的爭論：

> 中原豪傑一個個圍攏，許多人低聲議論：「喬幫主果真是契
> 丹人嗎？他為甚麼反而幫助大宋？看來契丹人中也有英雄
> 豪傑」。「他自幼在咱們漢人中間長大，學會了漢人的大仁大
> 義。」「兩國罷兵，他成了排難解紛的大功臣，卻用不著自
> 尋短見啊。」「他雖於大宋有功，在遼國卻成了叛國助敵的
> 賣國賊，他這是畏罪自殺」。「什麼畏不畏的？喬幫主這樣的
> 大英雄，天下還甚麼事要畏懼？」（《天龍八部》五十回）

　　這些說法當然頂多只能算是摸到了問題的肚臍眼上，離心臟還有幾萬里地哩。金庸的真實用意是：讓喬峰以生命為代價，完成籠罩在《天龍八部》全書眉宇間的佛禪氣質，並使之與掃地枯僧的舉止遙相

呼應。喬峰或許的確是自覺對不起自己的大遼子民身份，覺得自己再無面目立於天地之間，這看起來是正史邏輯與野史邏輯在唱戲，其背後的支撐卻是佛禪；喬峰的舉動已經跡近於佛陀捨身飼虎以救小生靈於血口的舉動了。但我們仍不能說喬峰已是佛門中人，他仍是不通佛法的，是金庸讓他帶發修行，在四大皆空和四大皆有的邊界上，在有為和寂然涅磐的中點上，做出慈航普渡的大舉。喬峰是金庸為我們找到的用以表現《天龍八部》佛禪氣質的一個鮮明載體。佛禪並不是一種絕對出世的學說，它可以化為行動——至少在金庸那裏。

慈航普渡與四大皆空作為解決恩仇／殺伐的武器有一個極致，喬峰之死就是明證——他雖然也為自己找到了一條化解兩種邏輯衝突的數學方程式，但又要以生命為代價；在他得以成功的那一刻，也正是命喪黃泉徹底失敗的那一瞬。因此，或許不是掃地枯僧，也不是命歸刑杖下的玄慈大師，更不是幡然猛醒的謝遜、裘千仞，而是喬峰更能體現慈航普渡的大愛氣質；正是喬峰既體察到了正史邏輯和野史邏輯的極大衝突，同時也把這兩種衝突的解救之路推到了極致。

喬峰之死也把佛禪調解恩仇／殺伐的有限性給攤明瞭：誰又敢保證耶律洪基能絕對遵守誓言呢？我們當然不會有這種肯定的指望，歷史上發生的太多的事情也警告我們不能有這樣的輕信。佛云，善惡只在一念之心。這正是佛禪調解恩仇／殺伐有個極限的內在原因。「我本無自性清淨。若識自心見性，皆成佛道。」[2]「一切般若智，皆從自性而生，不從外入。」[3]「心是地，性是王。王居心地上，性在王在，性去王無，性在身存，性去身壞。佛向性中求，莫向身外求。」[4]這正是「善惡只在一念心」的確切涵義，我們也可謂之為佛禪的個體人格自足性。一切向內轉，一切出自心性，一切原則由自己的一念心開出，這與

---

[2] 《壇經·般若品》。

[3] 《壇經·般若品》。

[4] 《壇經·疑問品》。

儒家「返身而誠，反求諸己」的個體人格自足性在本質上又有多大差別？佛家的個體人格自足性從邏輯上說，並不能徹底讓人只行善、只讓人做慈航普渡之舉，也同樣可以為惡。這一切不僅使佛禪世界不可能真正與正史世界、野史世界取得鼎足而三的平等地位，甚至也不能保證佛門內就沒有刀槍殺伐；少林寺的和尚為了本門中某一人被殺、被虜而前往迎敵，在金氏作品中並不只是某一特例，而是常舉。

喬峰在「一念心」之間逼迫遼皇發誓後自殺，遼皇也在「一念心」之間定下保證，但誰也無法保證遼皇就沒有與此相反的「一念心」。假如事情果真如此，那喬峰捨身飼虎又有什麼實際意義？我們不能只看到裘千仞、謝遜、慕容博、蕭遠山諸人在佛前俯首稱臣，更應該看到喬峰之死就其意義而言是否值得懷疑，值得擔心。導致一念心間作惡的，正是極端為我的盛宴在從中作伐，也是正史邏輯的從中作梗。

即便是一心向佛，一心只向性中求的人也會找不到自我。《俠客行》主人公的第一個名字是狗雜種，隨著他行動的開始深入，在敘事的邏輯框架中，他逐漸開始有了很多名字：石破天（在長樂幫時使用）、石中玉（雪山派及石清夫婦誤用）、白癡（丁不三用）、大粽子（丁不四專用）、史億刀（史小翠用）……[5]這中間哪一個名字真正屬於他？可以說，在使用這些名字中的每一個名字時（狗雜種除外），都是被別人誤用，試圖讓此時此刻這個名字的他為誤認者做事，狗雜種沒有哪一次不是拼力為別人幹事。狗雜種正是六祖慧能的現代金庸版，他在一念心中該是一心向善了吧？雖然他並不知道佛心是什麼，但正如慧能所說的：

> 菩提本無樹，
> 靈鏡亦非台。
> 本來無一物，
> 何處拭塵埃。

---

[5]　參閱陳墨《金庸作品賞析》，百花洲文藝出版社，1995年，第305-306頁。

在金庸的心目中，狗雜種是天然就是那種沒有善惡之意，不必去擦拭心上塵埃的佛子。但到了最後，該狗雜種還是茫然不解：我爹爹是誰？我媽媽是誰？我自己又是誰？「我是誰」天然地與我從哪裡來、我到哪裡去相連帶。從性中求，一切仰仗心性，仰仗佛禪的個體人格自足性，既不能保證化解殺伐／恩仇的絕對有效性，更有可能讓人在勤拭心上塵埃過程中荒唐地丟失自我，搞不清「我是誰」。狗雜種不明白自我身份，與歐陽鋒倒立行走搞不清歐陽鋒是誰，又有什麼差別？

當金庸試圖化解自身創作面臨的險境，好不容易才在中國傳統文化中找到了佛禪作為自己的「孤筏」，但它兩葉孱弱無力的槳──四大皆空與慈航普渡──又完全要或基本上要取決於佛禪的個體人格自足性，這就一下子使看似清楚的成功變得模糊起來。如此說來，裘千仞、謝遜等人的獲得拯救，蕭遠山、慕容博之間的恩仇消於無形，與其說是金氏牌佛禪思想的必然結果，不如說是金氏牌佛禪思想在未走到極致時的僥倖所致，真正的必然性要麼是喬峰的自殺，要麼是狗雜種的「我是誰」這一設問。金庸的思路又一次讓我們看到了什麼叫才出虎口又入狼窩，金庸又一次無可奈何地要面對這一內在緊張感。有詩為證：

> 花逢春到，人逢時到。
> 花開人旺多歡笑，
> 看英雄，賞花嬌，
> 樂極悲至非人樂，
> 花正發時人又惡！
> 花，零落了，
> 人，憔悴了。[6]

---

[6] 曾瑞《山坡羊·歎世》。

第四章

韋小寶，你往何處去？

流氓世界的誕生

以小流氓韋小寶為主角的長篇小說《鹿鼎記》，既是金庸最後一部作品，也是他全部創作中最奇特、最令人驚訝的一頁。當《鹿鼎記》在報紙上登臺展出伊始，便有熱心的「金迷」寫信質問作者：《鹿鼎記》是不是別人代寫的？！言下之意是，它和以精彩打鬥撩撥人心的《射雕英雄傳》、《笑傲江湖》、《天龍八部》……畢竟有著天壤之別。金庸在玩什麼「變臉」呢？「《鹿鼎記》和我以前的武俠小說完全不同，那是故意的。」金庸對此不無得意地說，「一個作者不應當總是重複自己的風格與形式，要盡可能地嘗試一些新的創造。」[1]話說得很明白，也算誠實。但是，金庸只對《鹿鼎記》之所以如此奇特道出了表層形狀，其實還有更深刻的原因。

只要我們把《鹿鼎記》放在金庸全部作品組成的整一系統中進行觀察，情形就十分昭然。在《鹿鼎記》之前的全部作品裏，當金庸興高彩烈地以「粗鄙」的、「通俗」的、難入正經學者「法眼」的武俠小說為手段，奮力展示了中國文化中本有的正史邏輯和野史邏輯時，他預料到了、也碰到了正史邏輯和野史邏輯之間天然就存在著的反駁和殺伐情形，也十分勇敢地面對了正史邏輯和野史邏輯各自內部本有的內在衝突。但當他的創作越進行得深入，便發現自己面臨的緊張情景越明顯；好在中國傳統文化的武庫中還為他準備了佛禪這件有力武器，作為他用來調解衝突的法寶。在除《鹿鼎記》之外的所有作品裏，正當金庸對他曾經稍有微辭的佛禪刮目相看時，佛禪作為調解劑、滅火機和「感冒通」的有限性，也早已從它那無能的開襠褲裏探出頭來了。這一令人沮喪的現實，再次迫使金庸要找到一種理想的

---

[1] 金庸《鹿鼎記・後記》。

解決方式——除非他就此罷筆，除非他去重複自己。體現、轉載這一邏輯結果的則是以小流氓韋小寶為主角的《鹿鼎記》。

「山重水複疑無路，柳暗花明又一村」的美妙景致，不會再在金氏的創作邏輯中出現了。儒道、揚墨和佛禪，作為中國本土文化鼎足而三的基本構架，是（或幾乎是）中國傳統人文價值文化的全部內容；但金庸從一個獨特的角度，順著傳統老路的邏輯將它們重新走過一遍之後，在將它們的全部功用（包括詩學功用和價值功用）在小說中消耗殆盡之後，再也不可能從中國的本土文化中找到有效的解救之路了。這情形頗讓人聯想起生物學上既令人欣慰又讓人分明要產生幾分宿命感的「生物發生律」：當人在母體子宮內以十個月的時間，走完從魚到人的全部進化之路時，其結果只能生出人，決不可能是我們幻想中的超人（Superman）或聖人——返祖現象倒是時有發生。當金庸走完中國文化的老路數，在他使用過中國文化內部那點可憐的調節機制，調節了自身敘事中的矛盾後，他也只能得到傳統文化早已命定的老面孔、老路數；但金庸又以一個優秀作家的天縱豪情，勇敢地面對了這一切，還順帶給我們端出了韋小寶這份活蹦亂跳的紅燒大鯉魚。

作為全書的絕對主角，韋小寶再也不如郭靖、胡斐、喬峰、令狐沖、袁承志……那樣是個英雄人物了，而是一個流氓、無賴；《鹿鼎記》也不再是英雄傳奇，而是流氓的發家史和心靈史。有不少人曾說《鹿鼎記》是一部反武俠小說，甚至還有人將它和《唐·吉訶德》作過對照，這雖然是學究們老得掉牙的習慣性抽搐，卻也並非毫無道理。但我認為，韋小寶正是在中國本有的價值文化哺育下長出的精怪式人物，同時又用他精湛的流氓功夫和流氓行徑，給中國文化的各家組成部份臉上抹了黑。從這個意義上說，我們不妨將韋小寶看作是對中國文化的一個反諷，恰如《唐·吉訶德》是對騎士文學與騎士文化的一個嘲笑：韋小寶預示了我們號稱偉大的中國文化在功能上有一個極限，中國文化的內部機制不允許人們對它自身做更為有效和更多的調整。讓那些把中

國傳統文化當作拯救世界的禮品奉獻給世界人民的妙人兒們，在韋小寶面前發抖吧！我們失去的是破爛，得到的將是活蹦亂跳的韋小寶。

精義在「王」的正史邏輯，並沒有因了它的高妙說教而令其門人們克己制私。就說肉體的抒發吧，連朱熹這樣「立志成聖則聖矣」的准聖人，也有弄大兒媳婦肚皮之舉，也有為誣陷同僚不惜用刑威逼一個妓女的陰險行徑。──從一個「卑賤」的婢子身上打主意，恐怕就不純是什麼野史、稗官的胡說和攻擊，按照正史世界的鐵的邏輯，朱夫子是做得出這樣的事情的。[2]《晉書》曾說，魏武帝宮內遣「才人、妓女以下二百七十人歸於家」，[3]恐怕沒有「歸於家」的，還有若干人留在宮掖之中吧，這其中又有多少是供帝王玩樂、用於抒發肉體的妓女呢？唐人陳鴻也說：「後宮才人、樂府妓女，使天子無顧盼意。」[4]「天理」、「王道」的直接化身，原來也有喜好肉體的一面，也在白花花的肉體面前忘記了正史精「義」，倒真讓我輩有些糊塗了。

這令我想起了一件往事。小時侯，我對老師有一種天然的崇拜，當有一天看見老師居然也撕開褲襠撒尿時，我不禁大吃一驚。原來老師也是要撒尿的！這倒讓我警覺了起來。因此，當陸機在吊魏武帝並說武帝「月朝十五，輒向帳作妓」的時候，[5]根據我的經驗，我就有足夠的理由猜測，到帳裏恐怕並不只是為欣賞妓女容顏，而沒有「掃開鳥道三千里，先到巫山十二峰」的慣常舉止。[6]《南史》在說到沈約時更為有趣：「（沈約）常侍宴，有妓婢師是齊文惠宮人，帝問識座中客不？曰：『唯識沈家令』。」[7]……可見正史門人（天理的守護者）也從不曾在偷香竊玉的大事業中閒著，不但是明目張膽，而且是在光天化日之下。相較之下，金庸在揭發這一點時未免還留有餘地、存有情面。

---

[2] 請參閱葉紹翁《四朝見聞錄》丁集「慶元黨」條。
[3] 《晉書・武帝紀》。
[4] 陳鴻《長恨歌傳》。
[5] 陸機〈弔魏武帝文〉。
[6] 《金屋夢》第十六回。
[7] 《南史・沈約傳》。

當然野史邏輯我們自不用說,「肉體的盛宴」本身就是「為我」（揚朱:拔一毛而利天下,弗為也）之私的實現途徑之一,放縱感官縱情酒色,正是「肉體的盛宴」的題中應有之義。

就上述兩家而言,其他污七八糟有違自身說教的舉止絕不會少,引證過多只能顯得筆者迂腐和少見多怪。而佛禪的調解作用要不是這些「髒唐」、「臭漢」、「清鼻涕」……的過於繁多和深入脾胃,又怎麼會顯得能力太過些微呢?何況在武俠小說中,這玩意引起的恩仇／殺伐多之又多。我們總該記得,林平之之所以對一向愛護自己的大師兄令狐沖恨得入木三分,發誓要劍刃其血,除了家仇,其老婆岳靈姍曾與令狐沖有過花前月下,而林平之懷疑他們曾經有過一腿,怕也是個重要原因(《笑傲江湖》)。為了從佛禪在拯救上的無能為力之中抽身而出,金庸命令韋小寶承擔了中國文化的幾乎全部後果,其直白的涵義是:正史世界、野史世界和佛禪世界當互不服誰,並且誰也解決不了誰,誰也放不倒誰時,卻共同地、齊心協力地認同了流氓和流氓的做人準則,甚至是認同了流氓文化和流氓邏輯。而流氓的涵義之一似乎也可用基督教的話來描述:「空虛,空虛,人生空虛,一切都是空虛;」「我決心借酒自娛,尋歡作樂。」[8]流氓的「空虛」當然是指一切神聖和貌似神聖的價值最後破產之後的現實處境。

韋小寶就是這樣一個流氓。魯迅曾經精闢地指出過:「流氓等於無賴加壯士、加三百代言。流氓的造成,大約有兩種東西,一種是孔子之徒,就是儒,一種是墨子之徒,就是俠。這兩種東西本來也很好,可是後來他們的思想一墮落,就慢慢地演變成所謂流氓。」[9]〈在流氓的變遷〉一文中,魯迅更有著極為簡潔的揭露。但高明的魯迅忘記了佛禪,又不能不說是一大失誤。佛禪為流氓說話,甚至本身也搶做流氓,不妨去看看《金瓶梅》中的某些章回、想想「花和尚」一類的絕

---

[8] 《聖經·舊約·傳道書》。

[9] 這是魯迅在一次演講中所說的話。演講稿原文發表於1921年12月25日日本《狂飆風》26期,此處轉引自《文學報》1992年1月26日。

妙辭彙也就明白了。——我願意說，一種理論的正確與否最主要的不
是它的說教如何堂皇、高明，甚至也不在於它的內在結構和圖示是多
麼的謹嚴與合理，而是在它撫育下的人是否能夠做到，更為重要的是，
在它撫育下的人是否可以引證它的教義為自己違背這種教義尋找根
據。我們都看見了，並不是每一個佛子在尋歡作樂時都認為自己有違
佛家大義，「酒肉穿腸過，佛祖心中留」的開脫我們早已耳熟能詳；
「我不下地獄誰下地獄」更為無數和尚或沙彌憑添了放縱、做惡的藉
口。正是在儒道、楊墨・佛禪這三種文化的共同默許下，金庸以韋小
寶為手榴彈，就不僅解救了自己創作上和敘事中面臨的緊張感，也把
他對中國文化的思索推到了一個幾乎是前所未有的高峰。

　　韋小寶是揚州一座叫「麗春院」的青樓妓女韋春芳稍不留神時的
副產品。他從小在妓院中長大，學會了許多婊子和嫖客的勾當。當他
小小年紀因為不滿於妓院的單調和荒唐，竟然假裝行「義」來到了皇
宮中。事情是這樣的：反清義士茅十八因為躲避仇人在妓院打了一架，
由機敏的韋小寶救出。茅十八說要到清廷找滿州第一武士鰲拜比武，
然後借打敗鰲拜以打擊清人的囂張氣焰，試圖為反清復明奠一塊天知
道究竟牢不牢靠的基石。韋小寶跟著茅十八到了宮中。就這樣，一個
堅決站在大漢中心主義立場上（這正是儒道互補的正史文化的內涵之
一）的英雄，與一個妓院中長大的小流氓結成了朋友。這真是天大的
諷刺。《增廣賢文》「人以類聚，物以群分」的諄諄告誡，在這裏似乎
有了更深一層的涵義：莫非茅十八與韋小寶當真是一路貨色？而且這
種諷刺特徵越在敘事的不斷深入中表現得越加明顯。

　　韋小寶在宮中先是冒充太監，然後歪打正著與小皇帝康熙結成了
朋友。他後來採取許多被豪傑之士認為下三濫的手段——比如撒石
灰、甩磚頭、暗中偷襲等——，幫康熙誅殺了權臣鰲拜，又幫助「天
理」的化身康熙皇帝到五臺山，去看顧已出家的老皇帝順治爺，到雲
南去安撫吳三桂，還不忘用計割掉了吳三桂兒子吳應熊的那話兒，然

後率眾征打吳三桂，又率兵征平臺灣、攻打俄國以致於主簽尼布楚條約……真算得上轟轟烈烈啊。

更加讓人奇怪的事正在這裏：像韋小寶這樣幹成了如此事業的人，竟是個大字認不了三分之一籮筐的流氓，而那麼多飽學鴻儒、號稱正人君子的，卻往往什麼也幹不成。這似乎也有史實為證，那些歷史上號稱俠士的英雄豪傑，要想有所作為，充當流氓、無賴就是他們入門的必修功課。《隋書》稱「（周）羅喉年十五，善騎射，好鷹狗，任俠放蕩，收聚亡命，」[10]不用說，與韋小寶有神似之處；《漢書》稱「陽翟輕俠趙季、李欵，多富賓客，以力氣漁食閭裏，至奸人婦女……縱橫郡中，」[11]當然也和韋小寶大致差不離；《晉書》在說到大名鼎鼎的石崇時也稱「（石）崇穎悟有才氣，而任俠無所檢，在荊州」，經常搶劫商客，「致富不仁」。[12]至此，我們願意下結論說，這些赫赫有名的人物之所以能夠留名青史，完全是因了與韋小寶同樣的流氓身份和流氓的基本功訓練。在這方面，我蜀中奇才李宗吾老先生的《厚黑學》有深刻的揭發。反過來我們也不妨以正確的口氣說：只有像韋小寶這樣的流氓，才可能幹成如此大事。因為韋小寶就曾多次說過：宮廷就是妓院。這也是韋小寶能夠在宮廷內外都如魚得水的要害之所在。崇高、莊嚴、滿是天理光輝的正史邏輯絕沒有想到，在它莊嚴說教的極致處，竟然會有一流氓誕生。

當韋小寶初次入宮見到宮廷的富麗堂皇時，心想：「他媽的，這財主真有錢，起這麼大的屋子。……咱麗春院在揚州，也算得上是數一數二的漂亮大院子了，比這裏可又差得遠啦。乖乖弄的東，在這裏開座院子，嫖客們可有得樂子了。不過，這麼大的院子裏，如果不坐滿百來個姑娘卻也不像樣。」那時的韋小寶還不知道這就是皇帝住的地方；不過，在他後來知道這是宮廷時，也沒有改變原初想法，並且找

---

[10] 《隋書‧周羅喉傳》。

[11] 《漢書‧何並傳》。

[12] 《晉書‧石崇傳》。

到了更有力的佐證：他發現皇太后竟然養了個又醜又粗的漢子！這禁不住讓韋小寶大起知音之歡，起誓要在這裏開座院子。

流氓一向被處於廟堂之上的正史文化認作有害於社稷的「蟊賊」。《後漢書》就說：「我有蟊賊，岑君（岑彭）遏之。」[13]《左傳》也說得很明白：「又欲闚覦我公室，傾覆我社稷，帥我蟊賊，以來蕩搖我邊疆。」[14]明人顧起元更是一語道破：流氓乃「良民之螟蟣，而善政之蟊賊也。」[15]這個讓天理、王道嚇得打抖的「蟊蟲」究竟是什麼呢？一部古書這樣向我們解釋：「蟊乃毒蟲之名，無賴之徒，生事害民，若毒蟲之狀。」[16]上述種種說法，當然僅是站在正史邏輯精義在「王」這個原教旨主義立場上對流氓的假言屬色，但在中國傳統文化的運作「合力」中，流氓倒恰恰是建功立業的最佳身份，韋小寶正是宮廷天造地設的良配——太多的歷史事實證明了金庸的正確和韋小寶的合理性；韋小寶仗著他的流氓身份和流氓的基本功訓練，能為「王道」、「天理」的前驅，四處為它們建功立業就是極好說明。「蟊賊」云云，太言過其實了。

正史門人（也包括天理的直接代身者皇帝）都在抒發肉體，都在引證正史邏輯的教導和來自人性深處的渴望以便把自己的居所拼力弄成妓院，都在一邊教誨小老百姓的同時，不忘把一切都看作婊子和把自己看作隨處都可施淫的嫖客，這就是正史邏輯在與其他兩家文化（即老百姓的楊墨文化以及作為調解儒道與楊墨爭執的佛禪文化）相互對話後，又齊心協力的必然走向。看似身份極高的康熙居然能和妓院野種韋小寶結成朋友，在韋小寶「畏罪潛逃」後，龍飛九五的康熙居然命令大內侍衛四下找尋小雜毛；當韋小寶見到主子時，什麼話都不說竟然號啕大哭，而大皇帝也居然「眼眶濕潤」……金庸清醒地為此道出了真諦：在皇帝眼中，從來都有把韋小寶當作自己替身之意。事實正是如此。韋小

---

[13] 《後漢書・岑彭傳》。
[14] 《左傳》成公十三年。
[15] 顧起元《客座贅語》卷四。
[16] 《六部成語注釋》。

寶不過是康熙之「表」，康熙恰好是韋小寶之「裏」；表裏看似不同，但在明眼人那裏，實則如一。金庸深深洞明瞭個中要的：正史文化的堂皇說教是其「裏」，它的真正涵義卻恰恰是要鼓勵人要當流氓這個「表」。

蜀中才子唐甄為此下過一個斷語：「有秦以來，凡為帝者皆賊。」[17]「賊」是流氓與皇帝的另一個隱性名稱：想想「竊國者侯，竊鉤者誅」的千古名言就沒有什麼不清楚的了。而宮廷之髒與妓院之穢相較，豈只不遜色，簡直有過之而無不及；金庸之所以要把韋小寶的出身安放在揚州青樓，並不是出於小說家言的一時詭道，其實大有深意存焉：只有通過妓院裏的深入薰蒸、學習、弄通流氓之神髓，才可能在正史世界上「手之舞之，足之蹈之」地大展手足。

既然正史文化（正史邏輯）開出的恩仇／殺伐模式難以被消除，既然野史邏輯與正史邏輯在恩仇／殺伐標準上各執一端，而金庸又不想在恩仇／殺伐這個小游泳池內仰泳太久，那麼，放棄一切恩仇／殺伐也就是他創作邏輯的基本走向。放棄恩仇／殺伐後有兩個去處。一是佛禪世界，不過，佛禪作為調解者早已失去了威嚴，此路不通也已是金庸早就心知肚明的事實；供韋小寶極力表演的流氓舞臺也就恰逢其時——這自然就是第二個去處了。

至此，在金庸的全部武俠小說作品所組成的整一系統中，除了早已具有的正史世界、野史世界和佛禪世界，在《鹿鼎記》中又有了第四重天：流氓世界。在這裏，我還要趕緊申明：流氓世界絕不僅僅是正史世界的極端化走向，而是上述三個世界互相辨難和對話後，又互相達成真正和解的戲謔化結果。中國文化的整體走向被金庸暗示為流氓世界，這是金庸通過武俠小說的戲謔化敘事得出的石破天驚的結論，與魯迅所說的「吃人」世界相較更向前邁進了一步。我們很快將會清楚地看到這個流氓世界的波及面會有多大：不僅正史世界是它的源頭，而且它也是野史世界和佛禪世界水到渠成的交匯點。

---

[17] 唐甄《潛書·室語》。

儒道互補對流氓文化的「寬容」

　　賽凡提斯的唐・吉訶德在瘋癲時往往更能道出真諦：「戲劇究竟是哄人的假像。你沒有看見戲裏的國王呀，大皇帝呀，教皇呀，紳士呀，夫人小姐呀等等角色嗎？一個扮惡人，一個扮騙子，這是商人，那是戰士，這是乖覺的傻角，那是癡駿的情人；演完了一個個脫下戲裝，大家一樣都是演戲的。」[1]流氓世界正好提供了這樣的舞臺。在這個舞臺上，千百個人其實只是一個人，唯一有效的行動準則（或最有用的行動準則）只是流氓的準則，而流氓的準則又是從來都變動不居的——一切變動不居中或許只有自己的利益才是恆一之物。韋小寶如此，康熙如此，吳三桂、鄭成功及其花花太歲鄭克塽又何不如此？在這樣的情況下，金庸在寫到天地會的反清復明（即正史邏輯中的大漢中心主義這一極）時，就有些心情複雜；抑或直接就是玩笑的口吻？至少在韋小寶那裏就是如此。

　　韋小寶奉康熙之命很不光明正大地殺了關在獄中的鰲拜後，適逢前來誅殺鰲拜的天地會成員把韋小寶當成英雄「劫」出宮外，對他驗明正身不是太監後，即讓他當上了天地會的「香主」。從此，韋小寶開始了腳踏兩隻船的漫長生涯，在敵對雙方的陣營中都頗算如魚得水。師父、天地會盟主陳近南是個堅定的反清復明主義分子，但韋小寶將他的告誡、教導，從內心深處根本就不當一回事，雖然表面上也虛與委蛇。韋小寶也曾想逃離這有殺身之禍的是非之地，但一想到還有這麼大一座妓院可供他縱橫馳聘，也就暫時收起了隨時準備開溜的花花腸子。正是通過韋小寶在敘事框架中的走動，牽

---

[1]　《唐・吉訶德》（下冊），楊降校訂本，人民文學出版社，第 79 頁。

扯著宮廷內外的空間，致使宮廷之外也泛化為宮廷之內，也就是把整個韋小寶生活的舞臺轉化為流氓空間。這是金庸《鹿鼎記》的敘事最主要的詩學功能和價值功能。

在這個空間內，正史世界上的所有要義全部改換了面貌，「仁」、「義」、「禮」、「智」、「信」……的美妙說教，正心、誠意、格物、致知、修身、齊家、治國、平天下的精美推導，都開始朝流氓式的戲謔化方向發展；按當代作家王朔的說法就是：一點正經沒有。因而，在流氓眼中，在流氓的時空裏，一切都只是笑話，都只能是笑話，是像《好兵帥克歷險記》裏的那位主人公一樣，把所有貌似神聖而又有著自身克服不了的內在矛盾的說教全看成一堆笑料。在這裏，流氓以玩笑式的大徹大悟看待整個世界；流氓身上從來無所謂真正的矛盾、悖論，矛盾和悖論僅為循規蹈矩者和膽小鬼而設：「古今來莫非話也，話莫非笑也。」[2]這就是說，正史世界上上好的言辭不過只是說教，而且也僅僅是說說罷了。而在小流氓韋小寶點化成的流氓世界上，「話」不過就是調「笑」——距離象徵意義上的「調情」只有一步之遙：他把整個世界當成了裝滿婊子的妓院，除了調情還能幹什麼正經事？調情是流氓世界上法定的事業。因此，「不笑不話不成世界，」「天地一笑場也。」[3]這裏的「世界」、「天地」——很顯然——單指流氓世界。在這個世界上，在流氓眼中，「經書子史，鬼話也，」[4]自然沒有聽從、遵守的必要。連偉大的伏爾泰也說，在一個荒唐的世界上唯有哈哈大笑才是最正經不過的了。流氓世界正是金庸過往創作極力構架出的三重世界走向荒唐世界的結果。而要在這個世界上討生活的眾生，就既不用聽取正史邏輯的內在律令，也不必聽取野史邏輯認可的「鬼畫符」，更不用聽從佛禪邏輯經常實施的當頭棒喝，在撈到好處，四處調

---

[2] 墨憨齋主人〈《廣笑府》序〉。

[3] 咄咄夫〈《笑倒》序〉。

[4] 墨憨齋主人〈《廣笑府》序〉。

情、發情的過程中，也不妨來一手「或笑人、或笑於人、笑人者亦復笑於人、笑於人者亦復笑人」的花招；[5]這既是心領神會的笑，也是看透了三足鼎立的三重世界滑稽表演後的大徹大悟。

陳近南眼裏的民族大「義」，在韋小寶心中哪裡還會有什麼位置！他以偷聽康熙機密為幌子騙過陳近南和天地會，允許他得以繼續留在宮中。為了騙取陳近南及天地會的信任，他才不時做一些於天地會有利的勾當，對於反清復明本身他經常對自己說的卻是：這「清」也不用反，這「明」也不用復了。而對於康熙，韋小寶的捨命相從，最初卻為的是怕掉腦袋；當然，後來也開始有了一些真感情，如同他對陳近南一樣，因為他們在內心深處的確待他不錯。而當康熙探知韋小寶府中有天地會重要人物集會準備炮轟韋府時，韋小寶之所以拼命出去報信，歸結起來理由有二：首先，如這些人真被炮轟了，韋小寶是逃不了干係的，天地會少不得要找他秋後算帳，要將他的腦袋拿去當球踢；其次，集會人當中有他最喜愛的一個女孩子，韋小寶對之垂涎已久。按他的話說，那可人的模樣即使宮廷這座大妓院也實在難找。於是他救走了這批人。

當康熙把救人畏罪潛逃的韋大人找回時，韋小寶煞有介事到對康熙說：「對皇上講究『忠心』，對朋友講究『義氣』，忠義不能兩全時，奴才只好縮頭縮腦，在通吃島釣魚了。」這就是韋小寶令人滑稽的流氓「忠心」觀、「義氣」觀。為了自身高於一切的利益，就可以出賣在正史邏輯看來至高無上的「天理」，那麼，忠心云云就只剩下軀殼，靈魂不用說早已出竅；當僅僅是為一個可人的女孩子，為了一張在佛家看來註定要變作白骨的臉，才順帶去搭救那麼多豪傑義士免除炮灰之災，那麼，這義氣也未免太過可笑了。而這恰恰就是韋小寶的流氓邏輯。可笑的是，康熙與天地會都信了他那套鬼把戲，康熙甚至原諒了他的一切罪行。天地會則感激他的救命大恩，陳近南死前還摸著他的腦袋誇他說，你從來都是個好孩子。

5　墨憨齋主人〈《廣笑府》序〉。

　　他們共同誤解了韋小寶。如果說康熙之誤解,是因為他和韋小寶本來就是「表裏」關係因而能理解韋小寶,因此他是在理解的層次上進行誤解的話,那麼,天地會群雄則分明以為韋小寶是堅決站在反清復明的正史邏輯立場,卻又是雙倍的誤解了。韋小寶對此是了然於胸的。陳近南既已誤解了韋小寶,也就從隱喻、暗示的層面上認可了正史邏輯是可以且必須要以流氓邏輯為歸宿的——因為號稱能夠評判一切是非的正史邏輯幾乎分辨不出忠貞奸佞。這其中並不需要三段論來搭橋,凡讀過幾本中國書的人其實都知道箇中要訣。而康熙對韋小寶的理解式誤解更加證明了正史邏輯是許可流氓邏輯的,因為畢竟小流氓韋小寶用他獨特的流氓行為為康熙帶來了很多精義在「王」的好處。這就是韋小寶身上沾染的微言大義。

　　陳近南後來因為內部的爭權奪利死於鄭成功次子鄭克塽的偷襲之下,為了民族利益,也為了正史邏輯本身的忠、孝、節、義,陳近南命令韋小寶不允許找鄭克塽報仇。按照正史邏輯的說法,師命如山,是決不允許更改的。韋小寶答應了。但韋小寶又反悔了。以鄭克塽橫插一杠搶走自己的可人兒阿珂為名,他脅迫已被自己抓在手裏的鄭克塽以後再見到自己時要連本帶息還上百萬兩銀子。以「戀人」換錢作為「報仇」的手段,這已是幾近無賴的方式,卻正是流氓世界共有的法寶之一,韋小定也戲謔性地以此算是遵守了師父的遺命。鄭克塽後來兵敗被康熙封王客居京城,韋小寶則唆使手下去找鄭的晦氣,天天逼他還銀子。甚至最後為救清廷反賊茅十八的性命,還調包斬殺了鄭克塽手下最有功夫的一員大將。從這裏或許可以看出,流氓眼中的「義」有什麼內涵了吧?他要麼是為了自己的利益而行「義」,要麼是在公報私仇過程中順帶行一把「義」——畢竟這可以為他其後的繼續流氓帶來好處、埋下伏筆。這絕對是讓正史世界、野史世界和佛禪世界的「義」氣得老臉漲紅、肝病發作的行徑。

　　《淮南子》說：「孔子弟子七十，養徒三千人，皆入孝出悌，言為
文章，行為儀表，教之所成也；墨子服役者百八十人，皆可使赴火蹈
刃，死不旋踵，化之所致也。」[6]據說，榜樣的力量歷來都是無窮的。
但無論從哪個角度，韋小寶都絕對不願同意這些模範人物的榜樣作
用。韋小寶不會為了民族利益去捨生忘死，也不會為了師父遺命而入
孝出悌；當他代康熙征伐羅剎國時，作為主帥，在羅剎人的火藥槍下，
韋小寶隨時準備第一個負命逃跑。而師父讓他對大漢中心主義做點有
益的事，即使添一匹磚加一塊瓦也行，韋小寶非但沒有所從，反而在
師父死後，居然遵照康熙命令，率兵打下了反清復明的老巢臺灣。這
肯定是對韋小寶誤解了一生的陳近南永遠也不會想到的。

　　在中國歷史上，外族入侵甚至入主中原已是常事，每每都有一
些號稱仁人志士者為了復我漢家河山不惜拋頭顱灑熱血，喚作什麼
「壯志饑餐胡虜肉，笑談渴飲匈奴血，」「驅逐韃虜、興復中華」……
的是感人。近世以來，屢屢有人提出，凡此等等只是正史邏輯中大
漢中心主義的狹隘性所致，並教導我們要把自己當作一個世界公
民，要破除這種民族之間的恩仇、殺伐和涇渭分明的界限。[7]佛禪世
界曾為此露過一鼻子，但其不成功是十分明顯的。金庸卻讓我們在
流氓世界上通過對韋小寶的敘事窺見了端倪：原來我們完全可以不
管什麼華夷之辨。

　　《鹿鼎記》一開頭，通過清初隱士呂留良與小兒子呂葆中的對話，
說出了「鹿鼎」兩字的涵義。這兩個字在中國文化語境中確實是神祕
的、神聖的，也是不祥的：「逐鹿」、「問鼎」都意味著做皇帝，而想做
皇帝就必須首先要殺人。在呂留良那幫誓死不食清粟的前明遺臣們看
來，逐鹿問鼎只是我們漢人的事。[8]初看起來，金庸是想繼續給我們來

---

[6]　《淮南子·泰族訓》。
[7]　參閱康德〈世界公民觀念之下的普遍歷史觀念〉一文，載康德《歷史理性
　　批判》，何兆武譯，商務印書館，1990 年。
[8]　參閱《鹿鼎記》第一回。

一通華夷之辨的演義；但寫《鹿鼎記》的金庸已不是寫《書劍恩仇錄》（那部書才真正是談華夷之辨的）時的金庸了。他讓韋小寶的行動軌跡劃出的流氓世界徹底打翻了這一切：流氓是從不計較什麼華夷之辨的。華夷之辨幾毛錢一斤？韋小寶會撇撇嘴問。

當反清復明的老巢臺灣被滅，當人見人恨、流氓成性、反覆無常的大奸賊，而又想當皇帝並順帶復我漢家河山的吳三桂被蕩平後，清廷大局已定，已成為新一輪「天理」的象徵。反清復明的志士們大多已心灰意冷，僅只一些死不悔改的人物如顧炎武等，還在兀自孤零零地吶喊叫陣。但顧炎武自己是無能為力的，在《鹿鼎記》篇末他有幸見到了韋香主、韋大人，顧炎武以一介大儒的身份對韋小寶說：

> 「我們來勸韋香主自己做皇帝……」韋小寶呆了半晌，才道：「我是小流氓出身，拿手的本事就是罵人賭錢，做了將軍大官，別人心裏已然不服，哪裡還能做皇帝？」……呂留良道：「凡英雄豪傑，多不拘細行。漢高祖豁達大度，比韋香主更加隨便得多。」他心中是說：「你是小流氓出身，那也不要緊。漢高祖是大流氓出身，他罵人賭錢，比你還要胡鬧，可是終於成了漢朝的開國之主。」（第五十回）

很可笑嗎？然而並不。顧炎武、呂留良是當世大儒，既深通華夷之辨的神髓，更懂得正史世界必然的、潛在的走向：那就是流氓世界。他們舉出漢高祖作為例證，鼓勵韋小寶不要自暴自棄，既要見賢思齊，又要充分看到自己已經是流氓這個天然長處，像那個倒楣的丹麥王子一樣完全可以擔當起「扭轉乾坤的重任」（莎士比亞《哈姆雷特》）。正史世界的一切說教在自身的內在矛盾難以解決時，就從理論上為流氓世界的出現準備了後門；而理論之到現實往往快如閃電。顧炎武、呂留良諸人的苦口婆心，正應該站在流氓邏輯的維度來透視和剖析。而顧、呂臨別韋小寶時扔下的哀求之音是：「韋香主千萬不要忘

記自己是漢人的子孫。」這話有氣無力。卻也正是看透了正史世界將
向流氓世界的必然滑動後才說出來的。

　　但韋小寶比他們更早看穿。他用耍流氓的方式騙過顧炎武等人的
勸告之後回到了揚州。也就是說，從骯髒的宮廷回到了污穢的妓院。
他就要達成自己平生最大的志向了：開一所比麗春院還要大的妓院。
他滑稽、「有恥」（康熙罵韋小寶的說法）的笑聲，讓他看透了正史、
野史和佛禪這三重世界上的一切，他用自己獨自開創的流氓世界，使
其他三重世界的大「義」在笑聲中「而富貴假」、「而功名假」、「而道
德亦假」、「而大地河山皆假」，[9]唯獨流氓世界和流氓邏輯是真實的。
正是在流氓世界的實有面前，其他三重世界顯出了自身的虛無性，就
更不用說什麼大漢中心主義了。

　　韋小寶後來回到揚州的麗春院，見到了還在操皮肉生涯的母親
韋春芳，韋小寶問道：「『媽，我的老子倒底是誰？』韋春芳瞪眼道：
『我怎麼知道？』韋小寶皺眉道：『你肚子裏有我之前，接過什麼客
人？』韋春芳道：『那時你娘標緻得很，每天有好幾個客人，我怎記
得這許多？』韋小寶道：『這些客人都是漢人罷？』韋春芳道：『漢
人自然有，滿州官兒也有，還有蒙古的武官呢。……那時候有個回
子，常來找我，他相貌很俊，我心裏常說，我家小寶的鼻子生得好，
有點兒像他』。韋小寶道：『漢滿蒙都有，有沒有藏人？』韋春芳大
是得意，道：『怎麼沒有？那個西藏喇嘛，上床之前一定要念經，一
面念經，眼珠子就滑溜溜瞧著我。你一雙眼睛賊忒嘻嘻的，真像那
個喇嘛』」（第五十回）這就是一切「皆假」之後，金氏又給我們端
出了妓院中的國際主義。康德的「世界公民說」在前三重世界裏，
尤其是在正史世界上是沒有的；除了《鹿鼎記》，在金庸的其他所有
作品中也是沒有的。佛禪世界從泯滅恩仇、萬有皆空的維度化解民
族恩仇的老把戲，也不免歸於過早虛脫，只有流氓世界上妓院中的

---

[9]　馮夢龍〈《古今笑》序〉。

國際主義才徹底消解了華夷之辨，割斷了大漢中心主義的臍帶，也為外族入侵時當漢奸找到了理論藉口。

如果說，流氓世界僅僅出於自身利益而窺破大漢中心主義只是一種表像，妓院中的國際主義則從血緣上、從根子上對大漢中心主義作了徹底地修正和扭轉。妓院中的國際主義的直接產物韋小寶，對我是誰，我從哪裡來，將永遠也弄不清楚了；但他由此而往哪裡去卻是明明白白的：在流氓世界上縱橫馳騁，將一切和自己無關的恩仇消於腦後，什麼正邪、什麼華夷，統統不在話下，只是耍流氓罷了。

這就是金庸的詭計和智慧。他為中國文學的人物畫廊，帶來了一個純由中國傳統文化哺育起來的精怪式人物；更為重要的是，金庸或許也由此看清楚了中國文化的未來走向：它已耗完了自身的全部可能性，它已經無路可走了，它頂多開出流氓世界，它只能生出韋小寶。

儒道互補對流氓文化的繼續「寬容」

　　海頓・懷特（Hayden White）提醒我們說：「『歷史』不僅是指我們能夠研究的對象以及我們對它的研究，而且是，甚至首先是借助一類特別的寫作出來的話語而達到的與『過去』的某種關係。歷史話語以其具有文化意義的形式現實化為一類特定的寫作。」[1]《鹿鼎記》正是這一論述的絕好注釋：它是一本獨特的「史書」，是中國文化所能構造的三重世界在走到絕路和頂點時導致的歷史的又一種寫法，它是流氓話語的集大成版本。一般而言，正史世界和野史世界、佛禪世界各有各的歷史觀，對同一歷史事件也各有各的看法；《鹿鼎記》是這一切歷史觀的破壞者。它的歷史觀是戲謔化的、流氓的歷史觀。

　　韋小寶的狂歡行徑告訴我們，在前三重世界走上絕路後，流氓的出現就是現實的必然，也只有流氓才能幹出留名青史的大事。韋小寶在整部書中左右逢源，贏得了看似對立的諸方人士的垂青，以致於能夠集各種大事的成功於一身，就是因為他在作者的敘事框架中早已洞明這一真理。韋小寶大「事業」的開端是幫助康熙捉拿權臣鰲拜，好使天下大權歸於天理（皇帝）之手。在這一事件過程中，雄才大略的康熙充分表現出了高超的流氓手腕：他作為制馭天下之人，不是採取以理服人、光明正大的手段，而是假借一幫小太監與鰲拜比武，由康熙本人背後偷襲一刀，更兼韋小寶使用下三濫手段才治住了鰲拜。具有嘲諷意味的是，事情就發生在「正大光明」匾額下的宮中大殿！事情完後，康熙對毫不知情、嚇得打抖的小太監們說：「你們都親眼瞧見了，鰲拜這廝犯上作亂，竟想殺我；」爾後又說：「若有洩露風聲，小心你們的腦袋。」（第五回）

---

[1]　海頓・懷特〈「描繪逝去時代的性質」：文學理論與歷史寫作〉，科恩《文學理論的未來》，中國社會科學出版社，1993 年，第 43 頁。

韋小寶呢？則在激鬥不下時（鰲拜號稱滿州第一武士）又使用下三濫手段：用香爐中的灰撒鰲拜的眼睛。這種方式韋小寶第一次使用時，正派人士茅十八就狠狠教訓過他，說這不是正人君子之所能為。康熙當然不是茅十八，他對韋小寶的機靈十分理解，也十分欣賞。從此以後，韋小寶知道自己是個「奉旨流氓」了，猶如柳永號稱的「奉旨填詞柳三變」。

張竹坡曾以複雜的心情說：「《金瓶梅》是一部史記。」[2]「奉旨流氓」恰好是《鹿鼎記》這部「史記」的傳主。對韋小寶而言，目的是手段的依據；而從所有的手段中挑選什麼樣的手段要看哪一種手段最省力、最有效，如同在同一個平面上選擇兩點之間的距離——手段的是否道德，只有傻瓜才考慮。韋小寶當然不是。他聰明著哩。解決恩仇是這樣，解決經國之大業同樣如此：目的首先在於奉旨流氓的身家性命和利益關係。

在韋小寶護送康熙的妹妹遠嫁吳三桂的兒子吳應熊的路上，逐漸與小公主勾搭成奸。但韋小寶忘記不了此行的責任重大：康熙又動用了傳統的流氓老技法——和親——以求安撫正在蠢蠢欲動的吳三桂。韋小寶很不願一朵鮮花就這樣插在牛背上。他用計策讓小公主割了吳應熊的陽物，使這樁親事名存實亡，小公主後來也倒在了韋小寶的床頭。韋小寶也趁機把野史邏輯中「為我」一極開出的「肉體的盛宴」發揚光大。但他仍然把小公主看作婊子。這個妓院出身的小流氓在心中至少把小公主喊了幾十次小婊子，就是明證。康熙後來饒恕了韋小寶從吳應熊的嘴中拔牙，正是因為康熙與韋小寶在流氓行徑上的互為表裏才救了韋小寶的狗命。韋小寶此後的處處幸運也正是因了他與當今皇帝的這種表裏關係，並不僅僅只是他的狗運當頭。

中國傳統小說往往十分重視巧合。宋江在柴進府上一口痰吐得不對，引出了早已被作者和讀者忘記多時的武都頭的大怒和揮拳相向，就是所謂無巧不成書的妙用。李漁對此曾有言：「其會合之故，須要自然而然，水到渠成，非由車戽。最忌無因而至，突出其來，與勉強生

---

[2] 張竹坡〈批評第一奇書《金瓶梅》讀法〉。

情，拉在一處，令觀者識其有心如此……」[3]李漁此處是就戲曲而言，
倒也適合小說中的巧合。金庸的小說往往就把情節寄存在巧合之上；
而韋小寶之所以處處亨通，全是一串串人對他在一串串事上產生的誤
解所致。但金庸是以戲擬的方式在使用傳統的巧合。

　　中國小說傳統精神中，巧合是為了框架情節，更是為了此情節所顯出
的真實性能讓人信服。《鹿鼎記》中的巧合則以誤解的方式出現，它一方
面也是為了讓小說中的諸人對韋小寶有一個信任的態度以便推動情節；
另一方面則是要讀者看出，書中諸人對韋小寶的信任全是調笑式的誤解
（而不是悲劇性的誤解。這裏沒有一絲一毫的悲劇性）。這誤解來源於全
書的整體氣質：正是誤解使暫時還不懂得流氓精義的人對流氓產生巧合
式信任，也正是不會誤解與會誤解劃分了流氓與非流氓的陣營。這稱得上
是誤解的形而上學。當陳近南被花花太歲鄭克塽殺死，陳近南怕韋小寶為
自己報仇有污自己一生的「忠義」英名，遂命韋小寶不得為自己報仇，韋
小寶滿口答應；當陳近南稱韋小寶從來都是個好孩子時……就明顯建立在
誤解的形而上學之上。但從韋小寶的一方看來，正是陳近南的愚忠是最足
以讓流氓噴飯、吐哺的笑料。康熙就不同了，他絕不會誤解韋小寶，而是
理解。但這是一種流氓對流氓的真心理解。他們互相從對方身上認出了自
己。當康熙想出資拯濟自然災難下的臺灣而又內庫空虛時，韋小寶主動
將自己的一百五十萬兩銀子悉數拿出。康熙知道這是韋小寶為保住狗頭
而破財的流氓常舉，並不會誤解為是他愛民和「保民而王」的無私舉動。
因此，誤解的形而上學使韋小寶在宮廷內外都處處處於亨通地位；康熙因
為理解（即反誤解）而信任他，陳近南之流則因為誤解而寄希望於他。

　　這就是流氓之所以能夠青史留名的關鍵原因，也是韋小寶深深明
瞭的流氓理論之精髓。他的八面玲瓏，其實簡化下來也只是反誤解和
誤解這兩個主要原型，僅僅是「兩面」玲瓏罷了。作為流氓，他有充
分的能力遊刃有餘地做到這一點。

---

[3]　李漁《閒情偶記・詞曲部・格局第六・大收煞》。

奉旨流氓韋小寶一生事業的頂峰，是帶兵打服羅剎國並與之簽定尼布楚條約。在這件事上，他的流氓行徑也達到了登峰造極的地步。在與羅剎人激鬥相持不下時，韋大帥把尿撒在熱水中，從水龍頭射向城上的羅剎兵，馬上有人恭維韋小寶的舉動「大大折了羅剎鬼子的銳氣」；連代表康熙的欽差也頗為理解地說：「大帥，你的貴尿已經射上了羅剎人的城頭。這個……這個貴精不貴多，咱們這一仗已經打贏了。以兄弟淺見，似乎窮寇……窮寇莫射了。」（第四十七回）韋小寶卻於此之中靈感大發打敗了羅剎人。按我們的想法，韋小寶的這泡熱尿是應該留名青史的，畢竟他的戰爭得勝最關鍵就是因了這一泡熱尿和這一泡尿帶來的啟發。這就把戰爭竟直當成了流氓的活動舞臺，流氓的活動本身。Burgo Partridge 在《狂歡史》中曾說：「戰爭是一種令人憎惡的極端的狂歡形式。」[4]而在韋小寶看來，狂歡是固然的，但戰爭連一泡熱尿也敵不過，或者僅僅是旗鼓相當。這肯定會讓所有以各種名義來發動戰爭的人兒們十分氣憤——在流氓世界上，一切都是如此被嘲笑的對象。那些正經、嚴肅的歷史學家如果研究這段史實，又繞不開韋大帥的天縱神尿時，該會作若何感想呢？反正羅剎鬼子又把韋小寶水龍頭上噴出的神尿誤解為「中國妖法」了。這是誤解在歷史上的一次偉大勝利。而每當戰爭吃緊，作為主帥的韋小寶從來都是第一個打算逃跑，甚至已經逃跑，而他的部下每次都將此誤解為韋小寶誘敵深入的計謀。這並不重要，反正有讚揚熱尿「貴精不貴多」的大量欽差類人物存在。

正是誤解與對誤解的反駁，共同組成了對歷史的又一重寫法——流氓的歷史觀。套用海頓·懷特的話就是，誤解正是一種特別的、寫作出來的話語的原動力，達到了與過去的某種關係；這種關係的直接體現就是流氓歷史觀的形成。韋小寶在與羅剎人停戰之後進行談判時的表演，正是這一歷史觀的精湛表現。正在為劃分雙方邊界爭執不下時，韋小寶笑道：

---

[4] Burgo Partridge《狂歡史》，劉心勇等譯述，上海人民出版社，第 1 頁。

我另外有個公平法子……你既不想打仗，又不願二一添作
五，咱們來擲骰子，從北京到莫斯科，算是一萬里路程，咱
們分成十份，每份一千里，我跟你擲骰子賭十場，每一場的
賭注是一千里國土，如果你運氣好，贏足了十場，那麼一直
到北京城的土地都算羅剎國的。（第四十八回）

　　這顯然就把民族與民族之間的矛盾直接簡化為一種開玩笑式的賭
博了。我們從中也許更能看出，民族之間的衝突在韋小寶這號妓院中
的國際主義者眼中該有怎樣的地位；這莫不是金庸為糾正大漢中心主
義做出的一種玩笑式努力？反正韋小寶的行徑直氣得羅剎代表將韋小
寶的劣質誤解為所有中國人的德行，羅剎鬼子說：「我從前聽說中國歷
史悠久，中國人很有學問，哪知道……嘿嘿，就是專愛不憑證據的瞎
說。」（第四十八回）在這裏，誤解又一次起了極大的作用。在韋小寶
的軟磨硬打下，羅剎國終於與大清簽定了尼布楚條約，韋小寶的流氓
手段在此極盡表演之能事，也就沒有必要細表了。
　　金庸塑造韋小寶，是因為自身創作邏輯上遇到的種種矛盾實在
難以自圓其說才被迫採取的寫作謀略。韋小寶的出現，也使金氏作
品系統全部改觀，第四重世界（即流氓世界）的出現，使金氏的作
品有了遠較之普通作家（不僅僅是武俠作家）更為宏闊的視野。我
在這裏大肆嘮叨流氓歷史觀的形成及流氓歷史觀的具體動作，但同
樣也沒有忘記一點，那就是金庸對韋小寶在歷史上的英名被埋沒所
抱有的「複雜」心情。韋小寶是個文盲，在尼布楚條約上簽字時，
只寫了個「小」字。此人先畫一豎，然後在一豎兩旁再加兩個像阿
Ｑ一樣畫不圓的圈。金庸對正史世界忘卻韋小寶慨歎萬端：「條約上
韋小寶之簽字怪不可辨，後世史家只識得索額圖和費要多羅，而考
古學家如郭沫若之流僅識甲骨文字，不識尼布楚條約上所簽小字，
致令韋小寶大名湮沒……古往今來，知世上曾有韋小寶其人者，唯
《鹿鼎記》之讀者而已。」（第四十八回）當然，也就是說，首先知

道韋小寶的肯定就是《鹿鼎記》的作者了。這表現了金氏的豪氣：
唯有他才有幸遇到創作上的諸多險情，也唯有他才能從諸多險情中
抽身而出，並端出韋小寶給諸多險情看。更重要的還在於：韋小寶
的大名湮滅，不也正說明了流氓世界與正史世界的對立，流氓世界
到底還是上不得正史世界那盛宴的台盤嗎？正史世界的必然極致是
流氓世界，正史歷史觀的必然走向就是流氓歷史觀，但正史世界及
其歷史觀是註定既要當婊子又要立牌坊的，它們在表面上雖然不同
意流氓世界及其歷史觀，但內心裏早有一個腦袋在對流氓世界觀點
頭致意：它們同意給韋小寶一個「通吃伯」與「鹿鼎公」的封號，
也同意他帶兵上陣廝殺，更同意他在緊要關頭使用下三濫手段，但
決不會給他在正史上記下一筆，給他一個動聽的名號。

　　或許會有人說，這當然是金庸的小說家言，但我們似乎也應該
承認，這恰好是正史歷史觀的一慣手腕。「君子曰：《春秋》之稱，
微而顯，志而晦，婉而成章，盡而不紆，懲惡而勸善。非聖人孰能
修之？」[5] 說得好極了。宣太后也對來訪的使者尚子說過：「妾事先王
日（也），先王以髀加妾之身，妾困不疲也，盡置其身妾身上，而妾
弗重也，何也？」[6] 正史徒弟王世禎對此破口大罵道：「此等穢褻語，
出於婦人之口，入於使者之耳，載於國史之筆，皆大奇。」[7] 為什麼
呢？就是因為史書作者沒將宣太后的話來一通「微而顯，志而晦」。
韋小寶也因為其流氓行徑、因為其流氓世界的歷史觀而不能入「使
者之耳」，不能「載於國史之筆」而被「諱」掉了。你能保證一部二
十四史（說二十六史更為正確），通通都是它們自己稱道和記載的光
明正大的王化史而沒有刪掉其極致處的流氓成份嗎？這中間被湮滅
的又有多少個韋小寶呢？

5　《左傳》成公十四年九月。
6　《戰國策‧韓策》。
7　王世禎《池北偶談》。

楊墨互補對流氓文化的「寬容」

　　韋小寶從揚州妓院初來宮中最大的發現之一是得知太后居然是假貨，而且還養了一個又醜又胖的漢子。雖然皇太后一心想殺韋小寶滅口，但韋小寶仍不免在內心深處將太后引為知己：正是太后首先讓韋小寶明白，他可以將宮廷看作揚州妓院。韋小寶後來誤打誤撞，被邪教神龍教教主及夫人認作徒兒，並被授予「白龍使」職位後，才發現假太后毛東珠原來跟他是一樣貨色：她也是神龍教教徒。這樣，韋小寶不獨牽扯在天地會與宮廷的關係中，也牽扯在宮廷、天地會和神龍教的大三角裏。

　　按理說，天地會也好，宮廷也好，如果在金庸的早期敘述中（比如在《射雕英雄傳》和《書劍恩仇錄》裏），都很可能被處理為正史世界，而神龍教則極有可能被處理為野史世界。「人面不知歸何去，桃花依舊笑春風。」此時的金庸派韋小寶去和這一切接洽，則不僅把正史世界點化為流氓世界，也讓野史世界成為了流氓的時空。

　　其實，野史世界比正史世界成為流氓世界有著更好的基礎和雄心大志，野史世界中「為我的盛宴」（楊朱：拔一毛而利天下，弗為也）這一極，極有可能鼓勵人為了自身利益而不擇手段；但人們似乎應該記住，其另一極「兼愛的盛宴」（墨子：使天下兼相愛，愛人若愛其身）必然會對之進行限制。只有當為我的盛宴與兼愛的盛宴連在一起被觀察時，才能擁有自身的內涵並共同構成野史邏輯。從這個角度而言，韋小寶流氓行徑的理論來源不是「為我的盛宴」，而有其自身準則：這準則來源於前三重世界的互相對話、殺伐的極致；與正史世界的極致必然生出流氓世界一樣，野史世界的極端化發展也肯定會產出韋小寶這樣的什物。在這裏，我不打算玩什麼邏輯證

明的花呼哨，我要用韋小寶自身的行動來證明這一結論。在大多數情況下，事實肯定會勝於雄辯。

當韋小寶誤打誤撞，初上神龍教寄居的海外孤島時，用花言巧語三下五除二就贏得了洪教主夫婦的好感，當然首先是用流氓的花言巧語征服了對方。這隱喻的涵義是：洪教主夫婦固然是「為我的盛宴」上的佳餚美味，卻又不是遵從了流氓準則的韋小寶的對手；洪教主夫婦既然已認可了韋小寶並委以重任，則分明透露出野史邏輯也有一個極致，而且這極致就是韋小寶，因為在洪教主夫婦看來，很可能只有流氓最適合、最應該被委以重任，也很可能只有流氓才最有能力完成野史邏輯規定的任務。

事情的結果是：韋小寶一直就把魚龍混雜的神龍教玩弄於鼓掌之上。後來他建議並借康熙之力將神龍教打得四分五裂，神龍教主也命喪當場，連教主老婆早在教主死之前就懷上了韋小寶的種。此時此刻，在康熙面前，韋小寶本來是出於保命才獲得「白龍使」這一職位的，卻成了在康熙那裏能建功立業和邀功領賞的手段：可以以「白龍使」為誘餌從內部攻破神龍教。所以康熙對他的機靈非常理解並大加讚賞（他並沒有像陳近南那樣去誤解）。

無論是野史邏輯還是正史邏輯，都贊成有一個頭目擁有相當權力──想想皇帝和墨家的「鉅子」、佛家的方丈等名號就可以明白了。從野史邏輯的角度來說，韋小寶身為白龍使而又攻打神龍教，這是不講義氣，當罪不容誅；從正史邏輯的角度言之，韋小寶居然敢致本方頭目、對徒眾擁有生殺予奪大權的神龍教主於死地，這是欺君罔上，當然也應碎屍萬段。問題的複雜在於，韋小寶也是朝廷的人。他最終打誰或不打誰，標準全在於他的流氓邏輯；他既不是正史世界的子孫，也不是野史世界的門人。他不必聽從它們的號令。

金庸深諳個中要的；他端出韋小寶，目的之一就是作為對正史世界與野世界的嘲弄、顛倒。主要聽從野史邏輯號令的神龍教主不會是

韋小寶的對手，也就在情理之中。說到底，誰又能成為流氓的真正對
手呢？王朔說，我是流氓我怕誰；俗話說，要命的怕不要命的，不要
命的怕不要臉的。韋小寶就屬那種「不要臉」的角色。是啊，在揚州
妓院和宮廷這個更大的妓院中長大的後生，還有什麼人物堪稱其對
手？因此，野史邏輯在並沒有發展到極致的洪教主手裏，是沒有辦法
與野史邏輯極致處的韋小寶抗衡的。洪教主死前大罵韋小寶為流氓，
可惜悟道得太晚了——他本來完全有機會、有內在動力使自己也成為
流氓的。他沒有努力學習，他考了個不及格。真是合該。

　　呂思勉先生在《先秦學術思想概論》中說：「墨之徒黨多為俠，多
『以武犯禁』，為時主之所忌。……鉅子死而遺教衰，其黨徒乃漸復於
其為遊俠之舊。高者不過能『不愛其軀，以赴士之困，』而不盡『軌
於正義』，下者則不免『為盜蹠之居民間』者矣。」事實的確如此。這
也就是魯迅所論流氓來源之一種。我們且來看看野史邏輯中最有偉大
性的「兼愛的盛宴」一極吧。它所導出的平等之愛，曾經為男女間的
情愛找到了平等的充份理由，為愛情的神聖色彩、合理性提供了輝煌
的論證，這直接構成了野史邏輯導出的江湖烏托邦上的美麗風景線。
但韋小寶根本不理會這一套。他後來採取各種辦法、使用各種形式，
找到了年齡不齊、身份不一的七個老婆就是其結果。

　　在這些人中，他看起來人人都愛，甚至為了雙兒不惜破壞康熙
炮轟韋府以致於讓天地會一網打盡的計畫，但他從雙兒那裏得到的
僅僅是肉體之愛。當他面對殺師仇人鄭克塽並想手刃此人時，鄭克
塽毫不猶豫地將他私心愛慕的阿珂拱手讓給韋小寶，韋大人此時不
免醜態百出，連一向的口齒伶俐也做不到，居然渾身打顫，復仇之
刀也掉落地上，殺師之仇和一個在他眼中純是肉體的女孩比起來當
然不在話下……

　　這似乎正是聽從了野史邏輯「兼愛」一極的召喚。然而，當真如
此麼？我們不要忘了，韋小寶平生最大的志願是回揚州開一所妓院

（隱於色？），最好是蓋過母親打工的那家麗春院。而最得意的妓女人選則是七個老婆！這或許只是他的開玩笑，但韋小寶又有什麼是做不出來的呢？讓七個老婆去當妓女的話經常掛在他口邊，這就將「兼愛的盛宴」來了一次徹底的遭踏。在整個「戀愛」過程中，韋小寶連一個大老爺們該有的糊塗、被愛情擊昏了頭腦的愚笨舉動都沒有，始終保持著一個性命生意人和肉體生意人的精明頭腦；為阿珂激動得渾身打顫，也不過是財產式和肉體式的阿珂又能重新回到他身邊，又能讓他在抒發肉體上大展手腳而已。也就是說，他儘管看起來對七個老婆都很平等，他的七個老婆中有的人（公主）還敢打他的耳光，但這一切與所謂平等的夫妻之愛（墨家兼愛倡導的），也就是野史邏輯所教導的內容八竿子也打不著。這是韋小寶這個流氓本有的對野史邏輯的無盡嘲諷；同時也是野史邏輯無可奈何而默許的結果。

最值得一說的是他的兩個老婆，一是公主，另一個便是曾經的洪教主夫人。公主本來是要許配給吳應熊而安撫吳三桂的。但韋小寶在護送公主去雲南的途中，早已暗渡陳倉，行了「掃開鳥道三千里，先到巫山十二峰」之實。到雲南後，又設計讓公主割掉了吳應熊的陽物（從一個特定的角度說，中國文化實際上就是一種割陽具的的文化，韋小寶的確理解這一點）。吳應熊這個「熊包」從此擁有嬌妻卻不免無能為力。

在韋小寶眼中，康熙的正史邏輯、正史邏輯本有的經國之大業和不朽之盛事，從根子上是不名一文的，統統應該讓位於韋爵爺的流氓準則。問題還不止於此。當公主與韋小寶私奔後，他一邊與別的女人談情、調情，一邊在公主對此大有怨言時，他還不住地威脅要把她賣了。這可能是開玩笑，但不是的可能性最大，因為公主從此再不敢對他有半句不滿。

洪夫人既是韋小寶的師父，又是韋小寶的頂頭上司，是他的半個主人。但他背著洪教主與其夫人通姦，直到洪夫人已有身孕。洪教主

之死與此有直接關係。是啊，嬌妻被人占了，「人皆玳瑁，我獨烏龜，」
洪教主焉能咽得下這口鳥氣！這暫且不忙說；關鍵在於，與自己的師
父相愛在金庸著作中至少也有楊過、小龍女一例（《神雕俠侶》），他們
的愛情曾經在江湖上掀起了血雨腥風，他們的愛情的確是對對此有不
同看法的正史邏輯的一大嘲弄，是真正聽從了野史邏輯的召喚，也是
為金庸所讚賞的。假如說對楊過與小龍女的情愛金氏還有著相當地嚴
肅、同情、欣賞等感情在內，那麼，到韋小寶與洪夫人之間的偷情則
完全是調笑的口氣了，既不好讚揚也難以反對。流氓有他自身的行動
軌跡，他懂得但丁「走自己的路，讓別人去說」的教誨。而且韋小寶
對自己的七個老婆並不真愛，他之所以與洪夫人私通，一半是迫於肉
慾，一半則是出於危險的情勢。

　　韋小寶對自己老婆們的態度，或許可從韋小寶的母親、老妓女韋
春芳那裏得到驗證：「那日韋小寶到了揚州，帶了夫人兒女，去麗春院
看娘，母子相見，自是不勝之喜。韋春芳見七個媳婦個個如花似玉，
心想：『小寶這小賊挑婦人的眼力倒不錯，他來開院子，一定發大財。』」
（第五十回）韋小寶與母親的想法如此吻合，他把老婆們徑直帶往非
良家婦女而能入的妓院，足見韋小寶要賣公主云云並不全是開玩笑。
身出皇家之門的公主和身為教主夫人的蘇荃都拜倒在韋小寶面前，都
被韋小寶操縱於股掌之上，則充分證明了正史邏輯和野史邏輯的徹底
失敗，流氓邏輯的徹底成功，流氓世界的周流六虛。

　　我們也不妨再嘮叨一下流氓世界的「義」與野史邏輯的「義」的
差別。韋小寶曾多次提到義，也號稱是講義氣的，這一點連康熙也理
解。韋小寶的「義」與正史邏輯的「義」的差別且不去管它。野史邏
輯的「義」是在兼愛的要求下，仗劍揮殺、剷除違反「天志面前人人
平等」的混蛋，要求要有胡斐那種「苟義之所在，雖千萬人，吾往矣」
的大無畏氣概。韋小寶的「義」則是在有利可圖時才開始拔刀四顧，
一切標準全在這個流氓邏輯；還有一個前提是，一旦行義不成反有被

賊咬的可能時，則毫不猶豫地開溜。這是流氓邏輯規定了內涵的「義」的本有特徵。

很顯然，韋小寶在大談義氣時，不僅會讓正史邏輯生氣，讓野史邏輯火冒三丈，也會讓金庸和我們都感到可笑和滑稽。「義」在韋小寶眼中只是可有可無的東西，充其量乎是一件玩物、是在做性命生意時的一件道具。我們有理由追問，他一面與康熙講義氣、與天地會講義氣，也與神龍教講義氣時，如果這三家在任何時候都拿他毫無辦法，也沒有任何實際的好處給他時，他還會講義氣嗎？

野史邏輯在耗盡全部內在功用、在「兼愛」的一極與「為我」的一極互相殺伐爭執不休（即其內在衝突）、在這二者與正史邏輯互相爭吵卻沒有勝負後，曾經出現了佛禪的教義前來充當裁判，但效用的有限是顯見的。當佛禪對正史邏輯和野史邏輯的互相衝突、對它自身本有的內在矛盾感到絕望時，也同意了韋小寶，同意了流氓邏輯的出生。流氓邏輯的臍帶始終在野史邏輯和正史邏輯處。我們偉大的中國文化曾經哺育了多少個韋小寶？明眼人怕不難知道，也恐怕太難知道了。

佛禪文化對流氓文化的「寬容」

　　朱大可在精彩的〈流氓的精神分析〉一文中寫道：「流氓向人的終極信念宣戰的日子早已降臨。……在思想的陰影裏，流氓吞噬了人的精神性無限向上的可能。」[1] 這是十分正確的見解。事實上，在流氓世界裏、正史世界和野史世界的說教全不在它眼裏。曾經給中國人提供過精神慰籍的佛禪世界是不是可以逃此劫數呢？我曾經分析過，在金庸的創作邏輯裏，佛禪世界是為化解正史世界和野史世界的衝突及其各自本有矛盾才出現的，其結果是：在耗盡佛禪的內在有效可能性後，原先要求化解的矛盾與衝突依然存在。如果說此時的佛禪還僅僅是顯得無能為力的話，韋小寶的出現則給了佛禪世界以致命的打擊。當然，在《鹿鼎記》裏，佛禪世界仍然是存在的，只是由於韋小寶的到來，使佛禪世界與之兩相對照不僅蒼白虛脫，而且本身就是個反諷。《鹿鼎記》是一部應該顛倒過來看的書，如同馬塞爾・普魯斯特（Marcel Proust）說他的《追憶逝水年華》是一部應該倒退著前進的書一樣。一切金庸曾經贊同過的東西在這裏都被翻了個過。此話如若不錯，那麼，佛禪以其反向進入韋小寶的視野，也就是題中應有之義了。還是讓我們來看看韋小寶的真實舉動吧。

　　當順治皇帝（康熙之父）為了化解兒女情仇之苦，皈依佛門獨上五臺山時，韋小寶奉康熙之命也上五臺山去保護順治帝（法號行癡）。但五臺山的和尚堅決不接納韋小寶，顯出了佛禪世界對正史世界的完全消解、消融。然而，韋小寶是何等樣人，天下在他眼中不過一妓院耳。如今他又要來點化佛禪世界了：他假冒是從北京千里迢迢來請五臺山的和尚，去給已故的父親做法事的，以免他親愛的爹爹在充滿硫磺味的地獄

---

[1]　朱大可〈流氓的精神分析〉，《花城》1996 年第 5 期。

中受苦受難。韋小寶一邊向和尚假意陳情，一邊卻在心裏自言自語地和自己的嘴巴對話：「他媽的，你生下老子，就此撒手不管，下地獄也是該的。老子碰巧給你做七日七夜法事，是你的天大運氣。」（第十七回）

在韋小寶眼中，和尚十分好欺騙，因為和尚們是相信緣份、相信劫數的。誠如《碧血劍》中的木桑道長所言：「舊劫打完，新劫又生，局中既有黑白子，這劫就循環不盡。」韋小寶於是就給和尚們心造一劫，心續一緣，說他母親與五臺山方丈有緣份，這法事定要五臺山的寶刹去做。韋小寶又開始自己與自己對話了：「你跟我媽媽有緣份，這倒奇了。你到揚州麗春院去做過嫖客嗎？」（第十七回）如此這般，韋小寶終於見到了行癡，將宮中太后之事說與行癡，引得行癡出家前的兒女之情大發，便要起身出走，再次滾到紅塵中去殺了那可惡的太后。這時方丈出現了，本著佛法四大皆空、慈航普渡的大義，方丈對行癡進行了開導、啟發，行癡終於再次恍然大悟，滅了重返紅塵、讓太后狗頭開花的念頭。

傳說順治皇帝的出家偈云：

> 天下墳林飯似山，
> 缽盂到處任君餐。
> 黃金白玉非為貴，
> 惟有袈紗披最難。
> 朕為大地河山主，
> 憂國憂民事轉煩。
> 百年三萬六千日，
> 不及僧家半日閒。
> 來日糊塗去時悲，
> 空在人間走一回。
> 未曾生我誰是我？
> 生我之時我是誰？
> 長大成人方是我，

合眼朦朧又是誰？

……

行癡再次收歸凡心，說明佛禪的威力仍在，它仍能調解某些愛恨情仇和殺伐，使之消於無形。如事情到此結束，佛禪世界的功用就頗有點得勝回朝的意思了。不幸的是，它碰上了韋小寶。韋小寶可不管什麼「誰是我」、「我是誰」、「方是我」、「又是誰」這些勞什子問題。正當方丈在對行癡施以佛家大法，說什麼生死齊一時，韋小寶又在腹中痛罵開了：「操你奶奶的老賊禿！我要打你、罵你，殺你，你給不給我打罵？給不給我割你的老禿頭？」（第十八回）這話算問到了根子上。佛家大法在韋小寶這看似流氓無賴的一問中，頓時現出了原形。

不過，和尚們也可以來一套「從權」。比如，真有刀斧加頸時，他們雖然也害怕那殺人不過頭點地的區區小事，但同時也找到了反擊、甚至殺死對方的理由：我不下地獄誰下地獄？今天我殺了你，是免了你殺我這個罪孽，卻減了我的法力，終不免要代你下地獄。這是對佛陀捨身飼虎的另一種理解。「佛告王曰：『時彼大臣救活一人，令得道者，今恒伽達是。由是因緣，所生之處，命不中夭，今值我時，逮致應真。』」[2] 佛法的慈航普渡在化解不了恩仇時，自告奮勇下地獄乃是其極端發展；金庸小說中也有的是這樣的例子，沒有必要一一例舉。韋小寶不過是給他們點明罷了。佛禪世界不僅功用有限，而且其極致處就是韋小寶：它並不主張主動獻上禿頭，而要為此禿頭殺了對方的頭並美其名曰「我不下地獄誰下地獄」，真正是對自己的教義隨意「從權」的流氓行徑。歷代儒士經生排佛往往都從經濟、統治角度著眼（比如韓愈），金庸可謂一語道破了天機，實在比韓愈等輩要高明多了。

唐人錢起有一妙聯：「向竹過賓館，尋山到妓廟。」妓院與寺廟原來是可以合成一個詞的。按照早期維特根斯坦的說法，詞語是與

---

[2] 《賢愚經・恒伽達品》。

外部世界圖示相吻合的；如果這是真的，那麼，我們也可以說，「妓廟」一詞一定對應的有現實景物。金庸似乎從來沒有正面描寫過正經和尚們的吃喝嫖賭，但用韋小寶作了一次逆向透視。韋小寶因躲避仇人逃進了五臺山腳下不遠處的一家妓院裏。他為什麼偏偏要躲在妓院而不是別處？僅僅出於作者想煽動讀者的笑神經這一低劣伎倆麼？問題沒這麼簡單。當韋小寶終於身著妓女衣服，喬裝妓女倉惶逃出妓院時，對此驚心動魄的險情有過一次「檢討」：「老子今年的流年當真差勁之至，既做和尚，又扮婊子。唉，那綠衣姑娘要是真的做了我老婆，便殺我頭，也不去妓院了。」（第二十二回）韋小寶本來是個「陽具有無限活動」（胡河清語）的流氓，居然在康熙的命令下做了和尚，五臺山的寺廟也承認了他的身份，這也似乎就證明了「妓廟」是確實存在的。無法無天而又運道亨通、狗運當頭的韋小寶終於把佛禪世界點化為流氓世界了。在韋小寶眼中，一切都是可以顛倒的，一切自認神聖的東西都可以化為烏有，或者走向它自身的反面。它倒退著前進。

　　行癡為了徹底了結恩仇，解決一已性命引起的天下紛爭決定自焚。這是佛家大法的勝利，也是足夠驚心動魄的了。但行癡的勇敢行為也得到了「妓廟」中人韋小寶的有力制止：他用一桶涼水澆在行癡身上，使烈焰和自焚的勇氣一併報銷。按照佛法大義，行癡的行為是值得讚賞的，是了不起的。韋小寶這個做慣了性命生意的小流氓又如何能理解？他能理解的只是，如果行癡（即順治爺）升天，康熙就要讓他下地獄。而且在他看來，自焚無疑是愚人的行徑，是完全有理由遭到嘲笑的。在這裏，金庸的用意可謂十分明白：最徹底的化解大法在韋小寶那裏都是無效的，這也就徹底宣佈了佛禪的死刑；佛法大義敵不過小流氓一桶涼水（反正行癡此後再不自焚了），也或許可以說明，佛禪世界如果還想活著，就得向韋小寶看齊，佛禪的最後路徑就是韋小寶，或至少它默許了韋小寶。

只剩下流氓文化了⋯⋯

「於今腐草無螢火，終古垂楊有暮鴉。地下若逢陳後主，豈宜重問〈後庭花〉。」[1]情形一開始就是這樣。金庸在自己的作品中順著正史邏輯、野史邏輯以及這二者的衝突走向佛禪，至此，中國文化的內在成份已被他在小說中耗空（我們說過，儒道、楊墨、佛禪是中國傳統人文價值文化的幾乎全部內容），中國文化這個「陳後主」已沒有什麼資格「重問」什麼「〈後庭花〉」了。假如僅僅是走至佛禪，也能看出這三重世界的內在矛盾，金庸僅僅只能算是一位優秀的作家，他也只能算是在中國傳統小說精神的圈子裏打轉，只不過他是用了一種特殊的載體（即武俠小說）在表現而已。《鹿鼎記》的出現，卻使他徹底超越了中國文化的內在結構，徹底看清了中國文化內在結構的尷尬，也使他徹底從中逃逸了出來，因而也讓他的小說突破了中國小說傳統精神的整一圓圈。

我曾經說過，中國小說傳統精神主要是建立在野史話語的基礎之上，小說正是野史話語的集大成文體，[2]只不過在具體運作中，正史邏輯對野史邏輯有所擠壓、威攝，野史邏輯對正史邏輯則有相應妥協、乞求。也就是說，二者始終各持己見，在相同的事件上，卻有不同的立場並依此立場據「理」力爭。佛禪的出現在中國傳統小說中也不乏先例，不管是以戲擬方式出現的也好（比如《金瓶梅》），還是以化解情劫出現的也罷（比如《紅樓夢》），反正早不是什麼新鮮事物。即是說，至遲到《紅樓夢》，中國傳統小說精神的組成要素，已是三個世界互相

---

[1] 李商隱〈隋宮〉。

[2] 這裏的「主要」云云，是考慮到小說雖然說是野史話語的集大成文體，但在正史話語的威脅下，始終有妥協、從權的一面。

鼎立的局面。金庸的特殊只在於，他的佛禪是為了化解江湖上各類恩仇／殺伐模式。

　　流氓世界與流氓邏輯的出現，卻是中國傳統小說精神並不具備，但又是必然的走向。金庸自己就說過：「韋小寶這個人物容納了歷史感很強的個人性格，一方面他重義氣，重義氣這一點恐怕也跟生存環境的艱苦有關；另一方面，他吃喝嫖賭，時時也玩弄一些陰謀詭計。諸如此類，也算是中國人的一種特殊典型了，他是反英雄的，也相當真實而普遍。」有學者認為《紅樓夢》是傳統小說精神的終結，[3]但金庸卻更上層樓：正是金庸而不是其他所有古典小說家才看清了流氓世界的存在。只有當《鹿鼎記》出現後，金庸才能稱得上對傳統有所貢獻、有所發現的作家，也才能稱得上是位用看似俗不可耐的小說文體來反思中國文化傳統的思想家。

　　在韋小寶眼中，父／子原型及其導出的天理模式，以及由此而來的恩仇／殺伐標準，比如父、同門之仇、兄弟之仇、大漢中心主義（即民族恩仇）都不在話下，這也為中國歷史上一到外族入侵，漢奸如大雪飄然而下找到了緣由──五代時的老漢奸馮道就是一個絕佳的例子；同時也指出了正史邏輯的極致在哪裡。同樣，在韋小寶看來，兼愛（墨子）的偉大，甚至「盜亦有道」式的「為我」（楊朱），以及由此引發的恩仇／殺伐標準在他那裏完全是不當一回事的：只要不危及身家性命，也不妨「義」他一「義」，一旦情況有變，則早已奪門而出，甚至不惜身披妓女衣服喬妝打扮。正是這樣，我們才說韋小寶已徹底看清了野史邏輯獨有的恩仇／殺伐模式。

　　至於正史邏輯與野史邏輯的衝突就更不在話下了。韋小寶看起來有時站在正史邏輯一邊，有時又踩在野史邏輯的起跑線上，但他真正的落

3　石昌渝先生認為：「《紅樓夢》和《聊齋志異》都是雅俗共賞的小說。如果說《聊齋志異》是文言小說的絕響，《紅樓夢》則是白話小說的終結。」（參見石昌渝《中國小說源流論》，三聯書店，1995 年，第 395 頁）

腳點卻是自己的流氓邏輯，因為流氓邏輯並不能單獨存在，它總有與以上兩種邏輯相重合，或以上兩種邏輯總可能在某時某刻於它有利的一面；流氓邏輯只能作為別的邏輯的附庸才能存在。這毋寧是說，我們每一個人身上都有著流氓的先天基因，在可能的情況下，人人都想以流氓的面目立於天地之間，因為這最為省事，最為方便。它是隱匿的、隨時都可以現身的。正是以此為准的，韋小寶才有時站在野史邏輯，有時站正史邏輯上。佛禪更沒有在他眼裏，韋小寶不斷與佛禪對話，不斷對之施以辱罵、打擊、反詰，最終也將之點化為「妓廟」。韋小寶才是這個世界的真正主宰，隱匿的先天基因才是我們的真正主人，而康熙只是虛擬的天下共主。至少有一點可以為此作證：康熙最起碼沒有贏得陳近南的天地會，沒有贏得顧炎武諸人的尊敬，而韋小寶獲得了。

康熙說：「小桂子（韋小寶），你一生一世，就始終能腳踏兩頭船嗎？」（第五十回）韋小寶終於醒悟了，原來他的流氓世界是三「界」歸一的必然結果，但也決不是萬能的。殘酷的現實也需要他做一次選擇。於是他帶領老婆們回到了揚州。在回揚州的路上，顧炎武等人還在勸韋小寶代替康熙做皇上，以復我大漢河山。但在韋小寶眼中，大漢中心主義早已歸於塵土，他對此還有什麼興趣呢？於是他要了最後一次流氓，這也是他一生中最了不起的一次流氓：他假裝被爭風吃醋的老婆們殺死，從此免去了顧炎武、天地會對他的希望，也免去了康熙對他的依重。他徹底地解脫了。

韋小寶走了，從此不知所終。韋小寶的走投無路而又另覓道途，正是流氓世界的大團圓。在這裏，大團圓不是結局，而是開放式的尷尬；它昭示的是，流氓世界也不是萬能的，它也有一個極限。假如說金庸端出韋小寶是為了解救佛禪調解功能的無力，也是前三個世界的必然走向，那麼，在韋小寶的流氓世界也遇到難題時，金庸是再也無能為力了。「紫泉宮殿鎖煙霞，欲取蕪城作帝家。」[4]對金庸來說，只

---

[4]　李商隱〈隋宮〉。

剩下遺憾。就在韋小寶大團圓式地離開了我們後，金庸也終於宣佈封筆：因為他不可能在韋小寶的基礎上，再開闢一條可行的路途。韋小寶的結局正是中國文化的極限，也是金庸創作的極限。

　　沒有必要為金庸遺憾。金庸再創作下去，在中國傳統小說精神的大圈子裏他即使不想重複自己，還會有什麼路數？金庸之後，武俠小說可能的路數有兩條，一條是以古龍為代表的西方哲學精神的加入，我們從李尋歡（古龍《多情劍客無情劍》）、傅紅雪（古龍《天涯明月刀》）等人物身上，能看出尼采（Friedrich Wilhelm Nietzsche）和海明威的影子；另一條則是向神魔化發展——比如武功可以開山裂河，輕功可以讓人在天上飛翔，這已倒退到《聊齋志異》或武俠小說剛剛在中國歷史上開始時的水準。這一切金庸都不想重複。因此，韋小寶的大團圓正是金庸在創作上的大團圓，也是中國文化的極致。流氓文化就是中國傳統文化最終發展的現實方向。中國文化向來號稱博大精深，卻在深入思考者的眼中露出了它可笑的原形，這會不會讓我們的「古已有之」論者長歎久之呢？詩曰：

> 一燈風雨憶家山，
> 馬足車塵且未還。
> 酒失無心空自悔，
> 詩狂有托恐人刪。
> 幾度烽煙迷古路，
> 千秋碧血染鄉關。
> 撫瑟欲彈清愁結，
> 悲風漫過亂山間。

　　　　　　　　　　　　　　　　　　　（拙作）

臺灣版後記

本書寫於 1997 年夏天至初秋。那時，我在華東師範大學中文系讀博士一年級。我寫這本書，僅僅是想通過分析金庸的小說，瞭解中國傳統文化的走向，帶有補課的意思，目的並不在金庸的小說。

我這一輩人，出生於上個世紀 60 年代後期，正是「文化大革命」熱火朝天的時候，雖然「文革」結束時只有 7、8 歲，但其後成長的日子，我們依然生活在「文革」的延長線上（這一點直到今天並沒有改變）。受有關方面的教唆，我們從小形成的觀念，讓我們對祖國傳統文化的評價始終不高，甚至還帶有惡意。本書帶有先天的殘疾也就可想而知。

重新閱讀自己十餘年前寫下的文字，不是一件愉快的事情。理由是現成的：那時還年輕，還沒有太多的分辨力。儘管中國傳統文化最後走向流氓文化的觀點，我至今依然認為是成立的，只是情況絕不是本書所說的那麼簡單。我對這個觀點的補充和重新辨識，在我目前正在寫作的一本書中將有所體現，我將努力公允地看待祖先給我們留下的遺產。如今，我已年屆四十，也許開始擁有感恩的能力，能理性地看待一些問題，能將「文革」的延長線從此斬斷——當然是對我個人來說的斬斷。我也渴望能有這種「斬斷」。

我從未想到這本書能在寶島臺灣出版。以我有限的見識，我知道傳統文化在臺灣從未斷絕過。這樣一本粗陋的小書，將在這樣的環境中面世，作者的惶恐心情是可想而知的。但願海峽對面的同胞能給我嚴格的教誨。

感謝蔡登山先生，感謝藍志成先生，感謝「秀威」的慷慨和厚意。

2009 年 2 月 2 日，北京魏公村

國家圖書館出版品預行編目

流氓世界的誕生：金庸作品中的四重世界 / 敬
　文東著. -- 一版. -- 臺北市：秀威資訊科
　技, 2009.03
　　面；　公分. -- (語言文學類；PG0234)
　BOD 版
　ISBN 978-986-221-178-6(平裝)

　1. 金庸　2. 武俠小說　3. 文學評論

　857.9　　　　　　　　　　　　　98002240

 語言文學類　PG0234

流氓世界的誕生
——金庸作品中的四重世界

作　　者 / 敬文東
主　　編 / 蔡登山
發 行 人 / 宋政坤
執行編輯 / 藍志成
圖文排版 / 姚宜婷
封面設計 / 蕭玉蘋
數位轉譯 / 徐真玉　沈裕閔
圖書銷售 / 林怡君
法律顧問 / 毛國樑　律師
出版印製 / 秀威資訊科技股份有限公司
　　　　　　臺北市內湖區瑞光路 583 巷 25 號 1 樓
　　　　　　電話：02-2657-9211　　　傳真：02-2657-9106
　　　　　　E-mail：service@showwe.com.tw
經 銷 商 / 紅螞蟻圖書有限公司
　　　　　　臺北市內湖區舊宗路二段 121 巷 28、32 號 4 樓
　　　　　　電話：02-2795-3656　　　傳真：02-2795-4100
　　　　　　http://www.e-redant.com

2009 年 3 月 BOD 一版
定價：280 元

讀 者 回 函 卡

感謝您購買本書，為提升服務品質，煩請填寫以下問卷，收到您的寶貴意見後，我們會仔細收藏記錄並回贈紀念品，謝謝！

1.您購買的書名：_____

2.您從何得知本書的消息？

　　□網路書店　□部落格　□資料庫搜尋　□書訊　□電子報　□書店

　　□平面媒體　□ 朋友推薦　□網站推薦 □其他_____

3.您對本書的評價：(請填代號　1.非常滿意 2.滿意 3.尚可 4.再改進)

　　封面設計____　版面編排____　內容____　文/譯筆____　價格____

4.讀完書後您覺得：

　　□很有收獲　□有收獲　□收獲不多　□沒收獲

5.您會推薦本書給朋友嗎？

　　□會　□不會，為什麼？_____

6.其他寶貴的意見·：_____

_____

_____

_____

讀者基本資料

姓名：_____　年齡：_____　性別：□女 □男

聯絡電話：_____　E-mail：_____

地址：_____

學歷：□高中(含)以下　□高中　□專科學校　□大學

　　　□研究所(含)以上 □其他_____

職業：□製造業 □金融業 □資訊業 □軍警 □傳播業 □自由業

　　　□服務業 □公務員 □教職　□學生 □其他_____

秀威與 BOD

BOD（Books On Demand）是數位出版的大趨勢，秀威資訊率先運用 POD 數位印刷設備來生產書籍，並提供作者全程數位出版服務，致使書籍產銷零庫存，知識傳承不絕版，目前已開闢以下書系：

一、BOD 學術著作—專業論述的閱讀延伸
二、BOD 個人著作—分享生命的心路歷程
三、BOD 旅遊著作—個人深度旅遊文學創作
四、BOD 大陸學者—大陸專業學者學術出版
五、POD 獨家經銷—數位產製的代發行書籍

BOD 秀威網路書店：www.showwe.com.tw
政府出版品網路書店：www.govbooks.com.tw

永不絕版的故事・自己寫・永不休止的音符・自己唱